风雨张恨水

燕世超 著

清華大學出版社
北京

图书在版编目(CIP)数据

风雨张恨水 / 燕世超著. — 北京：清华大学出版社，2021.1（2022.1重印）

ISBN 978-7-302-50333-0

Ⅰ. ①风… Ⅱ. ①燕… Ⅲ. ①张恨水（1895-1967）—文学研究 Ⅳ. ① I206.6

中国版本图书馆 CIP 数据核字 (2018) 第 114913 号

责任编辑：张立红
封面设计：梁　洁
版式设计：方加青
责任校对：赵伟玉
责任印制：宋　林

出版发行：清华大学出版社
　网　　址：http://www.tup.com.cn，http://www.wqbook.com
　地　　址：北京清华大学学研大厦 A 座　　邮　　编：100084
　社 总 机：010-62770175　　邮　　购：010-62786544
　投稿与读者服务：010-62776969，c-service@tup.tsinghua.edu.cn
　质 量 反 馈：010-62772015，zhiliang@tup.tsinghua.edu.cn
印 刷 者：三河市铭诚印务有限公司
装 订 者：三河市启晨纸制品加工有限公司
经　　销：全国新华书店
开　　本：170mm×240mm　　印　　张：17.75　　字　　数：250 千字
版　　次：2021 年 3 月第 1 版　　印　　次：2022 年 1 月第 2 次印刷
定　　价：78.00 元

产品编号：072351-02

本书属于江西省高校人文社会科学研究2018年度项目“张恨水与赣文化研究”（ZGW18105）成果。

前言

以往的文学史大多是纯文学史，以往的文学理论大多是以纯文学作品为研究对象的理论。20 世纪 80 年代以来，通俗文学勃兴，逐渐引起学术界对它的关注和研究。本书就是这样一种尝试。它以对张恨水及其作品的研究为主，辅以其读者研究和比较研究。必须指出的是，对与本书有关的某些已成定论的观点，作者看法与之相同或相似的，不再进行重复的叙述。这样，这本书就难以形成一个比较严密的体系，这是本人深感愧疚的。

第一部分为“作家论”。鉴于有关张恨水生平事迹的专著早已问世，这里仅就其“创作道路”和“新闻生涯”进行概述。中间几篇分别论述张恨水在某一方面的成就，其中有不少内容与读者有关，这是不可避免的，因为研究作家不可能完全抛开读者。倒数第三篇论述张恨水对章回小说的改良，意在客观把握他对通俗文学的发展所做的贡献。

第二部分为“作品论”，分两类：一类是对其作品的某一方面进行宏观论述；另一类主要是对其人物形象进行微观分析，尤以对其频频出现的知识分子、小市民和下层妇女形象的解剖为主。

第三部分为“读者论”。说到底，文学创作是“作家→作品→读者”这样一个动态流程，尤其对于像张恨水这样以卖文为生的作家来说，动态流程更为显著，张恨水小说热的每一次兴起都暗含了读者的期待。鉴于张恨水小说读者研究方面的文章极少，我觉得有列入专章讨论之必要。

第四部分为“比较论”，分为作品比较与作家比较。从第一部分中多少可以看出张恨水与鸳鸯蝴蝶派的渊源关系，从第二部分中又可以发现把20世纪30年代中期的张恨水仍归入这一流派是多么牵强，从第三部分中可以体会出通俗文学与纯文学功能的差异，最后一部分意在让读者领悟张恨水的人格魅力。

要做的事情很多。在对张恨水的研究中，本书所做的仅是很小的一部分。限于我的才识与学力，疏漏、谬误在所难免，恳请读者赐教。

目录

作家论

作品论

读者论

比较论

附　录

后记

张恨水

作家论

如果说历史的发展是多种因素作用的结果，那么张恨水的出现大约可以算得上是多种因素合力作用的表现。他深受传统文化的熏陶，又不断从新文化中汲取养料；他受中国文化滋润成才，却能够放开眼光，把外来优秀文化吸收并融入自己的作品中；他要保持一个作家的独立意识，又在不断追随时代潮流；他灵魂深处积聚着浓厚的人文精神，却又常常被文化商品化困扰。然而，他终于靠着自己辛勤的努力走出一条成功的文学道路，不断地实现着自我否定和自我超越。

张恨水的情感世界

2010年7月30日，我们赴安徽省潜山县参观张恨水陈列馆，受到原县委书记、张恨水研究会会长周宗林先生和原天柱山管委会主任郑炎贵先生等热烈欢迎，研究会工作人员小刘陪同我们前往。潜山县历史悠久，是六千年前薛家岗遗址所在地；春秋时期，它是古皖国，县内有著名的皖山又叫天柱山，汉武帝时期是五岳之一，绵延数百里的皖河绕山而过。安徽之简称皖，就由此而来。这里还是汉乐府民歌的代表作《孔雀东南飞》的诞生地，焦仲卿、刘兰芝二人所在的村庄至今仍在。驱车离开潜山县城，在弯弯曲曲的公路上行驶十华里左右，我们来到一座大院子里。一进大门，迎面就是焦仲卿与刘兰芝的巨幅雕像。夫妻二人长袖善舞，双手紧握，四目传神，似在倾诉彼此对爱情的忠贞不渝，似要飞向那可以自由恋爱、生命长存的遥远的东南方。张恨水一生善写言情小说，尤其善写女性恋爱心理，应与《孔雀东南飞》的影响有关吧。

陈列馆位于院内右侧，大门古色古香，黑色砖墙，庄严肃穆。进到里面，先是看到京剧鼻祖程长庚的事迹展览。原来这里还是京剧奠基人程大老板的故乡。程氏把毕生献给京剧事业，对黄梅戏艺术也有很高建树。他综合各家所长，使京剧渐臻成熟，作为京剧的奠基人无人堪比。张恨水很多小说直接描写艺人生活，甚至以艺人作为主人公，应与其一生酷爱戏剧有关。

陈列馆的大部分空间自然是张恨水事迹展览。张恨水的文学与新闻生涯、他辉煌的事业和不凡的业迹在此浓缩。要了解一位伟大作家的作品，就要了解其丰富的内心世界，了解其爱恨情仇，这就是孟子所说的“知人论世”。

张恨水祖籍安徽省潜山县，1895 年 5 月生于南昌。祖父是清朝军官，常常教幼年张恨水练武。父亲曾在江西新淦县三湖镇当财粮（即会计），以高超的武艺平息了一场大规模械斗。张恨水长大后常以将门之子自诩，其豪爽仗义的性格，无疑得自祖父和父亲的熏陶。17 岁时，他在苏州读书时，曾计划到英国留学，由于父亲突然去世，断绝了经济来源，希望破灭了。他只有中途辍学，全家回到祖籍潜山县乡下，靠几亩薄田度日。

张恨水一生娶有三个妻子。大妻徐文淑，娘家离张恨水家十来里路。张年轻时，已经饱读诗书，天天把自己关在家里写诗词和小说，他希望过一种名士生活，幻想自己的爱人应该是那种美丽善良、知书达礼、小鸟依人的传统女性。当时，有人给他介绍了一个村姑，张恨水的寡母跑到女方村里去相亲，按照约定，她在戏台下见到一个长得很漂亮的女孩，就欣然同意了。张母把女孩相貌告诉儿子，张恨水也没反对。因为按自己当时的条件，寡母和弟妹五个都需要自己挣钱养活，而自己几年来到处漂泊流浪，工作没有着落。村里人在教育孩子时都把自己作为笑话来讲：读书要读到张恨水那个样子，还不如趁早让孩子去放牛呢！那种美丽善良、知书达礼、小鸟依人的女孩谁愿意往火坑里跳呢？

结婚那天，新娘入了洞房。新娘圆脸，矮胖，相貌很一般。原来女方父母在张母相亲那天，玩了一个掉包计，让小女儿去相亲，后来让大女儿去嫁人。张恨水大失所望，张母也十分后悔。但按当地风俗，既已拜堂成亲，新娘就是男方家的人了；如果婚后休妻，新娘以后哪还有脸见人？那会出人命的！既然生米做成熟饭，张恨水虽然满心不乐意，也只有与新娘凑合着过日子。一年后，徐文淑产下一个女婴，但孩子还没满周岁就夭折了。张恨水心灰意冷，就又外出谋生。徐文淑心地善良，张恨水后来一娶再娶，她也没有反对，一直跟婆婆一起生活。

1918 年 2 月，张恨水去安徽芜湖《皖江日报》任总编辑。他的前任靠剪刀和浆糊工作，就是把其他报纸上的新闻剪贴后再印出来。张恨水不愿意这样做，就把自己创作的小说放在《皖江日报》上发表。但这样的生活还是太单调了，1919 年秋，张恨水辞去《皖江日报》总编辑职务，在朋友那里借了 10 块钱，踏上去北京的火车。他要到北大读书。此时的北大，是五四运动发祥地，是全国新文学运动和新文化运动的中心，蔡元培、胡适、陈独秀、李大钊、鲁迅、周作人、郑振铎等人掀起了轰轰烈烈的白话文和思想解放运动。如果张恨水能够进北大读书，他的文学生涯无疑会取得另一番成就。但他很快发现这只是自己的一厢情愿。家里那么多人都要自己挣钱养活，哪来的时间读书呢？他成了工作机器，同时在六七家报纸兼职，当记者，做校对，跑新闻，编稿子，从没有完整的时间睡觉。

张恨水有一次在北京石碑胡同妇女救济院看到一个少女，营养不良，十分可怜。出于同情心，他把她娶回家来。据张恨水女儿张正在《魂梦潜山——张恨水纪传》一书所述："1923 年的一天，院里的女工头送给妈妈几张男子的照片，让她选一个作为丈夫。女工头主张她选一个中年商人，说这样有固定收入，女孩嫁了他，今后生活有保障。妈却选中了年轻的读书人——这就是我的爸爸张恨水。后来，他们还互相见了面，谈了几句话，说定了婚事。……后来，爸爸还向院方交了一笔抚养费，把妈妈从妇女救济院接到了当时他住的潜山会馆。"[1]姑娘原名叫招弟，姓胡，婚后张恨水给她改名为胡秋霞，四川人。她只记得四岁时在外面玩，一个中年男子哄她吃糖，把她引到一条河边，他们坐上船就离开家了。由于不知道父母和家乡，她终生引以为憾。这段姻缘有着传奇色彩，张恨水颇引以为自豪，后来他据此写了一部长篇小说《落霞孤鹜》，其中女主人公落霞的原型就是胡秋霞，说明婚后二人生活十分幸福。胡秋霞心地善良，乐于助人，性格豪爽，在张家子女中赢得"好妈"和"好舅妈"的称号，这是后话。即使在张恨水有了第三次婚姻后，他与胡秋霞之间仍保持着很深的感情直到去世。在三个夫人中，数胡秋霞最长寿，1982 年去世，享年 73 岁。

1932 年，张恨水第三次结婚，妻子为周淑云女士。他查找古书，根据《诗经》上的《周南》给她改名为周南。二人婚后琴瑟和鸣，感情深厚。但张恨水与周南感情好不等于和另外两个妻子感情就不好。多年来有人撰文把徐文淑说得丑陋不堪，说胡秋霞性格暴烈，与张恨水性格不投，张恨水对胡秋霞只有同情没有爱情，导致二人分居，好像张恨水只有在周南这里才真正过上了幸福的婚姻生活。我过去也曾轻信这种传言。搞创作可以虚构和想象，搞研究一定要尊重事实。根据张恨水亲属回忆，徐文淑长相不好看其实也并不很难看，她以贤惠和大度而得到张家人的尊重。张恨水在抗战胜利后回安庆还与徐文淑同居，母亲去世后，张恨水还经常给徐文淑寄生活费。徐文淑在20世纪50年代去世后，张恨水由于身体不好不能前往，还派长子即胡秋霞所生儿子张晓水回安庆千里奔丧，说明张恨水与徐文淑还是有一定的情感基础的。张恨水与胡秋霞更是恩爱夫妻，始终不离不弃。他在与周南结婚多年后，还与胡秋霞生了儿子庆儿和女儿张正，孩子本身就是夫妻爱情的结晶。20世纪50年代，胡秋霞虽然由于某种原因没有与张恨水一起生活，但张恨水在身体很差的情况下，每月都坚持去看望胡秋霞及其子女，而胡秋霞终生都深爱着张恨水，因为张恨水不止是她的夫君，也是她的恩人和全部。在张恨水去世前的除夕晚上，胡秋霞尽管身体不好，还冒着严寒坚持到张恨水所住的很远的砖塔胡同给他修抽水马桶，次日一早，又带领儿女和孙辈去砖塔胡同给张恨水拜年，不是恩爱夫妻是做不到的。从创作上来看更能说明张恨水与胡秋霞的感情：1923年张恨水与胡秋霞结婚，从1924年开始在《世界晚报》连载成名作《春明外史》到1930年初正是张恨水创作的鼎盛期，他的代表作《金粉世家》和《啼笑因缘》也在此时发表。这一时期，他常常同时写作五六部长篇小说，每天按时交稿，从不延误，也从没出现情节混乱或敷衍了事的情况。爱情与婚姻对其创作是多么大的激励啊！

1938年1月，张恨水只身一人去陪都重庆，在《新民晚报》先后担任主笔、副刊主编、总编辑等职。不久，周南带着孩子，历尽千辛万苦也从家乡来到了重庆，胡秋霞则因安排一家人的生计问题而耽搁了行程，交通受阻。这是多么艰难的一段岁月啊！但他“觉得我自己没有生活上一种艰苦的锻炼，就不会知道人家吃苦是什么滋味，自己也就体谅不到吃苦。”[2]他们以苦为乐，偶有闲暇，周南唱戏，恨水弹奏，他们还曾到重庆大街上义演，激励前方将士，抚慰后方人民。在那段最艰苦的岁月里，张恨水创作了八百多万字的作品，平均每天达三千字左右，差不多相当于重庆所有纯文学作家创作量的总和！他该有多么坚强的毅力啊！

1966 年“文革”爆发了，张恨水把自己几十年来创作的作品分给几个子女收藏。他曾发誓在有生之年看完《四库全书》的愿望没有实现。1967 年正月初七早上，张恨水因脑溢血复发，永远离开了人间，终年 73 岁。

张恨水给我们留下了丰富的精神遗产。中国的通俗小说就是在张恨水那里完成了现代转型。他一生写下约三千万字的作品，是我国 20 世纪最多产的作家。作为通俗文学大师，他创作了一百二十部左右的中长篇小说，其中《金粉世家》《啼笑因缘》可视为 20 世纪中国文学的经典作品。进入 21 世纪以来，他的小说《金粉世家》《满江红》《啼笑因缘》《夜深沉》《纸醉金迷》和《现代青年》等先后被拍成电视连续剧，在央视热播。其散文至少达一千万字，风格冲淡，韵味深厚，其代表作《窗外小品》的水平不在周作人之下。他创作了两千多首诗词，作品深得佛道文化真髓，格律谨严，功底深厚。可惜旧体诗词生不逢时，再加上其小说读者甚众，其诗词作品少有人知。

哲人已去，风范犹在，精神长存。恨水先生，在下一个山花烂漫的时节，我们再来看你！

注释：

【1】张正：《魂梦潜山——张恨水纪传》，山西人民出版社，2000，第 299 页。

【2】张恨水：《写作生涯回忆》，载张占国、魏守忠编《张恨水研究资料》，知识产权出版社，2009，第 59 页。

张恨水的创作道路

每个人来到世上能够做出什么事业，似乎有一种说不清的缘分。少年张恨水在深谙武功的祖父去世后，失去了习武的条件。十一岁时，一个偶然的机会，他读到了《残唐演义》，从此对小说爱不释手，无论搜罗到什么小说，都如饥饿的人伏在面包上一样，尤其对言情小说更是迷恋到了如痴如醉的程度。

父亲突然病故，家道中落，寡母只好带着他和弟弟妹妹们从南昌回到了故乡——安徽省潜山县。秀奇的天柱山启迪了他的智慧，清丽的皖河水滋润了他的心田，《孔雀东南飞》那优美凄惨的故事震撼了他的心灵，令他对小说更加钟情了。他常常独自一人待在自家高大的黄土屋子里，与父亲遗留的以及自己积攒的几大箱古书做伴，挑灯夜读或作诗自娱。他生来不是务农的料，对自家的田园耕作毫无兴趣。在乡邻当中，他也没有什么朋友。这种环境使他很快获得一个“大书箱”的“雅号”，这和“书呆子”之意相差无几。他干脆给自己的房子命名为“黄土书屋”，又自书“就这样做”四个字置之案旁座右。就是在这命运多舛的青少年时代，他的古文功底为他之后的创作打下了异常坚实的根基，他对小说也由疯狂迷恋的阶段进入“准创作”阶段。

二十三岁时，他的忘年交郝耕仁来找他外出游览。他们幻想以买卖药品来解决路费之需，但幻想并不等于现实，最终他们折价卖掉所有的药品后半道而归。然而，一路的见闻及郝耕仁乐天知命的人生态度让他受益匪浅，许多年后他仍对此记忆犹新，这无疑是他以后独自踏入人生旅途的一堂预修课。

他又回到了“黄土书屋”，那几箱古书自然又成了他的“梅妻鹤子”。

乡邻的嘲讽再加上第一次婚姻的不幸给他套上的又一重精神枷锁，他无法忍受，很快便悄然离开了。从此之后，他开始了漫长而多产的文学与新闻生涯。

在张恨水的文学生涯中，1924年是值得纪念的一年。这一年，他长达百万言的《春明外史》开始在《世界晚报》连载，这使他一举成名。小说主人公杨杏园是一位怀才不遇、流落京华的青年记者。他真诚地爱着雏妓梨云，可梨云不幸染病身亡。在心灵创伤尚未愈合之际，他爱上才女李冬青，冬青却因身患暗疾而不能与之婚配。冬青借口南行来减轻感情上的折磨，行前，她欲将好友史科莲介绍给杏园，却遭到富有个性的科莲的拒绝。杏园遂看破红尘，遁入佛门，在身心交瘁中撒手西归。小说对当时的官场丑闻等黑暗现象做了大量的披露和辛辣的讽刺，在北京引起了极大的轰动，以至许多人每天下午提前两个小时在报馆门口排队买报，为的是先睹为快。

就在《春明外史》的写作过程中，他那被誉为“民国《红楼梦》”、长达百万言的《金粉世家》开始在《世界日报》连载。小说以平民女子冷清秋与政府总理金铨之子金燕西从恋爱、结婚到反目、离异为主线，描写了豪门贵族金铨一家醉生梦死的生活。小说最后以金铨暴死、家道陡衰、金太太遁世学佛作结。《金粉世家》引起的轰动一点不亚于《春明外史》，多年之后，一些知识女性见了张恨水，仍以其中的一些细节见问。

1930年，《啼笑因缘》问世，几乎各个阶层的读者都为之疯狂。小说的男主人公樊家树所体现的那种高尚、至善至深的爱情令许多大学、中学的女学生如醉如痴。张恨水用他那卓越的结构技巧、娴熟的性格塑造手法和高超的语言艺术，把一幕幕爱情的悲喜剧铸入读者的灵魂深处，也意外地使作家本人久已干涸的心田沐浴了爱情的雨露——一位春明女中的少女回报了他刻骨铭心的爱。

张恨水的上百部小说中大多是言情小说。他写尽那个时代两性之间在黑暗势力摧残下生生死死的苦情、哀情，在坎坷的人生旅途中爱得死去活来的思情、痴情，以及经过严峻考验和抗争终成眷属后如胶似漆、若癫若狂的欢情、喜情，唯独没有低级下流的色情。言情小说的巨大成功使他跻身于我国现代著名作家之列，也使他成为我国通俗文学发展史上的一座丰碑。

虽然言情小说创作贯穿于张恨水文学生涯的每一个时期，但在 20 世纪三四十年代，他的主要精力却集中在反映国难民艰的创作上。人生获得知识的途径，不外乎是读万卷书和行万里路，后者作为丰富的生活阅历有时更显重要，张恨水 1934 年的西北之行就是如此。当初为了了解西北，他自费南下，先前往郑州、洛阳，继而辗转到潼关、西安，最后到了兰州。原计划要去新疆的，终因某些人为因素未能如愿。

这次西北之行使他对我们中华民族的历史文明有了更深刻的了解。他无心游山玩水，而是“看动的，看活的，看和国计民生有关系的”[1]，所以，他感触最深的乃是西北人民的苦难状况。他的灵魂深处被深深地震撼了。

你不会听到说，全家找不出一片木料的人家；你不会听到说，炕上烧沙当被子盖；你不会听到说，十八岁的大姑娘没裤子穿；你不会听到说，一生只洗三次澡；你不会听到说，街上将饿死的人，旁人阻止拿点食物救他（因为这点救饥食物，只能延长片时的生命，反而增加将死者的痛苦）……人总是有人性的。这一些事实，引着我的思想起了极大的变迁。文字是生活和思想的反映，所以在西北之行以后，我不讳言我的思想完全变了，文字自然也变了。[2]

西北归来，张恨水创作了《燕归来》和《小西天》两部长篇小说，详细描述了彼时西北人民的苦难生活。从那时起，他的思想和创作确实变了。他赶上了时代，创作了许多反映国难民艰的作品，成为一位爱国主义和现实主义的进步作家。他所任职的《新民报》也因此成了为老百姓说话、为人民大众所欢迎的舆论阵地。

深受中国传统文化熏陶的张恨水在青年时代就表现出爱国主义情怀。五四运动时，张恨水在芜湖《皖江报》任职。当时有一队日本兵在芜湖街上示威，对中国人民大加污蔑。张恨水闻讯后毅然率领报馆 20 多名员工组成一支小小的游行队伍，高呼抗日口号。20 世纪 30 年代，日本军官土肥原贤二极力笼络中国各界知名人士，曾托人带上《春明外史》和《金粉世家》各一部，请张恨水签名，以留纪念。张恨水却把他歌颂义勇军抗日的小说《啼笑因缘续集》写上“土肥原先生嘱赠”送给他，并不署姓名，以示嘲讽。在上海时，华北日伪政权大肆搜捕爱国人士，张恨水正欲北上，这时接连收到家人两封急电，告诫他切勿北归。于是，他去往南京。不久，南京危急，他转赴重庆。途经故乡时，他当众揭发一个曾有惠于他的汉奸汤小和，并号召民众起来抗日。他身体力行，给政府有关部门写信，要求准许他回故乡打游击；当这一要求未被批准时，他又把自己的全部积蓄拿出来资助胞弟张牧野打游击。在重庆八年，他把《新民报》当作抗日的“讲坛”，开辟了《最后关头》这一副刊，发表了抗日稿件并带头撰写了大量抗日杂文。撇开张恨水大量的国难小说不算，这些事迹足以说明，他已经站在抗日前列。1938 年，张恨水被选为中华全国文艺界抗敌协会第一届理事。抗战胜利后，国民政府给一千位各界爱国人士颁发了“抗战胜利勋章”，张恨水就是其中一位。

距重庆郊外几十里，有个地方叫南温泉桃子沟，周围全是大大小小的山峰。抗战期间，一大群穷公教人员就被疏散到这里。这其中有六间茅屋，是一个朋友借给张恨水住的，讲明不收房租，只需修缮。张恨水分出三间给另一个公教人员住。同别人的房子一样，张恨水的房子也是用竹片和泥巴糊成墙，屋顶也是用活木架着梁柱，将竹片、茅草铺在上面。狂风时常卷走屋上茅草。大雨降临前，他就把全部的盆盆罐罐一齐排在缺草的屋顶下，等待雨水下漏，张恨水戏之曰“待漏斋”。每当此时，他便用破布盖住那张写作的“方舟”，把成堆的稿件放在安全区——床上，家人则各自躲雨。

“待漏斋”里的创作条件真是艰苦极了。除了躲避敌机的空袭外，张恨水早上要走几十里山路上班，傍晚常背着平价米回家。每当此时，妻子周南总是带着孩子在山坡上迎候，待四目相对时，她总是发出一声轻微的叹息。那一声叹息里蕴藏着这对夫妻间多少忧患、多少深情啊！

平价米的价格虽然低廉，但里面至少有十分之一的沙子、稗子等杂物，张恨水常常戴着老花镜与家人一同挑拣，很费时间。即使如此，做出来的饭还是难以下咽。炎热的夏夜降临，这一带小得连肉眼都难以看见的黑蚊子便越过门窗肆虐了，它咬起人来又毒又痛。为此，他只得裹紧衣服，并把双脚泡在水里。冬夜，没有御寒的炉火，他只好穿着破袜子、单鞋，一边写作一边与寒冷搏斗。他的纸张用铅笔一戳就破，用毛笔则浸湿桌面。即便如此，他还常常为维持家人最基本的日常生活用度而发愁。就是在这种情况下，他每天至少要写出四千字的稿子来。四千字，在20世纪20年代，对张恨水来说是毫无困难的。然而在当时的窘境下，用他自己的话来说，那却是“榨出来的油”。

抗战期间，就在这极其简陋的茅草屋里，二十来部小说，连同散文、诗词，共计八百多万字的作品问世了。它们热情讴歌了前方将士，对黑暗现象大加挞伐。它们是我国国难作品的重要组成部分，也是一份弥足珍贵的精神财富。

1948年12月，因《新民报》内部矛盾，张恨水辞去了该报的经理工作。一向忙忙碌碌的人一下子变得清闲了，心理上自然很不平衡。回首往事，“人生几十年光阴，像电影似的，一幕一幕地过去”。[3]于是，他应邀写了《写作生涯回忆》，在《新民报》上连载。

有些作家大名鼎鼎，作品思想激进，可其回忆录的参考价值并不大，因为夸大其词或无中生有之处比比皆是。张恨水的这篇六万多字的回忆文章却是十分珍贵的文献资料。它客观地叙述了张恨水的创作历程，并不讳言张恨水当初的所作所为。譬如对他早年是一个“礼拜六派[4]的胚子”的解释，对出售一些书稿版权、拿取稿费的说明，都十分真实可信。这些在当时只能是给自己脸上抹黑的文字更体现出他为人的诚实和正直。

大病一场后，数年过去，张恨水又恢复了写作。他有自知之明，像20世纪二三十年代那样创作自然是力不从心了，于是，他干起了改编工作。几千年来，民间流传着多少优美的爱情神话，多少悲惨的爱情传说，他要把这些故事重新整理和描绘出来。他尽可能搜集相关的版本，尽可能参考大量的书籍，以确保翔实无误。《梁山伯与祝英台》《白蛇传》《牛郎织女》《孔雀东南飞》等十几部中长篇小说接连问世了，它们是张恨水留下的最后一笔文化遗产。

1959 年，爱妻周南病逝，张恨水一下子衰老了。他终日呆坐家中，极度伤感、寂寞。1967 年农历正月初七，七十三岁的张恨水永远地合上了双眼。

注释：

【1】【2】【3】张恨水：《写作生涯回忆》，时代文艺出版社，2015，第 50 页、第 51 页、第 3 页。

【4】“礼拜六派”宣扬消遣式趣味文学，是我国旧体小说的一种。

张恨水的新闻生涯

张恨水生前多次对他的子女说，他的职业是记者、编辑，写小说仅是其业余活动。这倒不是过谦之词，因为从参加工作的第一天起，他就在新闻界任职，在长达三十年之久的新闻生涯中，他既当过校对、驻京记者、通讯员、助理编辑、编辑，又当过副刊主编、主笔、总编、经理和社长。可长期以来，他在人们心目中只是一位通俗小说大家，而他在新闻领域所取得的巨大成就却鲜为人知。

青少年时代的张恨水在丧父失学后，为了生计四处奔波：随流动剧团跑龙套，在汉口为某小报补白，特别是他随当记者的挚友郝耕仁的一段流浪小史，丰富了其社会阅历。在一个西风即起、北雁南飞的日子，大病初愈的张恨水卖掉唯一可以御寒的夹衣，只身从上海回到了故乡潜山。故乡人没有给予他安慰与鼓励，反而是讥笑与嘲弄，这迫使他一头钻进古文中。他依旧我行我素。

终于，机遇来了。芜湖《皖江报》要郝耕仁去当总编辑，郝因事缠身，愿把这一职位让给张恨水。残冬过后，张恨水凑了三元路费，来到芜湖。

《皖江报》属于地方小报，人手少，消息闭塞，除了本埠新闻，全靠剪他报的材料来充实版面。张恨水的任务是每天写两个短评，编一版副刊。在此之前，短评和副刊“借用”的是他人的文章，张恨水不肯这样干。他钟爱的是言情小说创作，就在上面刊登自己的新作《紫玉成烟》和《南国相思谱》并自写短评，这在当时无疑是破天荒的。老板谭居停爱读他的短评，谭太太则爱看他的小说。报纸开始有人投稿，社会效应扩大了，张恨水的影响力也随之增长了。

又到了秋风萧瑟的季节。早年失学的痛苦时时袭上他的心头，闭塞的内地关不住他的雄心抱负。终于有一天，他踏上北去的列车，来到了北京。

他本来是想去北京大学读书的，可老天偏不从人愿，他必须先找一份工作，解决吃饭问题。这时，朋友介绍他到上海《申报》驻京记者站工作，每天发四条新闻，同时兼任北京《益世报》助理编辑。次年，他因高声朗读英语而得罪了该报经理夫人，又被改任天津《益世报》驻京记者。工作时间分别是上午 9 点至 12 点，下午 2 点至 6 点和夜里 10 点至次日早上 6 点。休息时间少而零散，去北大读书只能成为他不可企及的梦想了。

他是个孝子，深知寡母带着五个弟妹度日之艰，他可以想象家人盼他挣钱接济已是望眼欲穿。他要对得起死去的父亲，要挑起养家的重担。这样，他只有自我加压。1921 年，他又兼任芜湖《工商日报》驻京记者；后来，又任世界通讯社总编，数月罢去，又给上海《新闻报》和《申报》写通讯，为的是这两家报纸稿酬甚丰；再往后，又协办联合通讯社并兼任《今报》编辑。几年来，为了养家，他不但没进北大，连自己心爱的文学创作也搁笔了。

世界通讯社没有外勤记者和邮电通讯，材料全靠社长茶余酒后与人聊天得来。张恨水无论为哪家新闻单位服务，都绝不把可有可无的材料敷衍成篇。为此，他常常先去搜寻材料，然后再加工整理。就在这繁忙的新闻工作中，他练就了一套硬功夫。他曾不无自豪地回忆："这两三年来，天天的新闻文字，要写好几千字，笔底下是写得很滑了。只要有材料，我可以把一篇通讯处理得很好，而且没有什么废话。"【1】

1924 年初，张恨水辞去了在京的所有职务。同年 4 月，成舍我创办《世界晚报》，张恨水应邀为其编新闻并在其副刊上连载小说《春明外史》。不久，副刊改由张恨水接办。次年，成舍我又创办了《世界日报》，其副刊《明珠》仍由张恨水编辑，小说《金粉世家》亦在此连载。这两部小说在文学上的空前成功给世界晚报社和世界日报社带来了巨大的商业利益和社会反响。除此之外，张恨水还有许多作品在这两家报纸上发表，均反映良好。

张恨水在新闻与文学上的双重成功在很大程度上是这二者嫁接的结果：报纸成了他小说的载体与媒介，又因而获得经济与社会的双重效益。张恨水成了世界晚报社和世界日报社的台柱子与摇钱树。

如果说张恨水仅仅因小说写得好而使报纸受益，那至多只说对了一个方面。作为一个事业心极强的报人，他为这两家报纸的发展做出了力所能及的贡献。在回忆创办《世界晚报》时，张恨水曾深有感触地说：“我和龚君，都是为兴趣合作而来，对于前途，有个光明的希望，根本也没谈什么待遇……这与写作好像无关，其实关系很大，因为我们绝不以伙计自视，而是要共同作出一番事业的，所以副刊文字和小说，都尽了自己能力去写。”【2】

那时，张恨水的家庭经济条件十分困难。他很想挣钱，想增加收入，可他绝不赚昧心钱，绝不做任何有损于报纸和自己人格的事。他在《有感于上海小报》（载于 1927 年 4 月 22 日《世界日报》）一文中指出，上海小报所载，都是些“害人的文字”，阐明了他对上海小报的看法。20 世纪 50 年代，他在长篇小说《记者外传》里对当时报界唯利是图的商人习气进行了生动的描绘，反衬了作者本人出淤泥而不染的人格魅力。

1930 年 2 月，张恨水因对报社老板不满而辞去在这两家报社的一切职务，割断了与它们长达七年的联系。对于这一时期的人生历程，董康成、徐传礼先生评价道：“张恨水在《世界日报》《世界晚报》的几年奋斗，奠定了他在新闻界的地位，使他逐渐成为一个较有影响的报人。”【3】

从 1930 年 2 月至 1938 年 1 月，张恨水将多数时间用于文学创作——为报纸写小说。这中间，除了在 1935 年短期内（3 个月）协办上海《立报》并任其副刊《花果山》主编外，他在新闻方面的成就主要就是创办了《南京人报》。

1936 年的中国，民族危机日益加深，可南京的士大夫阶级仍然沉溺在醉生梦死、歌舞升平中。这与陈后主当年“商女不知亡国恨”的情景又是何其相似啊！这时，好友张友鸾力主办报，张恨水见猎心喜，便从积蓄中拿出

4000 元作为筹备基金。这是张恨水一生中唯一一次自己出资办报，在中国现代新闻史上，作家自己出资办报恐怕也是极为罕见的。经过两个月的筹备，《南京人报》终于问世了。在这样一个不足百万人口的城市里，该报第一天就销售了 1.5 万份。作为社长兼副刊《南华经》主编的张恨水除了稿费外，不拿报社任何报酬，报社同仁的报酬也很低。可大家志同道合，本就不为报酬而来。报纸办得如火如荼，被称为“伙计报”。1937 年，抗日战争全面爆发，报纸难以销售。身心交瘁的张恨水大病了一场。

《南京人报》的存在虽然短暂，却是值得纪念的。它说明，张恨水已经由一位副刊主编发展为全能报人，具有全面经营报纸的能力，且在他周围已经形成一个实力雄厚的报人群体，同时也表现了他在极为艰苦的条件下百折不挠的意志以及在民族危亡关头勇于献身的精神品格。如果说在抗战以前，张恨水从事新闻工作主要是为了谋生，那么在以后的岁月里，他已经把全部精力投入争取民族解放的斗争中去了。

1938 年 1 月 10 日，他离开老母、娇妻及幼子，只身一人来到大后方重庆。由张友鸾介绍，他结识了当时即将复刊的重庆《新民报》总经理陈铭德并被聘为该报主笔兼副刊《最后关头》主编（后来又一度任经理）。

然而，国难当头，本应全民族同仇敌忾，救亡图存，作为大后方的重庆却是一片乌烟瘴气：达官贵人飞扬跋扈，不可一世；投机商人囤积居奇，发国难财；庸夫俗子浑浑噩噩，麻木不仁；而广大农民和城市贫民则日复一日地在饥饿线上挣扎。张恨水以《新民报》为阵地，抨击黑暗，指斥时弊，疾呼救亡图存，痛述民生疾苦。同时，他的国难小说《八十一梦》《牛马走》《傲霜花》等相继在该报连载，产生了强烈的轰动效应。其中由于《八十一梦》触怒了国民党上层官员，他险些坐牢。

1944 年 5 月 16 日，张恨水五十岁诞辰时，重庆、成都的新闻界文艺界人士举行了隆重的纪念活动。虽然他提前避开了，可朋友们的深情厚谊使他终生难忘。1945 年，抗战胜利。山城沸腾了，全国沸腾了，张恨水也沉浸在巨大的喜悦中。他所服务的《新民报》也发展成为发行量最大、最受老百姓欢迎的报纸。

1946年初，张恨水离开重庆、途经安徽潜山探亲后，去北京筹办《新民报》，任该报经理兼副刊《北海》主编。由于张恨水的巨大影响力，报馆开张的第一天就接受一万多订户。不久，每天印到四五万份，成为当时北京发行量最大的报纸。这年5月，他被公推为新闻记者公会常务理事。1949年秋，张恨水辞去《新民报》的一切职务，结束了他长达三十年的新闻生涯。即便如此，《新民报》仍因其浓郁的平民意识稳居全国数千家报纸前列，张恨水在新闻事业上所建立的不朽业绩也永载史册。

不久，《新民报》新任领导人在该报撰文说张恨水是国民党特务。张恨水没有料到自己服务多年的报纸竟然反过来骂他，人格的侮辱、自尊心的伤害使他痛苦不堪。加上其他方面的不幸打击，他气上加气，得了脑出血。这次重病几乎摧垮了他的身体，有好几年时间，他嘴角流涎，语言迟钝，写作完全中断了。也许是身体的底子好，也许是上天的眷顾，他奇迹般地恢复了。医生惊叹说像他恢复得这样好的病人很少。

注释：

【1】【2】张恨水：《写作生涯回忆》，北岳文艺出版社，1993，第33页、第34—35页。

【3】董康成、徐传礼：《闲话张恨水》，黄山书社，1987，第61页。

张恨水的创作动机

作为中国现代文学史上最多产的作家之一，张恨水能够在几十年的文学生涯中创作出高达三千万字的作品，我们除了叹服他那超人的天赋外，对他惊人的创作毅力也不得不由衷地表示钦佩。他的创作毅力来源于创作动机。正是强烈的创作动机的驱使，他终于成为一位著作等身的作家，并在中国文坛上产生了经久不衰的影响。因此，探讨张恨水的创作动机，对于深化张恨水研究，无疑具有重要的意义。

张友鸾在《章回小说大家张恨水》一文中把张恨水一生的创作分为四个时期：20 世纪 20 年代以前的习作期，1924 年创作《春明外史》至 20 世纪 30 年代前期的高产期，20 世纪 30 年代后半期至 1945 年以创作国难小说为主的时期，抗战结束至停止创作的末期。在末期，主要由于健康原因，张恨水已不能得心应手地从事创作；而前三个时期的创作动机则有必要加以讨论。

张恨水十九岁在苏州读书时完成的处女作《旧新娘》和《桃花劫》曾得到名家恽铁樵的好评，这使他欣喜若狂，促使他更加努力地从事文学创作，以发表为最终目的。在 1920 年以前，他所发表的作品虽然较少，影响也不大，然而，他的创作正趋于成熟。这一时期，张恨水跃跃欲试，力图早日登上文坛。可以说，他此时的创作动机就是满足发表欲。

张恨水在《小说迷魂游地府记》中曾借主人公之口表述了自己的文学观和对文坛现状的不满。然而，这种思想毕竟是比较幼稚、简单的，要写什么样的作品、表现什么内容、达到什么目的，他并没有系统的想法。那么，作品的题材和内容自然就与他所受的教育，尤其是所读作品产生的影响息息相关了。

张恨水从小生活在江西，受的是旧式家庭教育，读的小说也大多是旧式言情小说，尤其是《花月痕》一书对他的影响最大，他陶醉在才子佳人的旧式恋爱关系中。他的长篇《青衫泪》完全模仿《花月痕》的套路，后来的中篇《未婚妻》《紫玉成烟》以及长篇《南国相思谱》亦是如此。

从张恨水的回忆录《我的小说过程》，特别是《写作生涯回忆》中可以看出，在其高产期的创作中，几乎每部小说的诞生都有稿费在起作用。有些作家在回忆自己的创作时，对稿费问题是避而不谈的，只有创作时的激情和正义感。但他们是否真的对这一牵涉文人生存的问题不感兴趣？

张恨水是一位诚实的作家，他毫不讳言自己在独力支撑家庭经济时的创作动机。在回忆创作《新斩鬼传》和《京尘幻影录》时，他说："我的生活负担很重，老实说，写稿子完全为的是图利，已不是我早两年为发表欲而动笔了。所以没有什么利可图的话，就鼓不起我的写作兴趣。"[1]在回忆 20 世纪 30 年代初创作的另一部小说时，他说，他完全看在收入上，又给《世界晚报》写了一篇《斯人记》。

总括起来说，张恨水这一时期的创作动机主要是为了谋生，即以卖文赚取稿费来维持生活。虽然他在国难小说创作时期仍不时提到稿费问题，但显然已不是创作的主要动机了。

既然这一时期张恨水的创作主要是为了谋生，那么必然有读者对象在起作用。为谁创作？创作什么样的作品才能拥有尽可能多的读者？作家必会考虑到这一与稿费密切相关的问题。创作的导向直接影响其文学思想。这一时期，张恨水占主导地位的文学思想便是趣味主义：作品要写得有趣，能够使人在阅读中得到消遣、快乐，在思想内容上要有益。他在《金粉世家》《剑胆琴心》和《新斩鬼传》等作品序言中多次表述了这一观点。应该说，趣味主义不无可取之处。作品如果"板起面孔"教训读者，失去文学应有的生机与活力，那就会令读者望而生畏；但如果以娱乐消遣为创作的最高或唯一宗旨，显然就不大可取了。

纵观张恨水高产期的小说创作，其思想内容无疑比习作期有了长足的进步：现实感增强了，批判性增加了。这一进步与张恨水从事新闻事业的广泛阅历及其自小形成的正义感息息相关，从而为以后的国难小说创作打下了思想根基。这期间，张恨水的文学思想与创作实践无疑有着内在的矛盾，那就是趣味主义与现实主义的扭结与分离。

九一八事变后，举国惶惶，张恨水的创作动机也发生了巨大的变化，即由谋生转为唤醒国人。具体来讲，就是通过文学作品鼓动民众起来抗日，揭露那些不利于抗战的人和事，反映国难当头时劳苦大众和文教人员的生活与情绪。

抗战时期，物价飞涨，稿费收入极不稳定。张恨水虽是一位高产作家，但也和其他穷文教人员一样过着饥寒交迫的生活。促成他如此勤奋刻苦笔耕的，无疑是以唤醒国人共同抗日为己任、以揭露黑暗政治与反映民生疾苦为目的的创作动机。因此，他才能战胜一切艰难困苦，及时写出深受人们喜欢的作品，如《八十一梦》。

或许有人会说，张恨水在20世纪20年代也写过不少讽刺与揭露阴暗面的作品，这是事实。但这两者之间有着很大的不同：前者多停留在对伦理道德表层的评判上，而后者则在讽刺揭露的同时，更深入反思民族劣根性。他写国难小说，直接描写前线抗日的作品不多（这自然与其阅历有关），更多的则是写大后方的人和事，通过对一幅幅艺术画面的描绘，让读者深入对问题本质的探索中去。这表明，由于作家创作动机的转变，其文学思想也随之发生了变化：现实主义创作原则逐渐占据了主导地位。

研究张恨水的创作与文学思想，不能不追溯其当初的创作动机。而其创作动机的产生，又是作家的素质（世界观、兴趣爱好、所受教育与阅历等）与他所处的生存环境相互作用的结果，而对其创作动机的研究又只是对这位作家整体研究中的一个环节。研究的各个环节紧密相连，环环相扣，从而构成对一个作家较为全面的把握。

注释：

【1】张恨水：《写作生涯回忆》，北岳文艺出版社，1993，第37页。

由“赶上时代”说开去

20世纪30年代前半期，张恨水的思想发生了重大转变，他由旧式文人转变为一位真正的现实主义作家。促使这次转变的，无疑有两件大事：一是九一八事变，据张恨水自述，这使他的写作意识转变了方向，他写任何小说，都想带点抗御外侮的意识；二是1934年去西北考察。

事物的发展变化都是外因通过内因作用的结果。诚然，九一八事变和西北之行对于张恨水思想的转变极为重要，但那毕竟属于外部因素。试想，日本侵华战争爆发后，为什么有的作家不但没有以笔弯弓，反而当了汉奸呢？再者，为什么别的作家就没有产生自费去西北考察的念头呢？这说明，张恨水当时的思想正酝酿着一次突变，上述两件大事只是加速了突变的进程，诚如他自述，到写《啼笑因缘》时，他就有了写小说必须赶上时代的想法。无疑，“赶上时代”的动机是他思想转变的内在动因，而这一动因并非朝夕而成。

从1924年到20世纪30年代前半期，张恨水创作了大量的言情小说。这一时期，新文学作家与旧派作家的斗争十分激烈。凡以章回体写作的作家都被视为鸳鸯蝴蝶派，张恨水自然也不例外，他们不断遭到来自新文学阵营的批评。张恨水对此是冷静的，他没有反击过。他是有保留意见的，但他也从未全盘否定过这种批评。“我对这些批评，除了予以注意，自行检讨外，并没有拿文字去回答。”[1]在这种精神的激励下，张恨水终于一步步脱离了旧思想，赶上了时代。

从张恨水这一时期的创作实践来看，其思想方面的进步是显而易见的。

如果说《春明外史》还残存着才子佳人气以及对新生事物的冷嘲热讽，《金粉世家》就有了明显改进：女主人公爱情悲剧的社会批判意义增强了，民主、平等的思想突出了。而《啼笑因缘》则把视线转向下层社会，把批判矛头指向了封建军阀。

由此可见，张恨水的每一个时期都在否定自己，改变自己。随着阅历的逐渐加深和对社会、人生认知的不断提高，他的思想时刻都在进步着。从这方面说，年龄是张恨水变化的催化剂。如果没有新文学作家的批评，没有九一八事变和西北之行，张恨水的创作仍可按年龄段来分期。随着年龄的增长，他的心态变了，对万事万物的思考多了，从而不知不觉地改变着对题材的选择、对细节的处理、对语言的运用，特别是风格的表现。

1924—1936年，张恨水处于三四十岁的年纪，心态年轻，创作力极为旺盛，其作品处处回荡着巨大的情感力量。他像是以一个当事人的口吻向读者诉说着这一幕幕爱情的悲喜剧：写到悲惨之处，使人悲不自胜，感慨涕零；写到大起大落处，使人回肠荡气，慷慨激昂；写到绵绵无尽的情思时，则使人愁肠百结，长吁短叹。这种巨大的情感力量左右着读者的情绪，征服了读者的心，也为张恨水赢得了盛誉。

1937—1945年，张恨水正处于四五十岁的中年期。这段时间他有言情小说问世，别的小说也有不少言情成分，但这些作品的情感力量已远逊于从前：作者像是在以一个旁观者的口气说话，比较冷静、理智；主人公也比过去增加了不少理性成分，他们好像老成了，精神负担重了，不那么单纯和热情奔放了。这无疑是作家已步入中年，失去了青年人那种对爱情的陶醉与狂热的心态使然。由于时代的巨变，他改写国难小说，反思我们民族多灾多难的历史，力图挖掘我们民族的病弱之源。可以看出，由于他此时的心态正适合创作国难小说，其作品幸运地获得了发展。

后来，张恨水进入晚年，一场大病损害了他的健康。病愈后的他仅能从事爱情神话或传说的改编工作了，其间共有十多部中长篇小说问世。略进行对比就可知道，他改编的神话、传说已失去昔日那种震撼人心的情感力量，犹如一位老人在叙说一个个与己无关的谈话资料。张恨水在改编时费了很大一番功夫，为什么写出的作品都大不如前了呢？没有别的原因，是他的心态变了，他早已失去了替人儿女说相思的心境，只有客观的描述了。

每个人在其生命每一阶段的心态都大为不同，张恨水也很难例外，这就决定了他各个时期作品的基调、风格大不一样。他 40 岁以前的作品多有灵气和强烈的情感充溢其中；而到了中年，随着其阅历的丰富和对人生洞察力的增强，其作品的灵气和情感在很大程度上已被冷峻的思辨所替代；晚年则如强弩之末，作品的灵气和情感都已渐趋枯竭，很难再受到读者大众的喜爱了，这是一个较为普遍的现象。有人认为，如果不是那场大病，张恨水会创作出更多更优秀的作品来，其实未必，可能不过是比不病时强些罢了。

在我国现代文学史上，一大批作家从 20 世纪二三十年代起先后进入文坛，但 20 世纪 50 年代后便很少有佳作问世了。他们的写作技巧已经炉火纯青，却失去了创作的灵感和激情。郭沫若在“大跃进”时期创作的诗歌与早年的诗集《女神》和小说《牧羊哀话》相比，绝对是无法相提并论的。丁玲在 20 世纪 80 年代创作的作品与《莎菲女士的日记》（作于 20 世纪 20 年代）相比，风格也大不一样。茅盾、巴金、老舍、曹禺等，莫不如此。其主要原因在于，他们已步入老年，其创作生命已渐近尾声了。一部作品如果没有了灵气，没有了激动人心的情感力量，便如同一位行将就木的老人一般没有一丝活力了。同时这些作家所拥有的读者群也渐近老年，他们的阅读心态也远不如过去那么热情了。于是，这些作家便不得不面临着逐渐被读者遗忘的可怕境况。

认识到这一规律，以后在分析作家的创作历程时，我们就既可以从时代变化上分析，从作家命运转折处着眼，也可以从作家的年龄上考虑，即先深入其全部作品内部，仔细把握隐藏其中的情感与理性力量的消长情况、风格的形成与演变情况，再把读者方面的变化（数量增减、年龄上升情况等）联系起来考量。

注释：

【1】张恨水：《写作生涯回忆》，北岳文艺出版社，1993，第122页。

张恨水对两种文化的反思

在一般叙事文学中，环境与人是构成作品的两大要素。它们有时相互促进，有时则处于对立的两极：主人公是这个环境的叛逆者，或环境阻碍了主人公的正常发展。所以，如何处理这二者间的关系是作品至关重要的问题，对张恨水小说的分析也是如此。在这里，我们对张恨水的小说掐头去尾，不去分析他 20 世纪 20 年代以前和 20 世纪 50 年代以后的作品，而把重点放在 1924—1949 年的创作上，从中可以发现在环境与人的对立中主人公演变的过程，以及作者对庙堂文化与江湖文化的反思。这种反思大致经历了三个阶段。

一

在 20 世纪 20 年代中后期至 30 年代前期的作品中，主人公主要是道德高尚却思想守旧的知识分子，以杨杏园、李冬青和冷清秋为代表。他们淡泊名利，出淤泥而不染，希望以自己高尚的操行影响社会，促进社会清明。可作家一旦遵循人物性格发展的逻辑创作，就不得不承认，他心爱的主人公在强大的恶势力面前和各种灾厄面前不是抗争者，而是如杨杏园所说的，一律采取忍耐的态度，逃避现实，自我封闭，以保持自己的人格与尊严不被玷污。但事与愿违，他们还是被黑暗社会吞噬了。他们的遭际虽值得同情，其行为却不值得效法。杨杏园的死与李冬青、冷清秋的隐居表现了作者对庙堂文化的反思，即对社会、对人生的双重绝望及其理想的破灭。

二

理想的破灭有时酝酿着新希望的产生。既然传统知识分子不值得效法，那么社会的出路何在呢？20世纪30年代起，作者转入对江湖文化的反思——把改造社会的希望寄托在劳苦大众身上。这方面的作品主要有《啼笑因缘》《夜深沉》和《秦淮世家》。

在这些作品中，黑暗势力诚然强大，但主人公也正在觉醒并走向反抗的道路。他们来自江湖（民间），维护正义，以自身的行动演绎出一幕幕人与环境抗争的悲喜剧。《啼笑因缘》中的大学生樊家树得悉意中人沈凤喜已被军阀强占，他只有劝她秘密出逃的本事，倒是侠女关秀姑能够潜入虎穴，最后有山寺锄奸的快事。如果说这部于1930年写成的小说还把希望寄托在义士侠客身上（虽然这是报社老板的意图），那么1936—1939年创作的《夜深沉》则把笔触完全伸向劳苦大众。马车夫丁二和与小贩王傻子为营救一位沦落风尘的少女历尽波折，最后由于黑暗势力过于强大以及自身难以摆脱的困境，他们退却了。1938年创作的《秦淮世家》则把这一反抗推向高潮：以唐大妈为首的秦淮河市民为保护唐家两个女儿免受欺凌而竭尽全力，然而未曾交手，后者已成流氓恶棍的笼中之鸟。为求得生存，唐大妈只有向自己的仇人乞求。虽然秦淮河市民终于报仇雪恨，但秦淮河依然是富人的天下。

以上作品无疑提出了这样一个发人深省的问题：为什么劳苦大众的一次次反抗都归于失败呢？

时隔两年，作者的《丹凤街》与《水浒新传》几乎同时在报纸上连载。《丹凤街》同样是描写下层市民群体反抗黑暗势力的杰作：车夫童老五与贫女秀姐情投意合，后者却被其舅父卖给官僚赵次长做妾，丹凤街的下层市民为营救秀姐周密布置，结果却被老奸巨猾的赵次长识破，童老五他们眼睁睁地看着秀姐被带走而无可奈何。可在小说结尾，丹凤街的下层市民参加集训，准备抗日，他们成了“英雄”。《丹凤街》无疑寄寓了作者对江湖文化的深思熟虑：乌合之众是不可能战胜邪恶的，劳苦大众只有组织起来，摒弃个人恩怨，投身到整个民族的解放事业中去才有力量，才能成为真正的英雄。

这种寓意在他同年发表的历史小说《水浒新传》中得到了印证：强敌压境，梁山好汉受招安后随张叔夜北上迎敌。一些原本默默无闻的小人物此刻大显身手，他们不但武艺高强，有丰富的战斗经验，还有很高的指挥才能。在危急关头，许许多多的平民百姓不愿出城逃亡，而是倾其所有支援抗敌将士，又义无反顾地参加了敢死队，与敌人进行殊死的较量。

《水浒新传》以其深沉的思考告诉读者：一个国家或民族，它的中流砥柱是那些平日被人踩在脚下，而今却被武装起来的觉悟了的劳苦大众，他们是真正的大仁大义、大智大勇者。显然，从对庙堂文化的反思转向对江湖文化较为成熟的思考，是作者创作实践的重大突破。

三

随后，张恨水转向对庙堂文化与江湖文化的双重思考。发表于20世纪40年代的三部长篇小说《牛马走》《傲霜花》和《纸醉金迷》所展现的社会场景令人吃惊：在前方将士浴血奋战的民族危亡关头，大后方重庆却是一片乌烟瘴气，巨大的经商热、金融投机热扑面而来；官僚、阔太太和国难商人沆瀣一气，在台前幕后操纵物价和股票，大发横财；穷公务员纷纷跳槽、下海；不久前还无钱治病的叫花子一跃成为富翁；作为人类灵魂守夜者的知识分子竟然也耐不住清贫和寂寞，心甘情愿沦为投机商人。在《巴山夜雨》中，国难当头，一群教授、文人麻木不仁，整天浑浑噩噩地打发时光，全然不思救亡图存。张恨水的小说揭示了外敌入侵并不可怕，可怕的是我们民族的肌体正在腐烂。

对两种文化的反思显然寄寓着作者对重构传统文化的渴望。儒家思想所建构的民族凝聚力，为正义事业杀身成仁的牺牲精神，富贵不淫、贫贱不移的文人人格，以及公而忘私的品格等，这些传统文化的精髓支撑着我们民族的精神大厦，使得我们古老的民族生生不息，留下无数可歌可泣的英雄业绩。它们一旦与现实社会发生断裂，就会导致人们价值观念的混乱与行为的谬误，我们民族就失去了前进的动力和抵御入侵的能力，当侵略者的魔爪伸向我们时，我们就可能不战自溃了。

张恨水是否属于鸳鸯蝴蝶派

20 世纪初，为适应城市经济发展和市民娱乐的需要，一大批通俗小说作家应运而生。他们大多生活在商业文化发达的上海，在报界任职，同时为报纸撰写小说，由于作品大多属于言情题材，故被称为鸳鸯蝴蝶派。这是一个松散的文学流派，没有明确的组织、宣言和纲领。该流派的作家们属于新旧过渡时期的文人，思想半新不旧。他们大多具有正义感，同情弱者，反对帝国主义和黑暗势力；他们看到封建礼教对人性的压抑和摧残，企图在维护旧道德的基础上改良礼教。

对于张恨水是否属于鸳鸯蝴蝶派——礼拜六派（以下简称鸳派）作家的问题，在 20 世纪 80 年代，持肯定态度者居多；到了 20 世纪 90 年代，持否定态度者渐多；到了 21 世纪初，仍有一些人喜欢给他定位。近年来这方面的文章渐少，似乎没有定论，不了了之。马克思说过："不仅探讨的结果应当是合乎真理的，而且引向结果的途径也应当是合乎真理的。真理探讨本身应当是合乎真理的，合乎真理的探讨就是扩展了的真理。这种真理的各个分散环节最终都相互结合在一起。"[1] 如果探讨的途径不合乎真理，探讨的结果就很难合乎真理。如果不能全面地、历史地、客观地分析张恨水的所谓归属问题，而是囿于偏见，就极易出现见仁见智、莫衷一是的局面。

一

在 20 世纪二三十年代，抱着政治偏见武断地给作家作品贴标签的问题已很突出，钱杏邨《上海事变与"鸳鸯蝴蝶派"文艺》一文就是明证。该文把张恨水视为封建余孽，认为《弯弓集》中的诗歌所表现的意识是纯粹的封建性的，而小说反映的“是封建余孽的意识”。许多年后，张恨水的爱女还对此愤愤不平。随意贴的标签缺乏说服力，时间一久就显得荒谬，但那时却很有市场。张恨水回忆说：“在五四运动之后，本来对于一切非新文艺、新形式的文字，完全予以否定了的。而章回小说，不论它的前因后果，以及它的内容如何，当时都是指为‘鸳鸯蝴蝶派’。”[2]这样一来，张恨水就被视为鸳派了。持肯定态度者主要是从张恨水与鸳派之间的渊源与继承关系上来考虑的。

鸳派作品对张恨水创作前期（“五四”以前）确曾有过极深的影响。张恨水曾非常坦诚地说过：

这个阶段，我是双重人格。由于学校和新书给予我的启发，我是个革命青年，我已剪了辫子。由于我所读的小说和词典，引我成了个才子的崇拜者。这两种人格的溶化，可说是民国初年礼拜六派文人的典型，不过那时礼拜六派没有发生，我也没有写作。后来二十多岁到三十岁的时候，我的思想，不会脱离这个范畴，那完全是我自己拴的牛鼻子。虽然我没有正式作过礼拜六派的文章，也没有赶上那个集团。可是后来人家说我是礼拜六派文人，也并不算十分冤枉。因为我没有开始写作以前，我已造成了这样一个胚子。[3]

肯定者多引用这一段话，认为这是张恨水的自白。然而，张恨水说这段话时鸳派名声不佳，他不会凭空给自己扣上这顶帽子。

此派还从张恨水的创作历程来论证。在五四运动以前，张恨水的小说走的是《花月痕》的路子，描写的完全是旧式儿女纯洁的恋情，如《未婚妻》《南国相思谱》。就是其成名作《春明外史》的主干人物，也“依然带着我少年时代的才子佳人习气，少有革命精神（有也很薄弱）”。[4]此后的《金粉世家》《啼笑因缘》等许多作品都是以爱情为题材，虽然社会成分亦不少，但无疑纯属言情小说。

虽然张恨水的言情小说在思想方面不断进步，如对黑暗现象的讽刺与揭露较多，但与新文学作品相比仍有相当大的差距，因而从文学流派上划分，他自然属于鸳派作家。虽然他声称自己“没有正式作过礼拜六派的文章，也没有赶上那个集团”，但属不属于某个文学流派不能仅凭作家的自白来判定，而是要看其作品本身。文学流派有松散型的，它可以没有自己的组织、阵地、领袖、纲领等，但如果其创作题材、思想内容、艺术风格等不谋而合，即使作家之间互不相识，也可以归入同一个流派。

五四运动前后，新文学作家在引进西方文学新的文法组织和表现技巧，进而探索新的文学样式方面做了卓有成效的工作，同时尽力摒弃旧的艺术形式，如章回小说、旧体诗词等。张恨水此时仍继续从事章回体小说的创作，与新文学作家格格不入。

所以，从张恨水的自述，主要是从他与鸳派的渊源与继承关系来看，把他归入此派是有一定根据的，不能因为当前他再次受到读者大众的关注而全盘推翻上述结论。

二

持否定态度者（认为张恨水不属于鸳派）强调的则是二者间的差异。他们认为，虽然张恨水前期受鸳派影响很深，但彼时作品无论从数量、质量还是社会影响方面来说都是微乎其微的，根本没有必要在这方面大做文章。张恨水曾对被人硬扣上这顶帽子愤愤不平地分辩：

> 我毫不讳言地讲，我曾受民初蝴蝶鸳鸯派的影响，但我拿稿子送到报上去登的时候，上派已经没落，《礼拜六》杂志，风行一时了……其实到了我拿小说卖钱的时候，已是民国八九年，礼拜六派，也被五四文化运动的巨浪吞没了。我就算是礼拜六派，也不是再传的孟子，而是三四传的荀子了。

二十年来，对我开玩笑的人，总将鸳鸯蝴蝶派或礼拜六派的帽子给我戴上，我真是受之有愧。[5]

当然，仅凭本人辩解是不足为据的，关键要看其作品的实际情况。《春明外史》虽然未脱才子佳人气，但也随处可见其讽刺、批判的锋芒。同是采用章回小说创作，鸳派大多照搬其固有的套式，而张恨水则对它进行了改良，融进现代表现手法，文法结构也有所改变，使之成为适合现代人阅读的通俗小说样式。他改良章回小说的动机更为可贵：

我觉得章回小说不尽是要遗弃的东西，不然，《红楼》《水浒》何以成为世界名著呢？自然，章回小说，有其缺点存在，但这个缺点，不是无可挽救的（挽救的当然不是我）。而新派小说，虽一切前进，而文法上的组织，非习惯读中国书、说中国话的普通民众所能接受。正如雅颂之诗，高则高矣，美则美矣，而匹夫匹妇对之莫名其妙。我们没有理由遗弃这一班人，也无法把西洋文法组织的文字，硬灌入这一批人的脑袋。窃不自量，我愿为这班人工作。[6]

正是基于这种可贵的动机及其对艺术孜孜不倦的追求与探索，章回小说才又焕发出勃勃生机。

三

毋庸讳言，张恨水前期的思想基本上是属于传统型的。即使在《春明外史》中，人们还可以看出他对一些新生事物的反感，如新诗、文明戏、男女同窗，但我们同时可以看出他对封建遗老的极端厌恶、对黑暗社会种种劣迹的极大愤慨和对这个社会气数已尽的悲叹。作者有时自相矛盾的态度反映出他彷徨与苦闷的心态——对当时社会深恶痛绝，对未来社会恐惧悲观。许多作家在思想发生重大转变前都经过一段内心世界的矛盾、犹豫、冲突和苦闷期。张恨水20世纪30年代初产生了创作要赶上时代的思想，这无疑也是他多年来内心世界矛盾斗争的结果。

由此看来，以上两种观点似乎都持之有据，论之有理。如果不改变争论的思路，不改变处理这一问题的方法，争论将会无休止地继续下去。因为他们都局限于单纯地把张恨水与鸳派作家进行比较，且一个重在从相同方面进行比较，一个重在从不同方面分析，使得它如同乱麻一样难以梳理。

无论是鸳派作家还是张恨水，都不过是我国文学链条中的一个环节，都有一种承前启后的关系，都是历史发展的产物。搞清他们的来龙去脉，把他们放在一个更大的文学历史的坐标系中去考量，我们就不难找出他们各自所处的位置，进而找出解决这一问题的途径。

鸳派文学是20世纪上半叶我国民族工商业发展的产物。由于带有商业文化的性质，它的消遣性、趣味性很浓；由于它与民族资产阶级的“血缘关系”以及时代的发展，在反封建礼教方面，它比清代文学明显发展了。有人说，没有鸳派文学，就没有“五四”以后的新文学，指的就是这个意思，即新文学不可能从清代文学中脱胎而出，它必须经过鸳派文学这样一个发展阶段才能生成和发展。

由于以消遣性、趣味性为主要特征，鸳派文学总的来说属于通俗文学。通俗文学与纯文学有一个显著的区别：前者重在弘扬传统美德，后者则重在探讨新的伦理与价值观念。这就决定了张恨水的小说是鸳派文学发展的必然。而相比之下，“五四”以后的新文学则必须与之断裂，才能产生大的飞跃。当时新文学作家对鸳派的某些批判有一定的进步意义，但在新文学历史使命早已结束的今天，再照搬他们的评价显然已不合时宜。

研究一位作家，可以追溯到他的早年经历、思想和爱好，以了解他成为一位作家的原因。但不能把这一时期的他与当时的文学流派进行比较，因为他还未正式步入文坛，当然谈不上在文坛上有什么作用、地位或影响。张恨水前期虽然从思想到习作都是“礼拜六派的胚子”，但这时他只是一位无足轻重的业余作者，因而不存在他属不属于鸳派作家的问题。

20 世纪 30 年代初，张恨水的思想开始发生重大转变。在此之后，他的小说已基本上属于现代小说的结构形式，题材以国难为主，言情退居次要地位，强化了思想性，消遣性、趣味性大减。他亦不以赚取稿费为主要目的。很明显，此时他已是一位现实主义作家，与鸳派已经渐行渐远。

我们可从以下三个方面把鸳派小说与张恨水这一时期的小说进行比较：第一，二者都以章回体作为小说体裁，但新旧有别——前者继承了明清延续下来的章回体，后者则对此进行了改良；第二，二者都以言情为主要题材，但前者主要描写才子佳人式的恋情，后者则逐渐减少才子佳人气，直到转向描写平民百姓之间的恋情；第三，二者都以消遣性、趣味性为基本特征，但前者的这一特征较为单一，而后者的现实性、批判性亦很突出。

总之，这一时期张恨水的小说无论哪一方面都与鸳派小说有同有异，有联系有区别，有继承有革新。联系他前期与鸳派的渊源关系以及国难小说创作时期他与鸳派的完全分离，这一结论就更加可信了。

两派的争论还在于对鸳派的界定尚有异议。如果说，鸳派是指从辛亥革命后直到 20 世纪 40 年代止，主要以章回体小说（不论新旧）为表现形式，以言情为创作题材，以消遣性、趣味性为风格特征，拥有众多读者的文学流派，那么这一时期张恨水便是其中的佼佼者。这样一来，所谓礼拜六派被五四运动的巨浪吞没的事实便不能成立。反之，如果没有上述的那些限定语，认为鸳派是从辛亥革命后到五四运动前后为止，其成员主要活动于上海、苏州，主要以章回小说为表现形式，以旧式儿女恋情为创作题材，以消遣性与趣味性为风格特征的文学流派，张恨水便不能被归入此类。

四

有许多事情，人们总想寻根究底，一旦真相大白后却又感到索然无味，张恨水是否属于鸳派的问题就是如此。对鸳派的界定明确后，张恨水是否属于鸳派的问题就无关紧要了。因为不论是鸳派还是张恨水，都不过是文学史上一个突出的现象而已。鸳派的产生有积极意义，其消失也有必然性。断言它或好或坏都是学术上的武断和简单化，是割裂历史的行为。弄清了这些，我们可以说，张恨水是否属于鸳派是一个人为的问题。

注释：

【1】马克思、恩格斯：《马克思恩格斯全集》第1卷，人民出版社，1956，第8页。

【2】【3】【4】【5】【6】张恨水：《写作生涯回忆》，北岳文艺出版社，1993，第16—17页、第36页、第39页、第102—103页、第102页。

张恨水对章回小说的改良

1945 年，面对来自社会各方面的赞誉，张恨水曾经谦虚地说，他只是一个章回小说的改良匠人而已。这虽是过谦之词，倒也点明其改良章回小说的一面。鸳鸯蝴蝶派早期一些大将都曾为章回小说的改良做出贡献，但章回小说只有到了张恨水那里才最终完成了向现代通俗小说的转型。就某种意义上说，他的许多名作都是章回小说改良实践的产物。

章回小说由宋代话本小说演变而来。话本是宋代说书人的脚本，具有口头文学的一些基本特点：第一，它以口语为主（如中间往往夹以“看官”两字），兼有诗词穿插。第二，内容以讲述战争、历史、言情、神话和佛经故事为主。第三，多用白描手法粗线条勾勒人物形象，人物多具类型化特征。第四，注重人物行动和情节发展的动态描写，对人物内心世界的刻画等静态描写较少。第五，故事开头有一个楔子，又叫得胜头回，旨在招揽听众；按时间顺序讲述故事，多属线性结构，中间若需要分头讲述两位主角的经历，便“花开两朵，各表一枝”，每一回往往在故事高潮处突然结束，“欲知后事如何，且听下回分解”，以使听众欲罢不能；为了迎合听众心理，以大团圆结尾。第六，每一回的回目要求以两句韵文对仗，尽可能文采华美。随着说书人技艺和听众欣赏水平的提高，话本的内容越来越长，需要几十回乃至上百回才能讲完，明初便发展为长篇章回小说。明代中叶，章回小说出现繁荣局面。

问世于清代中叶的《红楼梦》无疑代表了我国古代章回小说的最高成就。它继承了《金瓶梅》以人物为中心的传统，摒弃了后者对肉欲的过分描写，把笔触伸向人的内心世界，描写人对整个社会或人生的内在感受与深度体验，描写人性的觉醒、对爱情婚姻和自由民主的向往与追求。描写对象与视角的转移使作品发生了巨大变化。首先，大量的静态景物描写与人的感情活动（心理、梦境等）融为一体，形成情景交融相生的意境，取代了以情节为中心的动态描写；其次，诗词不再是迎合说唱需要的附加成分，而是小说语境不可或缺的一部分；最后，为适应多方面表现人物内心世界的需要，小说过去单纯的线性结构被网状结构所替代。在这样一种结构中，主人公本身形象立体化，性格复杂化，作品内容不再是某种观念的图解，而是包孕了丰富的文化内涵。

民国初年，鸳派曾经独霸文坛。那时，他们较有探索的勇气，其作品也不纯是通俗的。在章回小说渐趋没落的时候，他们中的佼佼者试图对其进行改良。如徐枕亚的《玉梨魂》和苏曼殊的《断鸿零雁记》，分别以寡妇恋爱、和尚恋爱为题材，对主人公的行为大胆肯定，这就打破了禁区，肯定了寡妇、和尚也是人，也有恋爱的权利；恽铁樵创作了中国第一篇描写产业工人的小说《工人小史》，对工人的苦难生活寄予了深切的同情；李涵秋的《广陵潮》大大加强了白话小说和社会小说的影响；徐枕亚的《雪鸿泪史》和包天笑的《冥鸿》尝试用第一人称的日记体和书信体小说创作，抒发内心感受，后者还尝试完全打破章回小说套式，并与周瘦鹃等人翻译了大量外国小说，促使章回小说引进新的表现技巧。在中国文学处于艰难的转型时期，他们的文学改良是新文学运动前的必经阶段。

五四运动使中国文学发生了巨大变化。新文学作家大多是留学欧美和日本的青年人，他们反对文言文，提倡白话文，反对封建礼教，提倡个性解放和婚姻自由，引进新的题材和人物形象，表现出与传统文化决裂的信心和勇气，开创了中国文学新时代。新文学作家要生存和发展，就必须打破鸳派一统天下的局面。所以他们在纯文学领域获得了成功，鸳派作家被迫转入通俗文学创作，少数不肯转向的，便被时代淘汰了。

但新文学作家也有不尽如人意之处。他们不承认文学的消遣娱乐功能，而市民阶层的读者正是本着消遣娱乐的目的才去阅读文学作品的。否定了这一功能，就等于失去了大部分读者，这就给鸳派作家们留下了生存发展的空间。于是就出现了这样的局面：新文学作家与鸳派作家分属于两大文学阵营，他们各自拥有少数文学青年和市民读者这两个缺少沟通的纯文学与通俗文学的读者圈子。这时的章回小说既要受到新文学作家的猛烈批判，又要满足大部分读者不断增长和变化着的阅读需求，这样，改良章回小说就具有某种历史必然性。在鸳派一些早期作家实践的基础上，张恨水接下这一艰巨任务。

张恨水从小生活在江西和安徽内地，深受传统文化尤其是古典文学的熏陶，同时也阅读了不少林译小说【1】，对西方小说艺术手法有一定了解。1919 年秋，他来到北京，开始大量阅读西方哲学、社会科学著作和文艺作品，深感自身观念的落后和章回小说面临的困境。出于对艺术的追求与谋生的需要，他产生了改良章回小说的愿望。

一

从 1924 年至 20 世纪 30 年代初，张恨水的改良实践在《春明外史》《金粉世家》和《啼笑因缘》这三部代表作中留下了深深的印痕。

《春明外史》与鸳派奉为经典的《花月痕》有着一脉相承的关系，张恨水对它的改良主要体现在结构上。他回忆：

> 《春明外史》，本走的是《儒林外史》《官场现形记》这条路子。但我觉得这一类社会小说，犯了个共同的毛病，说完一事，又递入一事，缺乏骨干的组织。因之我写《春明外史》的起初，我就先安排下一个主角，并安排下几个陪客。这样，说些社会现象，又归到主角的故事，同时，也把主角的故事，发展到社会的现象上去。这样的写法，自然是比较吃力，不过这对读者，还有一个主角故事去摸索，趣味是浓厚些的。当然，所写的社会的现象，绝不能是超现实的，若是超现实，就不是社会小说了。【2】

这就是说，杨杏园与梨云、李冬青的爱情，与何剑尘等人的交往构成一方，其他社会现象构成另一方，作者运用互相交替的方式，由甲写到乙，由乙写到甲，如此循环往复。

1941年，张恨水在一次讲话中，曾提起“双极律”是他写小说的基本技巧，《春明外史》的组织结构无疑就是“双极律”的成功运用。不仅如此，在对杨杏园等主角、陪客的描写和对社会现象的揭示中也运用了“双极律”原则，如乐与戚、庆与悲、情与肉、生与死、离与合、穷与富、色与空等。美籍华人王晓薇博士曾对此阐述：杨杏园既有与一些次要角色的风流韵事，又有与梨云、李冬青的纯真恋情，而在与后二者的恋情里，外在的纯情与潜在的欲感又交替进行。结尾杨杏园与李冬青永别的悲剧气氛不久就被其好友梅双修与华仁寿婚礼的喜庆气氛所冲淡；在何剑尘、慕莲和吴碧波、朱韵桐两对夫妇聚会时，又以李冬青不辞而别作结。

王晓薇说，除了对照的极性互相交替、贯通，在一组组的极性之间也互相融合。情有时与乐化合，有时也与戚化合。肉有时与乐化合，有时也与戚化合，这技巧不仅施于这几对相关性，也施于其他对相关性。层层的组合因而投射出一个掺和人生众态的图案。”【3】当然，这种结构方法也派生出一些负面效应，如人物大多漫画化、脸谱化，事件杂乱。他后来的《金粉世家》就弥补了这一不足。

《金粉世家》与《红楼梦》都属于网状结构。它们以男女主人公的爱情为一方，以他们身处的大家族为另一方，两条线索扭结在一起，互相穿插、补充和推进，用细针密线织成一张巨大的网络。家族内发生的每一事件都与男女主人公息息相关，都是诱导、促发他们情感波澜的伏笔或直接原因，而男女主人公的情感发展又为大家族的每个成员所关注。有时，家族大事成为小说描写的中心，如金铨暴死、元妃省亲、查抄大观园；有时，男女主人公的爱情又成为小说描写的重点。由是，读者见仁见智，有的从家族盛衰及人际交往中分析人世百态，有的对主人公的悲欢离合牵肠挂肚、感慨莫名。其实，作品结构的艺术魅力不独在哪一方，而在这双方的互相交错、扭结与掺和上。

然而，《红楼梦》描写的重点是几个主角，《金粉世家》则侧重在“家”上，这使《金粉世家》的结构艺术反而略逊一筹，因为由此导致的结果是：总的来说，人物形象没有像《红楼梦》中那样血肉丰满，缺少立体感，由于重情节不重人物，人物的心理活动、作品的静态描写不多，单纯的事件铺叙不像《红楼梦》那样扣人心弦。但尽管如此，《金粉世家》仍因其结构艺术所容纳的文化含量被誉为“民国《红楼梦》”，成为了解那个时期贵族家庭生活与男女青年精神状态不可多得的范本。

发表于20世纪30年代初的《啼笑因缘》对章回小说的改良是多方面的。其一，在思想内容方面令人耳目一新。它一反流行于上海滩肉感的、武侠的或神怪的题材，谱写了一曲纯真爱情的颂歌；它剔除了《春明外史》和《金粉世家》中的保守观念，是对传统美德的一次净化与弘扬，也是对男女平等、婚姻自主和民主意识的进一步肯定。其二，在结构艺术上再次成功地运用了“双极律”的原则：贫寒与富贵，东方女性的脉脉含情与西式女性的浪漫洒脱，借酷似的相貌产生错中错，得到巧妙的交替、转换。另外，公馆与大杂院，电影院与大鼓场，这些属于不同阶层的人出入的场所，借具有平民意识的大少爷樊家树的活动得到自然转移。《啼笑因缘》的结局还一反传统的大团圆的俗套，富有艺术的残缺美，弥觉隽永。其三，语言也是《啼笑因缘》改良章回小说的重要体现。1926年，张恨水把当时的文学语言分为欧化派、半欧化派、白描派、浪漫派、新蝴蝶派、土话派和典雅派，共七种。20世纪30年代初，瞿秋白等人发起讨论文艺大众化问题，可见当时文学语言并未统一。《春明外史》和《金粉世家》用的是纯正的白话文，远不如《啼笑因缘》中的语言生动活泼，尤其是后者关于底层人物的语言描写非常符合人物的身份、职业、品行和心态。可以说，《啼笑因缘》的语言已经高度艺术化了。当时在这方面能与张恨水相比的作家，只有老舍等不多几人。

1924年至20世纪30年代初，张恨水遵奉的主要是消遣、游戏文学观。受这一观念和竞争需要的支配，他对章回小说的改良主要限于艺术手法方面。

除了结构和语言，他还大量引进新的表现技巧，如心理活动、梦境、潜意识的流露，景物陪衬、伏笔、倒装、细节处理等，章回小说结构上的套式套语等也渐趋淡化。这一时期，张恨水的创作生命最为旺盛，具有强烈的开拓与创新意识，取得了空前的艺术成就。

二

九一八事变极大地改变了张恨水的创作心境，他对章回小说的改良由此进入一个新阶段。不久，他创作了《弯弓集》，并在自序中写到，小说有消遣和载道的功能。1934 年，他自费赴西北考察，目睹西北人民的惨状，进一步促进其文学观的转变。概括地说，反映论成为其主要创作观。受这一观念支配，他对章回小说的改良主要表现在题材和思想内容上。

20 世纪 30 年代，他创作了十几部战争或国难小说。遗憾的是，由于不熟悉军旅生活，这些小说没能取得较高的艺术成就。但他在自己所擅长的恋爱、婚姻、家庭题材的创作中融入了更多的人生思考。《落霞孤鹜》中落霞与冯玉如都爱上了青年教师江秋鹜，落霞对江、冯二人均有救命之恩，冯为报恩就把恋人江让给了落霞，让他们结为夫妇，可冯又不能割舍对江的爱情。小说无疑提出这样一个问题：当爱情与伦理道德发生冲突时，价值的天平该倾向何方？

而《似水流年》和《现代青年》所表现的就是一个严重的社会问题了：父亲含辛茹苦甚至不惜倾家荡产资助儿子进京读大学，儿子却不惜挥霍父亲的血汗钱，奢侈堕落，荒废学业。父亲千里迢迢来京探子，儿子却不认生父。新文学表现家庭矛盾的作品多半是父亲守旧落后而儿子富于革命精神，后来几乎成了一个固定的创作模式。张恨水则在西学东渐、儒家思想受到批判的情况下，叙述了一个个“由于儒家伦理道德崩解而引发的社会悲剧，试图引起人们对儒家学说进行重新评估的兴趣虽然在当时未引起大的注意，但在今天看来，都表现了张恨水的超前眼光和独到的见解”。【4】

在张恨水一系列恋爱、婚姻、家庭小说中，我们随处都可以看到妇女由于经济上不能独立，不得不依附于她们所爱或者不爱的男性，导致男女不平等、婚姻不自主的命运悲剧。《美人恩》中的常小南为了嫁给阔少而背叛了昔日的恋人。假若不这样做，她的结局又该如何呢？《落霞孤鹜》中的冯玉如生存无着，只能成为恶少的玩物。而《夜深沉》中的杨月容明知丁二和对她望眼欲穿，也曾极力挣扎过，却逃出狼穴又入虎口。

倘若妇女能够实现经济独立，其命运又该如何发展？《天河配》中的坤伶白桂英与公务员王玉和自由恋爱而成婚。为了迎合玉和，她被迫放弃演艺，成为家庭主妇。可后来玉和丢了饭碗，两人失去经济来源，桂英只好重操旧业。玉和不能忍受自己被妻子养活，于是和桂英离异了。桂英的悲剧反映了一种普遍的现象：妇女经济不能独立时只能充当家庭的奴隶，而经济独立后却想做家庭奴隶而不得。在中国现代文学史上，张恨水首次举起女权主义旗帜，既为妇女争社会地位，也为其争家庭地位。

在反映论创作观的支配下，张恨水对章回小说的改良主要表现在：他突破章回小说的传统题材局限，反映广阔的社会人生；他在言情题材中投入较多的内心体验和深沉的理性思考，并由此导致由俗向雅的部分转化，证明章回小说完全能够在纯文学领域占有一席之地；随着纯文学成分增多，章回小说的一些套式与内容显得格格不入，到 20 世纪 30 年代末，他作品的回目、楔子、套语都已不用，仅在结尾时保留着回与回之间的连续性。这是因为其作品是在报纸上连载的，他必须在每回结尾时让故事不致中断，以吸引读者继续往下看，这是报纸连载小说的共同特征。此外，他在艺术形式上也时有创新，如《燕归来》和《小西天》均打破章回小说传统的线性结构方法。前者以空间顺序的转移推动情节发展，后者以固定的空间为中心辐射出形形色色的人和事。

三

张恨水说：“小说的取径有三种，一是幻想人生，一是叙述人生，一是两种兼而有之。我的小说，大概都是叙述人生，换句话说，就是不超现实。……我颇有意为他们的生活写一部小说。但究竟因为我自身不是教育界中人，没有深刻的体念，不能写得像样。”[5]由此可见，20世纪40年代，张恨水的文学观已由反映论发展到体念（即体验）论——不管从事何种题材创作，作者一定要对所要表现的内容有着深切的感受或体验，才能创作出感人至深的作品。相比较而言，20世纪二三十年代，作者分别把“趣味”和某种观念作为表现中心，而20世纪40年代的体念论则是把人作为表现中心，他不再以旁观者的角度叙述作品，而是以参与者的身份表现他对人生的真实体验和对人性的深刻挖掘。在这一思想的指导下，他不但创作出了许多上乘之作，还最终完成了对章回小说的改良。

被认为是殿军之作的《巴山夜雨》以20世纪40年代初的大后方重庆为背景。在作者笔下，战争是如此残酷和暴虐：忠厚老实的青年在订婚之日不幸身亡；不久前还活蹦乱跳的人，一霎间血肉横飞；到处是死尸、腐肉、残骸，到处是倒塌的院墙和破败的田园。战争扭曲了人性，给人民的心灵造成巨大创伤：有的人一听到警报就要大便，有的人忍受不了郁闷的防空洞生活，整天有一股无名怒火要发泄，等等。作品表现的都是些平平常常的人和事，也没有大的波澜起伏，但作者对此有着亲身感受。就在这看似平淡的叙述中，表达出作者强烈的悲愤以及对和平的渴盼。

战争考验了一个个闪光的灵魂：《巴山夜雨》中的下江工人义务为他人修缮茅屋，挑平价米的教授宁可典当衣物，不做国难商人，这无疑是作者人格的自我写照；《傲霜花》中的洪安东教授卖书还债，谈伯平教授宁可在贫病交加中死去，也不做有损自己人格的事；《大江东去》中军人孙志坚参加南京保卫战，城破后侥幸生还，可爱妻已经移情别恋，孙志坚毅然从这巨大的悲哀中走出，重新踏上抗日征程。

然而，这一时期张恨水着墨最多的还是通过对种种不利于抗战的现象的描述来表现他对本民族劣根性的反思。《巴山夜雨》中空袭警报解除后，有的去找钱，有的打麻将，还有的在赌博、聊天、闹桃色新闻；达官贵人照样飞扬跋扈；乡民借空袭大敲竹杠，拿到预付工钱去喝酒，任凭被炸房屋遭受暴雨摧残；因为嫌工钱少，没人愿意将生命垂危的伤员抬往医院。作者极为痛心地揭示出相当一部分中国人为一己之私而不顾民族大义、内耗不休导致外敌入侵的现象。

《牛马走》和《纸醉金迷》深刻地揭示了金钱所造成的异化。在民族存亡关头，前方将士在浴血奋战，大后方重庆却是一片醉生梦死的景象。国难商人有的在囤积居奇，哄抬物价；有的在跑滇缅路线或长途贩运以牟取暴利；有的在炒股，买卖债券；摆纸烟摊的小贩、辞去公职的司机、大字不识的老粗、无钱治病的流浪汉几个月不见都成了阔佬；政府官员背后插手流通领域，从中渔利；大名鼎鼎的博士下海做投机生意；阔太太、穷公务员的妻子为了钱财不惜出卖肉体。人格、爱情、灵魂、肉体、荣誉、学识都可以与金钱做交易，人成了被金钱奴役的一群牛马。《牛马走》的结尾借教育家区老太爷之口表达了作者的无限感慨：“我不等什么，人这样地来，人又那样地去，这就是重庆这一群牛马，白玷辱了这抗战司令台畔一片江山。”

《丹凤街》写的是一群城市贫民为营救少女秀姐免遭官僚赵次长蹂躏终至失败的故事。作品中的好汉们“有血气，重信义”，但耽于幻想，行动鲁莽，有些反抗行为如谩骂、掷粪，近乎无聊且滑稽可笑，他们看似周密的行动计划被赵次长轻而易举地击破了。作者在歌颂下层社会美好品德的同时，也对其落后、愚昧的心理与行为进行了无情的批判。

《八十一梦》以不同的梦境讽刺国人自私自利、阶级压迫、崇洋媚外、虚伪势利、庸俗无聊、醉生梦死等丑恶、腐朽的现象。它所产生的强烈的社会反响得力于作品所采用的现代艺术手法。作品一反传统的全知全能式的叙述方式，有意打破时空和人神的界限，让第一人称的“我”在过去与未来、天上与人间漫游，其亲眼所见和亲身感受直接流泻于笔端。这种叙述方式称为指点干预。方长安指出：“《八十一梦》的指点干预是传统章回小说的开头、结尾程式的现代转型，具有现代小说的品性。”[6]它的“叙事结构由表层结构与深层结构构成。表层结构虽未脱尽古典章回小说的痕迹，但其深层结构无疑是现代的，充满现代精神”。[7]

20世纪40年代是张恨水创作生涯的最后一个丰收期。在对章回小说长达二十多年的改良中，随着文学观的变化，他成功地把西方许多新的艺术手法，如心理描写、细节描写和景物描写，以及新的结构方式与叙述方式等引入作品中，摒弃了陈旧的回目设置、韵文穿插、结构程式、套语及其他艺术模式，改变和扩大了艺术表现领域，使这一古老的文学体裁产生了全方位、多层次的变异，具有现代艺术品位。

然而，张恨水对章回小说的改良与新文学革命有着根本的不同。新文学革命的目的是打破一切旧的艺术处理模式，创造一种全新的文学样式，以承担起疗救人生、重塑国民灵魂、反帝反封建的历史使命。张恨水改良章回小说的目的是为大部分读者服务，读者的阅读水平、欣赏习惯、思维方式等要求他必须继承章回小说的特长并弘扬传统美德，以满足市民读者的期待视界，这就决定了他的改良必须以继承为基础。这不但是文学改良与新文学革命的区别所在，也是通俗文学与纯文学的最根本区别。

张恨水20世纪40年代才完成了对章回小说的改良，为什么其影响最大的几部作品多出在20世纪20年代至30年代初呢？这有多种原因：首先，代表作《春明外史》《金粉世家》和《啼笑因缘》写的是作者最熟悉的言情题材，它们在一定程度上冲破了消遣游戏文学观的制约，在主人公身上寄托了作者自身痛苦的心理感受，人物丰满动人；其次，20世纪三四十年代，他或多或少地偏离了这一题材，去从事他所不熟悉、不擅长的国难小说创作，因此影响力不如从前；再次，20世纪20年代至30年代初，作者生活安定，又值创作盛年，才气逼人，上述三部代表作庞大精密的结构与表现技巧容纳了极为丰富的文化内涵；最后，20世纪三四十年代，他生活不安定，条件艰苦，才气也在一天天消耗，对章回小说的改良并非总是得心应手。但平心而论，他在20世纪三四十年代的创作成就在思想深度上绝非其之前的作品可比，二者各有千秋。

张恨水上承以《红楼梦》为代表的章回小说的优秀传统，下启琼瑶等人的言情小说，他以对章回小说的成功改良并促进其现代转型而在我国通俗文学发展史上占有不可取代的地位。

注释：

【1】林译小说指清末民初著名翻译家林纾译著的西方小说。

【2】张恨水：《写作生涯回忆》，北岳文艺出版社，1993，第34页。

【3】王晓薇：《浅论〈春明外史〉的小说结构》，载张恨水《春明外史》（下），中国新闻出版社，1985，第1409页。

【4】杜丽秋：《对儒家道德的历史重估——论张恨水的长篇小说〈现代青年〉》，《汕头大学学报》，1994年第4期。

【5】张恨水：《傲霜花·自序》，北岳文艺出版社，1993，第1页。

【6】【7】方长安：《梦·叙述者·叙事结构——对张恨水〈八十一梦〉的形式分析》，载《通俗文学评论》，1996年第1期，第68页、第69页。

张恨水与章回小说的现代转型

章回小说从兴起到衰落，历明清两代500余年，然而在20世纪上半叶，却完成了现代转型，重新焕发了生机，个中原因也许是极为复杂的。陈平原说："一种体裁的衰落，与其兴起一样，潜藏着制约规定其发展路向的某种特质。"[1]但特质必须有人开掘和改造才能使该体裁的兴衰成为现实。钱理群等认为，张恨水"经过自觉改革，创立了现代性的章回小说体式，他也就成了现代通俗小说的大家"[2]并"完成了他实现章回小说体制现代化的文学革命"。[3]虽然章回小说的现代转型并非其一人之功，但其所起的关键作用是有目共睹的。

一

对晚清章回小说的评价，学界观点不一。阿英认为，"晚清小说，在中国小说史上，是一个最繁荣的时代"。[4]他主要是从作品的数量与思想内容进步与否方面来理解这一现象的。有人则持论相反，"清朝晚期以来为章回小说的衰微期。这主要表现在西洋小说写作技巧引进，传统章回小说写法渐次削弱，其作品在分章叙事、分回立目的外壳下，原有的特征渐渐失去，章回出现了变异。而即如此类创作，为数虽多，但并无扛鼎之作，这一文体渐趋衰微"。[5]也就是说，章回小说衰微的标志在于：一出现变异，二无扛鼎之作。袁进《中国小说的近代变革》一书则认为，这一时期的小说并不能简单地用衰微来评价，其变革似乎是主要的。可以说，衰微与变革是晚清章回小说的两个侧面。

中国章回小说自清代中叶的《红楼梦》和《儒林外史》以后，再没有出现可称为伟大的作品，在人性日益觉醒、社会日益复杂的现实面前，它的表现力已相形见绌，这几乎是不争的事实。然而，即使没有西方文学的催化，在其内部也会滋生现代性的内容和艺术形式，《红楼梦》是典型例证。鲁迅评价它："全书所写，虽不外悲喜之情，聚散之迹，而人物事故，则摆脱旧套，与在先之人情小说甚不同。"[6]《红楼梦》打破传统写法，显示出中国小说具有走向现代的生机与活力。

在张恨水之前，章回小说的现代转型早已开始，但这一进程是曲折的、渐进的，也是被迫的。转型的根本原因在于近代人文主义意识的觉醒。《浮生六记》表现夫妇之爱，触及此前小说禁区。而苏曼殊的《断鸿零雁记》和徐枕亚的《玉梨魂》则分别以和尚恋爱、寡妇恋爱为题材，表现人们日益觉醒的个性和婚姻自主的要求，将人置于叙述中心而取代昔日以情节为中心，这就必然使小说自身出现一系列变化。这一时期，"无论是长篇小说还是短篇小说都出现了形式上的变化，小说的叙事时间、叙事角度和叙事结构都有所改变"。[7]另外，西方小说大量传入中国，为章回小说现代转型提供了参照物，自然加速了章回小说的现代进程。

但是，中国社会的近现代进程却是伴随着民族危机的进一步加深而发展的。特别是甲午战争后，在高扬个性与救亡图存面前，中国的许多思想家和作家选择了后者，表现出极度的无奈。这样，把小说与政治联系起来，让小说承担起醒民救国的重任，几乎成为那个时期思想家与作家的共识。1897 年，严复与夏穗卿合作《本馆附印说部缘起》，阐明小说的重要价值。1898 年，梁启超作《译印政治小说序》，推崇政治小说。1902 年，梁启超的《论小说与群治之关系》在《新小说》创刊号发表，影响极大。其开宗明义："欲新一国之民，不可不先新一国之小说。"因为"小说为文学之最上乘""有不可思议之力"，所以，"欲改良群治，必自小说界革命始；欲新民，必自新小说始"。此后，类似的文章接踵而来。与此相应，揭露社会黑暗、宣传新思想、新文化的政治小说数量最多，成为当时创作的主要态势。出现这种情况，还有另外两个原因：一是人们发现小说在西方地位很高，二是小说传承了中国根深蒂固的文以载道的观念。儒家思想主张入世，表现在文学上，便是以反映兴观群怨、事父事君的思想内容为创作追求。周作人说，言志与载道“这两种潮流的起伏，便造成了中国的文学史”。[8]可见这一观念早已渗入中国文人的血液中。梁启超的上述论断是对曹丕文章为“经国之大业，不朽之盛事”的遥远回应。这样，处于动荡不安的近现代社会的中国文人，希图以文学来唤醒国人、刷新政治就几乎是顺理成章的事了。

文学绕不开人文精神，离不开对人类心灵的体验、对人类命运的深切关注、对社会人生的深刻思考，但这并不意味着文学一定要服务于当前的政治，甚或充当政治的工具。如果这样，就等于回到原来的载道文学，把人挤出文学表现的中心，小说的现代转型就无从谈起。据统计，晚清长篇小说的数量超过此前所有长篇小说的总和。然而这些作品大多随着时过境迁而烟消云散，其中的佼佼者，如四大谴责小说与《儒林外史》亦不可同日而语。观念的滞后制约了小说自身的建设和发展。袁进曾对此总结道：“‘小说界革命’尽管受到西方小说地位的启发，但由于缺少西方文学观念的指导，忽视对艺术本质的认识，它的本质仍然局限在中国传统文学观念之内。”[9]此时，王国维和周树人、周作人兄弟都曾提出艺术表现人生的理论，但他们的观点未受到重视。这样，我国章回小说的现代转型也就在学习西方和载道的矛盾中曲折地前进着。

二

五四运动前，张恨水由于受传统文化熏陶很深，思想观念自然偏于保守，但“我知道这世界不是四书五经上的世界，我也就另想到那种风流才子不适宜于眼前的社会”。[10]所以，他决心跟上时代，改造章回小说。他早年的中篇小说《小说迷魂游地府记》就表现出对文坛现状的不满。1924年，他的长篇巨著《春明外史》轰动京城时，鸳鸯蝴蝶——礼拜六派文学一直在遭受新文学阵营的批判，他的心理压力可想而知，这使他改造章回小说的心情更为迫切了。与许多同时代作家一样，他也是把西方小说作为参照物，逐渐融进西方小说技巧。这个时期，作者的思想充满矛盾：一方面，“不肯和时代脱节”；另一方面，该书“依然带着我少年时代的才子佳人习气，少有革命精神（有也很薄弱）”。[11]

中国文学向来以诗文为中心，小说处于边缘地带，被认为不入大雅之堂，属于雕虫小技。在很长一段时间，这一观点都为张恨水所认同。20 世纪 30 年代初，他已名满京城，还为作为小说家而自卑：

恨水忽忽中年矣，读书治业，一无所成。而相知友好，因其埋头为稗官家言，长年不辍，喜其勤而怜其遇，常以是相嘱，恨水乃以是得自糊其口。当今之时，雕虫小技，能如是亦足矣，不敢再有所痛也。[12]

然而这一观点却又与通俗文学的消遣娱乐性特征相通，遂自慰道：

读者诸公，于其工作完毕，茶余酒后，或甚感无聊，或偶然兴至，略取一读，藉消磨其片刻之时光。而吾书所言，或又不至于陷读者于不义，是亦足矣。[13]

既然小说是为读者消遣娱乐而存在的，那就要强调趣味，讲究情节生动有趣，语言通俗易懂，结构程式化，与读者的接受心理达成某种默契。而读者是一个动态群体，其接受心理在不断变化。随着时代发展，他们会向作品提出具有现代特征的要求。张恨水清醒地意识到，如果不能满足读者的需求，就会失去他们。这样，如何既坚持通俗文学的上述特点又推动章回小说的现代转型，就成为张恨水长期追求的目标。而实际情况是虽然思想观念陈旧限制了他创作的发展，但由于他牢牢把握了通俗文学的基本特征并遵从创作规律，他的创作实践又常常能够突破陈旧的观念。

九一八事变使张恨水的小说观念发生巨变，小说由雕虫小技变成唤醒民众抗日的重要武器。请看张恨水是如何解释这一转变的：

夫小说者，消遣文学也，亦通俗文字也。论其格，固卑之毋甚高论，无见于经国大计。然危言大义所不能尽者，而小说写事状物，不嫌于琐碎，则无往而不可尽之。他项文字无此力量也。更退一步言之，即令危言大义，将无事物而不能尽之矣，然贩夫走卒，妇人孺子，则又不能了了于其所云者为何，而小说立词为文，不嫌于浅近，则又无人而不可以读之。他项文字亦无此力量也。今国难当头，必以语言文字，唤醒国人，无人所可否认者也。以语言文字，唤醒国人，必求其无孔不入，更又何待引申？然则以小说之文，写国难时之事物，而供献于社会，则虽烽烟满目，山河破碎，固不嫌其为之者矣。[14]

这一解释几乎天衣无缝。但不难看出，这一观念仍是古代载道观的翻版。让文学承担它所难以承担的任务，充当某种政治的或伦理的工具，最终会使它失去所赖以存在的根本，即使当初出于一种良好的愿望甚至伟大的使命。张恨水后来创作了大量的国难小说，但最初像《弯弓集》这样的作品，由于不熟悉这一题材，缺少对人生的深切体验，精神可嘉却流于说教，其艺术价值可以想见。在五四文学革命十年以后，章回小说还没有在最优秀的作家那里完成现代转型，除了读者的制约因素外，我们不难发现另一成因，即作家观念滞后。

张恨水的小说观念的真正转变是在1934年，他自费去西安、兰州一带考察风俗民情，当地百姓的苦难生活令其触目惊心，终生难忘。他明确强调：“小说有两个境界，一种是叙述人生，一种是幻想人生。大概我的写作，总是取径于叙述人生的。”[15]这段话虽然是对当年《金粉世家》的创作有感而发，但该文作于20世纪40年代末，当是经验之谈。从“叙述人生”的角度出发，不管是政治的、伦理的、战争的、社会的，还是婚恋等题材的描写，都要把人放在小说的中心位置，侧重于对人生的深入思考和对人性的深刻挖掘，由此必然会带来作品思想内容和艺术形式的一系列变化。如果说《燕归来》和《小西天》尚带有急就之作的痕迹，那么此前的《现代青年》《秘密谷》《过渡时代》《北雁南飞》，特别是其后的《艺术之宫》《夜深沉》《冲锋》《大江东去》《丹凤街》《偶像》《巴山夜雨》《玉交枝》等则表现了作家对人性的深度检验以及对艺术的成功探索。同时，这种探索又是以淡化或牺牲通俗文学的部分特性为代价的，与之相应的则是其作品由俗趋雅的进程。

三

在章回小说现代转型中，如果观念是先导，那就必然带来小说内部体制一系列复杂的变化。

1. 以情节为中心向以人物为中心转移

旧章回小说脱胎于话本小说，其叙述中心是情节，而情节是由作者设定的。这样，作者与叙述人基本上是统一的。在旧章回小说中，我们常常看到作者介入，或直接出面对作品中的人、事进行评价，或强行中断对某人某事的叙述，转而叙述另一人、事，并在高潮时突然中断情节，为的是吸引读者继续读下一章。如果转向以人物为中心，人物作为有思想感情的独立生命体，一旦形成个性鲜明的艺术形象，就要求摆脱作者控制，按自己的意志行事，这就必然造成作者与叙述人的分离，即让客观叙述取代主观说教，作者的倾向只能隐藏在作品叙述中。

张恨水在20世纪20年代的某些作品如《春明新史》，每回结尾尚有“要知新郎走了没有，下回交代”之类的套语，故其成就不高。但其成名作《春明外史》已没有上述旧章回小说的通病。尤其是在《金粉世家》中，人物众多且个性鲜明，在情节发展中，人物结局殊难预料。作者的任何主观意图只能通过人物的具体行动来实现。当人物摆脱作者单一思想的控制后，其性格也就变得丰富复杂起来。因此，他的小说完全摒弃了旧体章回小说大团圆的结尾方式：有的表现出一种残缺美，如《春明外史》主人公杨杏园、李冬青的结局；有的故意与读者的愿望相悖，如《金粉世家》纨绔子弟金燕西爱情不专，喜新厌旧，结尾后续反倒成了名演员，而知书达礼的冷清秋却被迫以卖字为生；还有的作品人物具有反讽意义，如《丹凤街》中童老五等下层百姓营救秀姐的正义行动反倒显得滑稽可笑，而这种滑稽可笑的背后又发人深思；又如《玉交枝》中王玉清一家一向令人同情，但在和东家蔡为经达成协议后却出尔反尔，假戏真做，而蔡玉蓉小姐婚外孕，本属作风放荡，但由于置身于农村落后、愚昧的环境，反倒成了悲剧人物，令人同情。

由此可见，在张恨水笔下，“叙述人”与作者的分离意味着把人物从奴役地位中解放出来，使之具有立体感、层次感和思想深度。难怪有的学者认为：“‘叙述人’（narrator）的问题是一个核心问题。”[16]

2. 在叙事方式上由全知视角向限知视角转换

“所谓叙事方式，是指叙事者与故事之间关系的类型，叙事者要向读者展开情节，描叙人物，并对小说世界的种种作出情感的、道德的、思想的、政治的等等价值判断，总要采用某一种叙述的方式。”[17]而“事件无论何时被描述，总是要从一定的‘视觉’范围内描述出来。要挑选一个观察点，即看事情的一定方式、一定的角度，无论所涉及的是‘真实’的历史事实，还是虚构的事件。”[18]

在旧章回小说中，作者无所不知，无所不晓，所有人物的行动、心理活动甚至未来的结局都由作者事先安排好。“这种全知全能的叙述观念，在中国古代章回小说发展史中，可以说是贯彻始终、占统治地位的。”[19]

如在《三国演义》中，一开始就定下全书基调：“话说天下大事，分久必合，合久必分。”在全书结束时，作者又站出来评述道：“自此三国归于晋帝司马炎，为一统之基矣。此所谓‘天下大势，合久必分，分久必合’者也。”这样，书中发生的任何事，都在作者的策划之中。

又如清代陶贞怀《天雨花》也是开宗明言：“词中却说谁家事，单表襄阳湖广人。”然后就是“话说湖北襄阳府，有一世家……”。

而在张恨水的小说中，“叙事者仅仅只能讲述作品中人物能够闻见的事物，要进入人物的内心世界也仅限于某个人物或少数几个人物”。[20]作者对人物的结局似乎无可奈何，这就给读者留下较多的参与机会。譬如在《啼笑因缘》中，沈凤喜的结局如何？樊家树会与谁结婚？作者并没有顺从读者心理，以大团圆结束，而是让每个人都按自己本真的性格发展。在《夜深沉》中，人物性格也在发展变化。贫困无依的卖唱女杨月容在患难中得到马车夫丁二和的帮助，二人互生爱慕。但前者在一番挣扎无效后，终于堕落了，而她的堕落是从丁二和的观察中被证实的。小说快结束时，丁二和“见她已穿着皮领子大衣，在毛茸茸的领上面，露出一张红通通的面孔，证明是戏妆没洗干净。口里斜衔了一支绿色的虬角烟嘴子，靠了车厢坐着，态度很是自得。……于是叹了口气道‘她怎么不会坏！’”

旧章回小说以描写人物行动见长，而对人物心理刻画则相形见绌，这是因为小说运用全知视角，却无法深入人的灵魂深处探幽索隐。而在张恨水的小说中，限知视角的成功运用可与五四新文学作品相媲美。如在《北雁南飞》中，毛三叔夫妇反目、离异后，毛三婶喜获美满姻缘，毛三叔暗中窥测时所产生的心理活动完全符合其性格特点，十分逼真可信。

限知视角在张恨水的小说中还常常转换，这种转换与人物的心理默契简直天衣无缝。《天河配》第二十八回“情敌难忘借杯浇块垒，醉乡堪老酣睡是生涯”，作品先是客观描写张济才与王玉和喝酒聊天，接着写白桂英对玉和酒醉后的观察与心理，然后视角又转向酒醒后的玉和，描写他的观察及行为与心理。这样，同是白桂英要重新演戏这件事，在朋友、妻子和丈夫的不同观察点中转来转去，产生不同的心理反应，也为以后的结局做了铺垫。美国学者佩瑞·林克认为："张恨水代表的较'高'的水准接近了五四传统（虽然还是应用旧风格写作）。"【21】这一评价是符合事实的。

3. 情节推进由单纯到复杂

其一，情节发展由单因果关系向多因果关系过渡。旧章回小说情节往往是一个原因导致一种结果，且常带有宿命观念。例如，《水浒传》中梁山起义是由于洪太尉误放妖魔；《说岳全传》中女土蝠下凡就是要残害忠良，大鹏鸟下凡就是要保护大宋江山。不仅如此，其中的情节片段也附属在单线因果链条上。如《西游记》中孙悟空一行四人一路斩妖除怪，主要是善恶的较量。一方要去西天取经，一方要吃唐僧肉，双方目的明确，因果关系单一，且要经历九九八十一难也是命中注定。当然，像《金瓶梅》《红楼梦》这样的佼佼者属于例外。

而在张恨水的小说中，情节大多是多因多果。《啼笑因缘》情节比较简单，樊家树离京南下时，沈凤喜被军阀刘德柱霸占，似属巧合。但看似偶然的事件实则由多项因素导致：沈凤喜爱慕虚荣、内心脆弱，与沈家的势利、俗气直接相关，也与尚师长大妇的诱导、刘德柱的软硬兼施密不可分。再如《艺术之宫》中秀儿瞒着老父去当裸体模特，既是受他人的诱导，又是经济困窘所逼，还在于本人少不更事。在张恨水编织的一个个生活网络中，每一个片段甚至细节都环环相扣，又富有生活情趣，一切都发生得那么自然。在这些现象背后，隐伏着经济的、社会的和人事的种种联系与纠葛。

其二，旧章回小说环境描写相对简单，因为它脱胎于话本小说，出于说唱的需要，注重生动曲折的情节而非静态的描述。而在张恨水的小说中，非情节因素大量增加，使情节承担起丰富的文化内涵。这样，本来简单的情节，由于把人物浸润在复杂的社会环境中，便可为我们提供多种文化阐释。例如，《啼笑因缘》对于北京天桥的描写，《夜深沉》对于北京大杂院的描写，《小西天》对于西安旅馆"小西天"及其周围环境的描写，《玉交枝》对于安庆农村生活的描写，《巴山夜雨》对于重庆郊区的描写，都使作品平添了浓厚的历史和民俗气息，使人物有了广阔的生存空间，拓展了反映现实的深度和力度。

4. 回目艺术性的提高及其与作品内容联系的加强

每一回目无疑是对回内内容的概括，然而许多旧章回小说却没有做到这一点。张恨水在回忆创作《春明外史》时不无自豪地说：

> 因为我自小就是个弄辞章的人，对中国许多旧小说回目的随便安顿，向来就不同意。既到了我自己写小说，我一定要把它写得美善工整些。所以每回的回目，都很经一番研究。我自己削足适履的，定了好几个原则。一、两个回目，要能包括本回小说的最高潮。二、尽量求其词藻华丽。三、取的字句和典故，一定要是浑成的，如以“夕阳无限好”，对“高处不胜寒”之类。四、每回的回目，字数一样多，求其一律。五、下联必定以平声落韵。[22]

这段话既强调了他的回目与作品的内在联系，又说明了其回目艺术性的表现形式。如《春明外史》第八十三回回目“柳暗花明数言铸大错，天空地阔一别走飘蓬”，又如《金粉世家》第四十三回回目“绿暗红愁娇羞说秘事，水落石出惆怅卜婚期”，此类佳句不胜枚举，反映了张恨水在旧体韵文方面深厚的艺术功底。但这种情况仅持续了十几年，由于容易招来新文学作家的批评，到20世纪30年代后期，他的作品就分章不分回，每章题目也就改为白话了，如《艺术之宫》第十五章“未完成的杰作”、第二十章“破坏为成功之母”。这种改弦易辙是很遗憾的，因为作家放弃了自己的长处，去迁就无文学性可言的大白话，不能不说自动降低了艺术水准。后来，《巴山夜雨》每章题目均为四个字，如第九章“人间惨境”、第二十二章“西窗烛影”，可以说是对上述二者的折中。

小说的内部体制与其所反映的思想内容是一个有机的整体，前者的现代转型与现代意识的增强应该是一致的。张恨水对章回小说现代转型所起的作用自然不仅在其内部体制上。他曾自述：“我是现代人，我做的是现代人所能做的梦。”[23]陈铭德对其评价是，“一个学养人格的作家，是不会与大时代脱节的”，而其“每一篇小说，都包含着一个人生的理想境界”。[24]

当然，张恨水也有不成功之处。那就是在武侠题材的创作方面。武侠小说是成年人的童话，要有浪漫色彩和丰富的想象力。他不满当时这类作品的夸张失实与胡编乱造，也写过几部这类小说，志在创新，终因其描写过于实在而成就不大。但瑕不掩瑜，他以在章回小说现代转型中所发挥的关键作用及其巨量作品成为章回小说发展史上的一座高峰。

注释：

【1】陈平原：《小说史：理论与实践》，北京大学出版社，1999，第56页。

【2】【3】钱理群、温儒敏、吴福辉：《中国现代文学三十年》，北京大学出版社，1998，第339页、第343页。

【4】阿英：《晚清小说史》，东方出版社，1996，第1页。

【5】【19】陈美林、冯保善、李忠明：《章回小说史》，浙江古籍出版社，1998，第19页、第161页。

【6】鲁迅：《中国小说史略》，东方出版社，1996，第189页。

【7】【9】袁进：《中国小说的近代变革》，中国社会科学出版社，1992，第120页、第100页。

【8】周作人：《中国新文学的源流》，华东师范大学出版社，1996，第18页。

【10】【11】【15】【22】张恨水：《写作生涯回忆》，北岳文艺出版社，1993，第15页、第35页、第39页、第41页。

【12】张恨水：《剑胆琴心·自序》，北岳文艺出版社，1993，第1—2页。

【13】张恨水：《金粉世家·自序》，时代文艺出版社，2015，第244页。

【14】张恨水：《弯弓集·自序》，载张占国、魏守忠编《张恨水研究资料》，知识产权出版社，2009，第218页。

【16】[美国]浦安迪:《中国叙事学》,北京大学出版社,1996,第16页。

【17】【20】石昌渝:《中国小说源流论》,生活·读书·新知三联书店,1994,第346页。

【18】[荷兰]米克·巴尔:《叙述学:叙事理论导论》,谭君强译,中国社会科学出版社,1995,第113—114页。

【21】[美国]佩瑞·林克:《论一二十年代传统样式的都市通俗小说》,载贾植芳主编《中国现代文学的主潮》,复旦大学出版社,1990,第130页。

【23】张恨水:《八十一梦》,北岳文艺出版社,1993,第279页。

【24】张恨水:《八十一梦·序言》,北岳文艺出版社,1993,第3页、第1页。

独立人格与文化自强
——张恨水的文化观

张恨水自言中过线装书的毒，早年所受的教育及环境的熏陶使他耽于诗词，流连花草，自命清高，看不惯社会黑暗现象，采取逃避或超然物外的态度。从他前期代表作《春明外史》和《金粉世家》中的主人公杨杏园、李冬青和冷清秋身上不难找到作家的影子。西方文化的传播对中国传统文化造成强烈的冲击，张恨水自然采取抵触的态度。在20世纪20年代的作品中，他总是把中国文化与西方文化、传统文化与新文化，如旧戏与文明戏、旧体诗词与新诗、文言或古白话与欧化语言等进行比较，以显示中国传统文化的优越性。但作者又不愿与时代脱节，他极力摆脱传统文化对自己的约束，一心接受西方文化和新文化的新质，在艰难的自我抉择中奋力挣扎。这样，他的文化观较多的是中国传统文化中仍具有生命活力的内容，同时吸收了西方文化中适合中国国情的因素，集中表现在建设现代国民独立人格和文化自强两方面，具有鲜明的个性和时代特色。

一

传统文人主要表现为依附性人格，他们把自己实现功名的希望寄托在君王或达官贵人身上，希望自己被发现和重用，从而实现治国平天下的梦想。然而，作为一位现代作家，他的作品必须具有独立的人格意识，才能得到读者的认同。张恨水就是如此，主要表现为以下几点。

1. 树立新的婚恋观

张恨水素以创作言情小说著称，《春明外史》和《金粉世家》虽仍带有才子佳人式的叙事特征，但其主导思想已发生变化。其后的《啼笑因缘》及其他作品已表现出新的婚恋观。

一是挣脱封建礼教束缚，确立男女平等、两情相悦的婚恋主题。《啼笑因缘》的主人公不再是《春明外史》及之前《南国相思谱》等作品中的才子佳人。樊家树虽出身高贵，家境富有，却具有平民意识；沈凤喜则是生活在社会底层的大鼓娘（唱大鼓书的姑娘）。樊家树资助沈凤喜从未表现出道德上或经济上的优越感，反而灌输后者以平等观念。即使后来分道扬镳，樊家树也从未表现出对后者的施恩图报或横加指责。几年后，张恨水创作的《夜深沉》更是把城市下层百姓作为恋爱主角，丁二和从未因王月容无依无靠和后来的堕落而歧视她。《北雁南飞》描写了主人公李小秋和姚春华的恋爱悲剧，具有浓郁的反封建意识。

二是形象地说明女性婚恋悲剧的社会原因。《天河配》中丈夫王玉和不许出身梨园的妻子白桂英婚后登台演戏，但他后来失业，断绝了经济来源，白桂英为了家计不得不瞒着丈夫重操旧业，终被丈夫知晓，她面临着要么失去婚姻要么失去生活来源的悖论。这其实是另一个版本的《玩偶之家》。鲁迅指出："从事理上推想起来，娜拉或者也实在只有两条路：不是堕落，就是回来。……人类有一个大缺点，就是常常要饥饿。为补救这缺点起见，为准备不做傀儡起见，在目下的社会里，经济权就见得最要紧了。"【1】《天河配》强调的则是另一个同样重要的问题——在现代社会，女子谋一份职业并不难，难的是如何把男权社会改变为一个两性真正平等的社会，改变人们的传统观念和重男轻女的社会制度。《艺术之宫》可视为《天河配》的姊妹篇。出身贫苦的秀儿瞒着父亲出外挣钱，没想到进"艺术之宫"当了模特儿后，被几个男人轮番玩弄。它告诉人们，当人格与生存不可兼得时，经济问题就可能转化为严重的社会问题了。

三是恋爱必须以爱国为前提，这是张恨水在抗战时期对爱情的深度思考。《大江东去》中的少妇薛冰如爱上了丈夫孙志坚的战友江洪，然而江洪的军人的使命感战胜了生理上的冲动，终不为所动。作品结束时，江洪毅然离别美人，和孙志坚并肩踏上奔赴前线的征途。《杨柳青青》中桂枝与赵自强夫妻恩爱，大敌当前，桂枝坚决支持丈夫上前线杀敌。丈夫牺牲的噩耗传来，桂枝在悲痛之余，对自己的选择无怨无悔。在张恨水看来，爱情诚可贵，但必须服从国家利益。假如一个人置民族存亡于不顾，沉溺于卿卿我我，这样的爱情实不足取。

2. 培养现代公民意识

在现代社会，每个生命个体都必须具有公民意识，履行公民义务。“国家强盛，为人民知识之总和所构成的。这固然需要一个超人的领袖；而被领导的民众，却也要够得上做一个时代公民”。[2]在张恨水的作品中，这种公民意识主要表现在以下三个方面。

一是塑造了具有独立人格的系列女性形象。《啼笑因缘》中的关秀姑深深地爱着樊家树，当她发现樊家树已情有所钟时，便毅然自断情缘，飘然离去。《北雁南飞》中的毛三婶夫妻不睦，便毅然离开毛三叔，开始新的生活。《燕归来》中的杨燕秋以体育皇后著称，身边不乏追求者。为了改变西北地区贫穷落后面貌，她响应政府号召，离开南京，奔赴故乡创业。随着距离目的地兰州越来越近，她身边的四位追求者也一一离她而去，但她终于遇到知音，与工程师程力行因志同道合而相爱。上述作品中的主人公不再是依附于男人的第二性，而是有着独立人格和尊严的新型女性形象。无疑，她们既是时代的产物，也是作家寄希望于女性独立人格的生动体现。

二是通过关注和同情弱势群体，恪尽社会责任。张恨水的小说塑造了许多城市贫民形象，拉车的、卖唱的、演戏的、看门的、小手艺人等，他们生活在社会底层，受官匪欺诈，饥寒交迫，朝不保夕，这样的例子不胜枚举。《夜深沉》中的丁二和尽管饱受磨难，却自食其力，乐于助人，始终保持着做人的气节。丁二和无疑是作家人生态度的写照。《山窗小品》作为张恨水散文代表作，其中《贱邻》《忆车水人》《耙草者》《鬼扯》《对照情境》《断桥残雪》等篇生动地描写了贫苦农民艰难的生存困境。徐永龄说："由于作家与普通平民之间始终存在着一种类乎天然的感情联系，所以他极其关心社会下层人民的生活与命运。特别对贫苦农民的命运与处境，似乎投入了更多的同情与关注。"[3]此言极是。张恨水还塑造了一系列年轻、美丽的下层女性形象，如上述《啼笑因缘》中的沈凤喜、《艺术之宫》中的秀儿、《夜深沉》中的王月容、《落霞孤鹜》中的冯玉如和《丹凤街》中的秀姐。她们置身乱世，受饥寒所迫，身不由己，委身他人，屡遭抛弃，或被恶势力所吞噬，或自甘堕落，与上述具有独立人格的女性形成鲜明的对照。

三是通过批判社会阴暗面，尽到公民参与国家政治的义务。诚然，传统知识分子也批判社会，但这种批判往往以忠君为前提，是对社会罪恶现象的揭露而不能科学地探究其发生的根源。张恨水摒弃了传统文人的这一思维定式，他认为，只有对国家政权进行监督，它才能实现良性运转。所以，他始终保持着现代知识分子独立思考问题的人生态度。在他创作的高峰期，谴责官商勾结、政治黑暗、军阀割据、贫富悬殊的内容贯穿始终。如长篇小说《斯人记》《京尘幻影录》《纸醉金迷》《魍魉世界》以及发表在重庆《新民报》副刊《最后关头》上的系列散文，尤其是《八十一梦》，把对社会黑暗现象的批判上升到对当时社会制度合法性的质疑，譬如，"我"的同事李行时陪赖二小姐拉了两次胡琴，"我"捡到一只白金戒指还给失主赖二少爷，就分别被赖总长和赖夫人提拔为秘书。在张恨水看来，一个人治的社会难有公平与正义，而一旦缺少监督，人的私欲就会无限膨胀，这才是政治腐败的根源所在。

二

作为一位有良知的作家，不可能对民族苦难熟视无睹，他必然要通过自己的作品提出对于民族振兴的见解。在张恨水看来，要战胜日本侵略者，国际支持毕竟是外在的，文化自强才是民族振兴的根本所在。那么，如何达到此目标呢？

1. 恢复文化自信

“一个国家有他固有的文化，才能保持他的民族性，才不至于灭亡。”[4]一个充满自信的民族才能得到其他民族的尊重。在张恨水看来，经济、军事暂时落后并不可怕，因为中国文化有着顽强的生命力，可以创造财富，发展军事，走向自强。

> 我们打了这五年的仗，关于精神方面，我们是靠着一点得自西洋的文化呢？还是仰仗着传统的五千年固有文化呢？这问题是深入民间的人，尤其是到过前方的人，大概都可以答复的。……我固有的文化，实不可鄙视。不但如此，还应当发扬而光大之。[5]

文化自信根源于下面两种情况。

一是“士”气未衰。

“士”气即知识分子气节，历来被视为立国之本。为了生命尊严、理想坚守和民族独立，始终保持着高尚的节操，不惜杀身成仁，舍生取义，这是传统文人人格的集中概括。相反，贪图享受，贪生怕死，这样的人必然自轻自贱，毫无人格、尊严可言。然而，随着西方文化入侵，知识分子出现群体堕落的现象。“天下可痛哭之事甚多，而莫过于上无气节。……知识阶级，不要气节，只好让肉食者和文盲来谈救国了，焉得不痛哭？”[6]在《斯人记》《傲霜花》《魍魉世界》以及《巷战之夜》《八十一梦》《巴山夜雨》《纸醉金迷》等小说中，官商勾结发国难财，知识分子或下海经商或醉生梦死，作家认为其根源就在于传统文化被冷落。“这几年来的人心大变，唯钱是抢，线装书之全部下茅厕，大概有点因素。”[7]

尽管如此，张恨水认为，知识分子并没有完全被西方文化腐蚀，仍有一些知识分子坚守并传承着传统文化。所以，知识分子仍然能够担当起人类灵魂守夜人的重任。他在长篇小说《魍魉世界》与《傲霜花》中，塑造了教育家区老太爷坚守清贫、谈伯平教授宁愿饿死也不改初衷的知识分子形象。这既是张恨水自身人格的写照，也是知识分子崇尚气节操守的形象书写。这一观点与鲁迅的观点不谋而合。1934 年 8 月，针对流行一时的“中国人失掉了自信力”的悲观论调，鲁迅慷慨陈词：

我们从古以来，就有埋头苦干的人，有拼命硬干的人，有为民请命的人，有舍身求法的人，……虽是等于为帝王将相作家谱的所谓“正史”，也往往掩不住他们的光耀，这就是中国的脊梁。这一类的人们，就是现在也何尝少呢？他们有确信，不自欺；他们在前仆后继的（地）战斗，不过一面总在被摧残，被抹杀，消灭于黑暗中，不能为大家所知道罢了。说中国人失掉了自信力，用以指一部分人则可，倘若加于全体，那简直是诬蔑。[8]

二是传统文化在下层民众中有着坚实的基础。

张恨水认为，西方文化的流播造成上层社会的堕落。“小说中正派市民之对立面，往往是洋奴、军奴、汉奸、西崽式的读书人等，而这正凸显传统与洋派之对立。”[9] 在那些没有被西方文化侵蚀的下层社会，传统文化仍然有着雄厚的基础，这足可以使中国立于不败之地。张恨水说：

当中国和日本打了一年仗的时候，日本人发现了中国有一个不可侵犯的堡垒，就是民族主义。又打了一年，在战区士兵身上，在游击区游击队员身上，在沦陷区民众身上，他更觉得在各不同的环境中，能一致抗日，最大的鼓励就是民族主义。[10]

从 1932 年《啼笑因缘》续集开始，张恨水一反过去创作言情小说的套路，改为创作他并不擅长且缺少生活经验的战争小说，如《桃花港》《潜山血》《前线的安徽，安徽的前线》《游击队》《巷战之夜》《敌国的疯兵》《大江东去》和《虎贲万岁》等，这些英勇的前方将士来自社会底层的平民百姓。因此，抗战时期张恨水笔下的市民不再仅仅是《啼笑因缘》中的沈三弦，《夜深沉》中的宋子豪、黄氏，《丹凤街》中的何德厚那样的市井无赖，也不再是《美人恩》《艺术之宫》中无所事事的穷汉洪士毅、李三胜，而是《丹凤街》中的杨大个子、童老五，《秦淮世家》中的大狗、毛猴子等。虽然他们生活贫困，没有受过教育，有着这样那样的缺陷或不足，但“大半有血气，重信义，今既受军训，更必明国家大义，未可一一屈服……读者试思之，舍己救人，慷慨赴义，非士大夫阶级所不能亦所不敢者乎？友朋之难，死以赴之，国家民族之难，其必溅血洗耻，可断言也”。【11】在《中国民族素质不弱》一文中，他列举了中国工农吃苦耐劳的本质后，转入对其爱国精神的歌颂：“五十万农人，以一百天的日子造成若干庞大无比的飞机场，令欧美人为之大惊。中国民族真弱吗？”【12】在张恨水看来，有千千万万的中国老百姓在，中国文化的复兴就有希望。

那么，如何恢复文化自信呢？张恨水认为，除了向民众学习外，还有两个途径。

一是以史为鉴，为此他在《新民报》副刊特辟“上下古今谈”栏目，大量刊载历史上的英雄范例，如伯夷、叔齐、屈原、戚继光等。他在《为宋明之士呼冤》一文中说：“他们（宋明人士）那种大义孤忠，也让强敌低首下心的钦佩，讲气节真无补于国家吗？”【13】在《中国军人李秀成》一文中，作者感慨：

> 他那种知其不可为而为之的精神，守到南京城最后一刻，对手方面读破万卷书的曾、左也有所难能。可是他带数十万兵，有江南可走，他不学石达开；他为清廷所重，可降，他不学张嘉祥。不屈不移，这才是个大丈夫，我们应当介绍他给世界善谈战略的人物。【14】

二是褒扬当代志士仁人的光辉业绩，以与历史上的英雄相呼应，如陈独秀、梅兰芳、陈散原、沈鸿烈、范筑先、廖燕晨等。在他们身上，真正体现我们传统文化中宁为玉碎不为瓦全的精神，也说明恢复文化自信并非空谈，而是持之有据的。

2. 重建民族文化

张恨水并非那种抱残守缺的守旧人物，相反，他一直思考：中华民族之所以积贫积弱，屡被强邻入侵，主要是文化出了问题，导致一系列社会弊端。例如，封建礼教和宗法制度在农村根深蒂固，遏制青年人的自由和创造力；缺乏制度约束，城市官商勾结，发国难财；许多知识分子不思国耻，麻木不仁；贪婪、冷酷、残忍在腐蚀着人们的心理；内讧造成民族分裂……痼疾不除，无有康宁。所以，抗战不仅是反侵略、争取民族独立，也是重建民族文化的过程。

下面这段话集中体现了张恨水的观点：

> 我们这部分中年文艺人，度着中国一个遥远的过渡时代，不客气地说，我们所学，未达到我们的企望。我们无疑肩负着两份重担：一份是承袭先人的遗产，固有文化；一份是接受西洋文明。而这两份重担，必须使它交流，以产出合乎我们祖国翻身中的文艺新产品。[15]

概而言之，融汇传统文化和西洋文明以形成新的民族文化，即吴宓所言："今欲造成中国之新文化，自当兼取中西文明之精华，而熔铸之，贯通之。"[16]

但张恨水认为，新的民族文化不是传统文化与西方文化半斤对八两的混合，而是以仍具活力的中国传统文化为主，同时吸收优秀的西方文化为我所用，因为"传统是几近于民族性的标志性存在……传统是民族性之根，民族性是依赖传统不同的姿色变幻体现自己的"。[17]而"孔子的学说，除一小部分为时代所不容外，十之七八是可崇奉的”。[18]吸取西方文化的目的在于为本民族文化增加活力，而非让西方文化取代中国传统文化。所以，他对西方文化在中国的流播一直保持戒备心理。1942 年，他在看了音乐月的节目单后，愤慨地写道：

我是中国人，我爱中国音乐。音乐月里应当有我们自己的音乐。我们的音乐好，自乐得表现。我们的音乐不好，改进、改进，音乐家也责无旁贷。在这个月，宣传外国音乐，尤其是敌国音乐，透着有些长他人威风，我深以为憾！[19]

另外，西方文化精华与糟粕并存，要区别对待。他十分赞赏基督教的博爱精神、西方的民主制度以及先进的科学技术。他多次表示，自己从西方小说和戏剧中学到了许多艺术技巧，这是他文学事业成功的重要因素之一，但是西方的伦理道德却与中国相差甚远。

希腊罗马神话的开始，就是父子篡夺淫杀。而中国开辟神话，却是建筑一切民主基础。东西罗马帝国是现实可征的史事，只是夺取占有；而我们周代大一统的前奏，又是从事教化，为了岐周仁义之师的发展。[20]

因而，他在自己的小说中常常表现出对西方伦理道德和生活方式的冷嘲热讽。在他看来，一些人没有学到西方文化的精华，反而把不适于中国国情的东西甚至糟粕盲目引进或效仿，结果只会适得其反，毒化我们的社会风气。譬如他在《现代青年》《似水流年》和《艺术之宫》等小说中，就对西方文化导致青年不思进取、耽于享受表现出极大的担忧。

张恨水建设新文化的精神可嘉，他所做出的贡献也是有目共睹的，但他的观点却存在很大偏颇：他没能深刻认识到优秀的西方文化对于改变人们的思维方式与价值观念、对于促进传统文化的现代转型所起的至关重要的作用，他似乎仍未超越前人“西学中用”的理论框架。但他既立足于传统，又面向现代；既吸收西方文化精华，又注重吐故纳新；无论是对于当时的民族解放，还是对于今天的文化重建，都弥足珍贵。

注释：

【1】鲁迅：《娜拉走后怎样》，载鲁迅《鲁迅全集》第1卷，人民文学出版社，2005，第166—168页。

【2】张恨水：《人民知识之总和》，载张恨水《最后关头》（下），北岳文艺出版社，1993，第469页。

【3】徐永龄：《山窗小品漫评》，载张恨水《张恨水散文》第4卷，安徽文艺出版社，1995，第458页。

【4】张恨水：《法国人爱法文》，载张恨水《最后关头》（上），北岳文艺出版社，1993，第299页。

【5】张恨水：《恢复文化自尊心》，载张恨水《上下古今谈》（上），北岳文艺出版社，1993，第36页。

【6】张恨水：《可痛哭者一》，载张恨水《最后关头》（上），北岳文艺出版社，1993，第205页。

【7】张恨水：《再拿出线装书来》，载张恨水《上下古今谈》（下），北岳文艺出版社，1993，第393页。

【8】鲁迅：《中国人失掉自信力了吗》，载鲁迅《鲁迅全集》第6卷，人民文学出版社，2005，第122页。

【9】赵孝萱：《雅人趋俗，俗人却雅》，载《张恨水研究论文集》（八），中国文化出版社，2012，第60页。

【10】张恨水：《中国之宝》，载张恨水《最后关头》（下），北岳文艺出版社，1993，第429页。

【11】张恨水：《丹凤街·自序》，北岳文艺出版社，1993，第1—2页。

【12】张恨水：《中国民族素质不弱》，载张恨水《上下古今谈》（下），北岳文艺出版社，1993，第427页。

【13】张恨水：《为宋明之士呼冤》，载张恨水《最后关头》（下），北岳文艺出版社，1993，第493页。

【14】张恨水：《中国军人李秀成》，载张恨水《上下古今谈》（上），北岳文艺出版社，1993，第55页。

【15】张恨水：《郭沫若洪深都五十了》，载张恨水《上下古今谈》（上），北岳文艺出版社，1993，第220页。

【16】廖超慧：《中国现代文学思潮论争史》，武汉出版社，1997，第19页。

【17】谭好哲等：《现代性与民族性》，社会科学文献出版社，2005，第41页。

【18】张恨水：《读孔子教人》，载张恨水《最后关头》（下），北岳文艺出版社，1993，第370页。

【19】张恨水：《这音乐月是中国的还是德国的？》，载张恨水《上下古今谈》（上），北岳文艺出版社，1993，第64页。

【20】张恨水：《想起虞芮争讼》，载张恨水《上下古今谈》，时代文艺出版社，2015，第297—298页。

张恨水

作 品 论

文学批评的标准可以不止一个。如果按通俗文学自身的标准来衡量张恨水的作品，我们也许会发现许多带有规律性的东西。如果从多元文化视野的角度分析他的作品，如果把其作品放到博大精深的中国文化中去考察，我们也许会挖掘到张恨水作品中更加丰富的文化内涵，也许不难发现他为什么会成为“全国唯一的妇孺皆知的老作家”（老舍语）。

张恨水言情小说的创作模式

张恨水的言情小说大多遵循着一个统一的创作模式，那就是言情与社会互为经纬。他曾自言：

> 我于小说的取材，是多方面的，意思就是多试一试。其间以社会为经，以言情为纬者多，那是由于故事的构造，和文字组织便利的原故。[1]

对这一模式的生成与流变进行探析，分析其优劣短长，将不无裨益。

早在1924年，他的成名作《春明外史》以青年记者杨杏园与雏妓梨云、才女李冬青的爱情贯穿全书，其中不时穿插许许多多与此无关的人和事，反映了20世纪20年代北京社会的众生相，可见该书的问世标志着张恨水言情小说创作模式正式形成。它显然受到鸳派大将李涵秋长篇代表作《广陵潮》的影响，李涵秋曾宣称《广陵潮》为社会小说，中国近代社会七十年兴衰变迁借男女主人公两代人的爱情历程串联起来，其结构与《春明外史》十分相似。

一种创作模式一经形成，如果一成不变，势必产生千篇一律、千人一面的作品。张恨水的可贵之处就在于他没有让这一模式走向僵化，而是在其创作中不断演变，表现为两个阶段。

第一阶段主要表现为言情为经，社会为纬，大致从1924年至20世纪30年代初的近十年时间。这一时期的言情小说既因其一定的社会内容而有别于一般的鸳派作品，又因其未脱才子佳人气而与后者藕断丝连；由于言情成分居多，暴露社会的内容又与上层社会内幕相关联，很能满足读者大众猎奇、消遣的欣赏口味。九一八事变极大地震撼了作者的心灵。他决心以笔弯弓，从事国难题材的创作，然而终因对这一题材了解不够，未能摆脱言情为经、社会为纬的创作惯性。无论是《东北四连长》还是《弯弓集》中的小说，都可看出他立意宣传抗日，又不得已借言情来拼凑内容的苦衷。

第二阶段开始于1934年，他西北之行后写成《雁归来》和《小西天》。从这时起，言情为经、社会为纬开始演变为如作者所说的社会为经，爱情为纬。例如，《雁归来》借一女四男的旅行见闻来反映西北人民的赤贫生活，书中男女主人公的爱情仅仅起到穿针引线的作用；而《小西天》中的言情成分仅仅对主人公的旅行见闻起到陪衬的作用。从那时起直到1949年，张恨水又创作了《夜深沉》《丹凤街》等多篇社会言情小说。在这些作品中，社会忧患意识和使命感明显增强了。作者在一定程度上抛开他所擅长的通俗小说的描写手法，其作品慢慢地向纯文学靠近。但尽管如此，言情仍是此类小说的主旋律，从其20世纪40年代的几部重要作品《偶像》《大江东去》和《玉交枝》中仍可看出作者身为言情小说大家的本色。在这一阶段，作者有意把人生的一切需求与价值放在爱情婚姻的天平上称量，折射出自身的社会价值系统。如在爱情与生存需求的矛盾中，小说多表现主人公为了生存，被迫放弃心仪已久的爱情，吞下人生的苦酒。

张恨水言情小说创作模式的成功运用，得益于他对中国古典小说结构艺术的借鉴与改造。在这方面，他倾注了大量心血，其名作几乎各具特色。如，《春明外史》《金粉世家》分别是对《儒林外传》和《红楼梦》结构艺术的创新；《啼笑因缘》则是借常见的三角恋、错觉、巧合等在情节的推进中糅进社会内涵；《夜深沉》《丹凤街》和《北雁南飞》等与古代言情小说《好逑传》和戏曲《西厢记》的情节结构有着十分明显的渊源关系——男女双方代表坚贞的爱情，家长或其他社会反对势力与之相对，爱情与反爱情的搏斗成为情节推进的动力。像许多高明作家一样，张恨水在这一过程中融入各种社会因素，展现社会百态，在铺陈、渲染及各种艺术处理上曲尽其妙。

张恨水言情小说创作模式的成功运用，还得益于社会与言情两大类型相辅相成。它们并行不悖，互相依存与交融，一方因另一方的存在而显示其自身意义。譬如在对一幕幕爱情或婚姻悲剧的描述中，由于男女主人公社会地位的卑下和经济上受制于人，不管他们对爱情是坚贞不渝还是被迫走向堕落，这种悲剧都是必然的。

张恨水还有些社会言情小说，其社会性更强，言情部分已非其主要情节线索或主要内涵，甚至删去它已不影响内容的完整性，但它并非可有可无。作于 1939 年的《秦淮世家》描述了南京秦淮河一带城市贫民自发反抗流氓恶势力的斗争情景。若像纯文学作家那样，可以写得英勇悲壮，催人泪下。但在张恨水笔下，扒手、帮闲、流氓、恶棍、打手、文明骗子、小商贩、银行经理等各具特色的语言、滑稽可笑的动作、充满戏剧性和立体感的场面，都让人感到浓郁的大众化色彩。尤其是几对男女恋情穿插其中，使故事跌宕起伏，松紧有致。再如作于抗战后期的《傲霜花》，旨在歌颂抗战期间一群知识分子在弥漫着金钱铜臭的商业投机浪潮中不为所动，贫贱不移，就像傲霜花一样显示出卓然独立的风采，然而作者亦不时穿插一些男女恋情的场面，有意冲淡令人抑郁的气氛。言情增加了作品的趣味，趣味使作品趋向通俗和大众化，这就是言情在此类小说中的功能之所在。

爱情和婚姻充斥于古今中外的文学作品中，构成永恒的文学母题。如何使这一题材常新，需要作家不断探索与创造。在这方面，张恨水言情小说的创作模式至少产生了两个密切相关的作用，既在通俗的表现形式中反映真实的现实关系，又在对真实的现实关系的描述中展示对人性的深度体验，这使他的言情小说具有真正的现代意义，并在雅俗之间保持着艺术张力。

注释：

【1】张恨水：《总答谢》，载张恨水《写作生涯回忆》，北岳文艺出版社，1993，第 103 页。

转化中的张恨水小说

在文学史上，我们可以发现这样一个有趣的现象：从中国古典小说四大名著到元曲宋词，一直追溯到我国第一部诗歌总集《诗经》中的“国风”，它们在当时都可以称作通俗文学。然而经过漫长的岁月，它们已不再通俗，逐渐被归入纯文学范畴，以至于成为经典名著。如此说来，通俗文学与纯文学之间原没有一条不可逾越的鸿沟，前者经常处于向后者的转化过程中。文学作品，从某种意义上说，是一种信息载体。文学作品的阅读过程，也就是读者从中获取某种信息的过程。在文学作品中，不管是词语、结构方式、表现手法，还是人物、题材、环境等，必须是能够使读者产生新奇或陌生感的东西才能被称作信息。文学作品一经产生，它就是定型了的。可文学作品之所以是文学作品，就在于它存在于阅读过程中，即作品与读者的互动中。一个时期的读者很熟悉的东西，另一时期的读者也许会感到新奇或陌生。文学作品之所以经常处于由俗向雅的转化中，最主要的一个原因是读者发生了变化。张恨水的小说从诞生起已历经几代读者，也一直处于由俗向雅的转化中。

1. 语言方面

张恨水的小说对于今人来说仍以通俗流畅为主，这是由他当初的创作目的决定的。他决心要为识字不多的老百姓创作，那就不能不考虑语言的通俗化、大众化，让他的读者一看就知、一听就懂。但他又是一位国文功底深厚、喜欢弄辞章的人，在他的小说中，我们常常可以看到作者有意逞才使气，譬如穿插一些旧体诗词。当时，白话文诞生不久，旧体诗词还有很大市场，读者比较容易接受，而今天的读者对旧体诗词的感悟和接受能力是不能与之相比的。另外，他的小说回目对仗极工整，属于很优美的诗句，诗句的穿插和回目的精巧无疑给读者带来了阅读乐趣，使其小说语言文白相间、雅俗互衬。

2. 社会背景方面

张恨水的小说大多以描写他所生活的那个社会和时代为主，当时的读者读起来倍感熟悉、亲切。虽然那个时代距今不太遥远，我们可以从其他方面了解它，但这几十年中国变化太大，那个时代的一切已渐觉陌生或已渐为今人所忘却。张恨水所描写的地域相当广阔，时间跨度也大，对于文化程度不高、阅历较少的读者来说无疑增加了阅读难度，譬如对于当时北京的官场、军界、报社、会馆、剧院、贫民区，南京秦淮河夫子庙一带的风俗人情，安庆封闭落后的乡村生活，重庆战乱时期的腐败政治，处于赤贫状态的大西北城乡，读者只能按作者所描述的那样去间接体验。

张恨水擅长铺陈描述，有许多文字，如《燕归来》和《小西天》中的主人公见闻，看似松散，然而正如徐传礼先生所说，它们有着民俗学和社会学等方面的价值。因此，单从对社会环境的描写来说，张恨水的小说由俗趋雅的转化亦很明显。若把老舍的《四世同堂》《骆驼祥子》与张恨水的《金粉世家》《丹凤街》等进行比较，谁能说出它们在雅俗方面又有多大的差异呢？

3. 人物形象方面

张恨水小说中的人物形象无疑来自他所生活的那个时代。随着那个时代的消逝，这些群体也在逐渐演化、蜕变、发展或消亡。因此，当今读者已有某种生疏感。随着时间的延续和读者世代的更替，这种陌生感将愈加显著。遗老、军阀、封建官吏作为封建社会的派生物已成为古董，他们及其赖以生存的社会环境只能在文学作品中与今人邂逅。而知识分子、小手工业者、市民、演员、学生、农民、军人等则由于巨大的社会变迁而在行为方式、秉性气质、生活习性等方面与今人迥然有异。

然而，今人毕竟割不断与历史的联系，我们仍能看出不同时代的读者相因相袭的一面。在这些小说中，他大多以歌颂美好的爱情、真挚的友谊、纯真的亲情以及团结互助、扶危济困、见义勇为、反抗强暴等传统美德为母题；对道德沦丧、风气日下的现状忧心忡忡，以及对腐朽丑恶行为的讽刺与鞭挞都令今人产生深深的共鸣。

我们常常可以看到这样一种现象：人们的物质生活水平有了很大提高，却对道德沦丧、精神空虚感到困惑，于是，怀旧情绪油然而生。反映在文学领域，这样的作品便极易为人们所接受，自然属于通俗文学。反之，探索新的伦理观念和艺术形式的作品一时难以为广大读者所认同，便被归入纯文学范围。传统美德和传统表现手法对于广大中下层读者来说具有滞后性，一旦后人对此感到新奇或陌生，这种作品也就失去其作为通俗文学的最重要特征。张恨水的小说就是如此。

张恨水环境小说的叙事结构和悲剧意蕴

20世纪初，中国文坛出现了一种新的文学类别，即以《官场现形记》为代表的谴责小说。张恨水曾对此评述：

> 这种社会章回小说，从最远说，应该是以《儒林外史》为始祖。满清（清朝）末年，这类作品，风行一时，直到“五·四”前后，其风未戢，我必须承认，是受了这个影响，并承袭了这个作风。[1]

20世纪20年代，张恨水的部分小说确是承其余绪，并进行了许多有益的探讨，获得较大成功，主要有《春明外史》《春明新史》《京尘幻影录》《斯人记》以及作于20世纪40年代的《牛马走》等。

在小说三要素中，环境本指构成人物和情节的背景事物与特定的人际关系，是为人物和情节服务的。苏格兰小说家爱·缪尔在《小说结构》中，按作品的主体，把小说分为情节小说、人物小说和戏剧性小说。情节小说以情节为中心，人物只是组织情节的工具而没有自己的主体精神；人物小说突出表现人物，情节被忽略而显得散淡；戏剧性小说才能达到情节与人物的和谐统一。在这些小说中，环境自身没有独立性。[2]可是在张恨水的上述作品中，其中心思想和主要内容均是环境，而人物与情节也都从属于环境，此之谓环境小说。在这类小说中，由于中心思想和主要内容的转移，其内部诸因素也随之发生相应的变化和调整，并呈现出特定的美学价值。

一

小说情节可以分为单体式和连缀式两种结构。单体式结构由一个故事构成，大故事中可包含许多小故事，大、小故事之间有着紧密的因果联系。而连缀式结构则由一系列故事并列而成，它们由相同或不同的人物串联在一起，故事之间没有因果关系。清末谴责小说多属于连缀式小说。在连缀式小说中，各个故事自成一个有机的整体，情节与主要人物贯穿始终，形成一个完整的过程。

而在张恨水的环境小说中，情节不再具有连贯性，许多故事没有按时间从开端到结局叙写，而是被分成片段或细节。有些故事虽然相对比较完整，但其发展似乎更带有随意性，可以导致不同的结局，缺乏因果联系。这样，情节不再是故事发展的线索和脉络，它在很大程度上已经失去了作为情节的意义，而是游离、充斥于内容中，构成作品的背景，成为环境的一部分。很多带有情节性的内容就是小说的背景。于是，很多环境因素因摆脱情节在时空上的限制而得以无限放大。山水寺庙、农家院舍、剧院舞台、军政商学等均可得以全方位展示，能够反映一个个极为广阔的时代横剖面。无疑，这是情节小说、人物小说和戏剧性小说难以做到的，它足以构成作品的中心。

在张恨水的环境小说中，由于情节被切割成许多片段，人物的行动也就失去了连续性和内在逻辑性，而作品又难以表现人物意识的转变过程，这样，人物也就处于一种十分尴尬的境地：其个性特征、感情世界和对某种人生目标的追求，无法得以展现。如果说在谴责小说中，某一人物可以成为作品某一局部（如某一章回）的中心，可以主宰自己的行动，驾驭某段情节的发展进程，那么在张恨水的环境小说中，人物却处于被环境湮没的状态。在无数情节片段面前，在纷乱的社会环境中，由作品的主宰被推向边缘化并从属于环境。人物自身的行动不断被肢解，也就意味着他作为人物的特性越来越模糊，同情节一样，他最终沦为环境的一部分。

当然，并非每个人物都没有行动的连续性和意识的流动性。人物是分为不同层次的，有主要人物，有次要人物，还有点缀性人物。这里的主要人物与一般小说中主要人物相比，其作用已大为削减。如果说在一般小说中，主要人物起到推动情节发展的作用且其自身也在不断发展和变化，那么，在张恨水的环境小说中，主要人物仅发挥着对社会现象观察、接触和展示的作用，而且这种观察、接触和展示更多的是通过一些次要人物作为中介，串联起许多不具情节性或不具完整故事性的点缀性人物来完成的。就如张恨水所说：

我写《春明外史》的起初，我就先安排下一个主角，并安排下几个陪客。这样，说些社会现象，又归到主角的故事，同时，也把主角的故事发展到社会的现象上去。[3]

次要人物与点缀性人物有所不同：他们之间至少保持着单线联系，彼此牵引，且其行动延续时间较长，构成完整的时间流动过程，并与主要人物关系较密。而点缀性人物就像浮萍一样，在偶然的机会走进作品，又如蜻蜓点水一样匆匆消逝，每个人只占有作品的一个小小的角落，成为作品的一个个细胞。如《春明外史》第四回先后出现杨杏园等人邂逅新诗人席后颜、吝啬鬼法坡和尚的趣闻，以及英文教员陆无涯勾引女学生陈国英的丑闻，至第五回开头，又转为《幸福报》编辑陈若狂约见主要人物杨杏园。又如《京尘幻影录》第五回，由次要人物唐雁老引出万大人和林翰林，由万大人引出其新娶小妾雪仙、雪仙的舅舅孔赞以及即将赴任的朋友丁鸿儒、已下台的韩都统等，直到第七回才回到主要人物李逢吉身上。由于这些点缀性人物数量众多，占据作品的主要篇幅，在消解作品传统结构方式的同时，也强化了作品的整体氛围。

张恨水的环境小说采用的是第三人称客观叙述方式，这是由小说三要素中人物、情节特别是环境的变化所决定的。作品中的人物多属于扁形人物，缺少丰富的个性，这使叙事者无法深入人物的内心世界。叙事者以鄙夷和痛苦的眼光冷静地审视作品中混乱的环境，他对作品中的人物没有认同感，无法与之实现心灵的沟通，也就无法以第一人称叙述一个个虚幻的、感同身受的世界。在这一思路的指导下，我们不难体会到作品的主题，即揭示由于传统文化失落、拜金主义泛滥所造成的世风衰微。

二

结尾是张恨水环境小说叙事结构的重要组成部分。作者在此引进道家文化和佛教文化，反映了他对社会、人生的独特思考和对表现形式的创新意识。

1. 道家文化的体现

在庄子看来，人之所以有痛苦、不自由，是因为受到现实世界的是非之辨、贵贱升降、贫富变迁、生死祸福等的困扰，受到各种物质条件的限制，人们有所依赖，有所期待，有所追求而造成的。这叫作“有待”。……要达到没有痛苦，实现真正的自由，就必须无己、无待。无己，即从精神上超脱一切自然和社会的限制，泯灭物、我的对立，忘记社会和自我。无待，即不依赖任何条件。[4]

如果能够达到“无己”“无待”，就可从现实世界进入“无何有之乡”，获得精神上的绝对自由。所以，“在庄子以后的文学家，其思想、情调，能不沾溉于庄子的，可以说是少之又少”。[5]

庄子的这种思想又是如何影响中国文学的呢？有人认为，它是“通过影响古代文人士大夫‘思想、情调’——甚或是世界观、人生观，进而影响其文学创作，从而形成了中国文学的某些特色，形成了中国文学的某些传统”。[6]

《京尘幻影录》和《斯人记》均有道家文化的体现。前者第一回，李逢吉拜访恩师魏节庵，魏送他一部《南华经》。由于涉足官场，事务繁多，李逢吉一直没有翻看。作品结尾时，仕途失意的李逢吉道：

想起先生所说的话，觉得人生淡泊自甘，虽然物质上的享受稍微差一点，但是总是光明的。……人生一百年，也不能把财产带进棺材里去，求一点物质上的享受，丧天害理，那又何必？[7]

于是李逢吉认真读起《南华经》，幡然醒悟，方知恩师遵循的道家生活方式实在正确。作品最后，李逢吉粉墙题诗，反映主人公，其实也是作者，对道家文化的认同。

《斯人记》结尾处索性以一对蝴蝶在主人公梁寒山面前盘旋不去，隐喻庄周梦蝶的故事。

梁寒山道："张女士，你看这两只蝴蝶，生长在花丛，多么可羡！"张梅仙道："用庄子的眼光看来，不见得可羡慕。有道是蝴蝶有生皆是幻。"[8]

小说以其对生与幻关系的体悟作结，显然寄寓了作者对荒诞人生的自我宽解：生与幻本没有根本的不同，因而不必沉溺于眼前的忧愁烦恼中。

2. 佛教文化的体现

佛教宣传人生无常，苦海无边。只有看破红尘，四大皆空，了无牵挂，才能从痛苦中解脱出来，最终脱离尘世，进入佛教的涅槃境界。张爱玲在谈到佛教对中国文学的影响时说："就因为对一切都怀疑，中国文学里弥漫着大的悲哀。……细节往往是和美畅快、引人入胜的，而主题永远悲观。一切对于人生的笼统观察都指向虚无。"[9]

佛教文化对《春明外史》和《春明新史》的影响十分显著。《春明外史》结尾，杨杏园在心力交瘁时皈依佛教，"如今悟得西来意，香断红消是自然"。临终时盘腿打坐，胸前双手合掌圆寂。李冬青在杨杏园周年祭奠后，"身弱料难清孽债，途穷方始悟枯禅"。小说遂以其南下归隐作结。《春明新史》主人公刘自安本是一个卖花的，后来官运亨通，当上师长，最后兵败去职。他目睹同事包旅长流落街头，督军被碎割而死，又得知自己的未婚妻原来另有新欢，不觉心灰意懒，在婚礼即将开始时，穿上僧衣僧鞋，手拿佛珠，逃离尘世。概括说来，这些人物在人生失意时如果不能像庄子那样旷达超脱，那就只好遁入佛门去寻求精神慰藉。这样，他们对佛教的皈依也许就是作者当时为其安排的唯一出路了。

张恨水的环境小说结尾所体现的对现实的思考与批判严肃而深沉，然而其批判的武器却是十分陈旧的。主人公对佛、道文化的认同与体悟意味着对其生存状况的无奈与逃避。它不但无补于社会，而且表现了对其自身生存意义的否定。

三

如上所述，在张恨水的环境小说中，人物与环境的关系是颠倒的。人物无法主宰自己的命运，在这个世界上处于被湮没的状态。因而，人物命运的悲剧性变化也就由此而生。

这种悲剧性变化主要表现在两个方面。

一是古典美的沦丧。《春明外史》中主人公杨杏园、李冬青的命运悲剧最具代表性。他们雅好诗词，知书达礼；对人谦恭礼让，恪守信义；有着纯真的感情和美好的人生追求，是传统社会里受人尊敬的“士”。然而，他们已经失去“士”的那种兼济之志和进取精神，他们为在一个动荡的社会里找不到自己的位置而深感无奈，即使追求道德的自我完善亦不可得，因为他们原来所信守的一切都已发生质变——这是一个不需要圣贤也没有圣贤的社会，昔日被人们崇尚的君子之风已成为遥远的过去，纯真的爱情和美好的理想已经荡然无存。他们的所作所为如此不合时宜，在现实生活中注定要处处碰壁。杨杏园临终前自我分析：

我到现在，我明白了我不起的原因。一个是我对家庭对事业对朋友，责任心太重，受累过分了。一个是失意的事太多。我一律忍耐，不肯发泄出来，精神上受了打击。再加上病一来，身体和精神，没有法子去抵抗。[10]

杨杏园、李冬青的命运悲剧根源在于时代的错位。一个时代结束了，可有的人在思想意识方面还会受旧时代余波的影响，思想守旧。假如杨、李二人生活在封建社会，他（她）们肯定会作为雅士、才女被人称道。“历史不断前进，经过许多阶段才把陈旧的生活形式送进坟墓”。[11]然而，生活在一个文化断裂年代的杨杏园、李冬青却仍在奉行旧的生活方式，自然不可能对现实产生认同。譬如，他们既对当时的新体诗、文明戏冷嘲热讽，又深感自己迷恋旧体诗词已经落伍了。在第32回“顾影自怜漫吟金缕曲，拈花微笑醉看玉钩斜”中，李冬青对何太太感叹：

你不知道，我就是吃了旧文学的亏，什么词呀，诗呀，都是消磨人志气的，我偏爱它。越拿它解闷，越是闷，所以闹得总是寒酸的样子。自己虽知道这种毛病要不得，可是一时又改不掉。[12]

就这样，他们的自我认识始终陷入一种迷惘与困惑，最终导致对自身生命意义的彻底否定。

二是传统文化的沦丧。张恨水的大部分作品都是一曲曲传统文化和美好人性的颂歌：真心相爱、矢志不渝的痴情男女，相敬如宾、相依为命的恩爱夫妻，勤劳本分、天性善良的平民百姓，淡泊人生、威武不屈的儒雅之士，温情脉脉、患难相扶的邻里交往，一诺千金、慷慨赴死的侠义之心，滴水之恩当涌泉相报的人间真情……可他的环境小说却恰恰相反。在纷乱的环境中，各色各样的人都在按着一个拍子跳舞，围着金钱旋转。为了金钱，人们舍弃了亲情、友情和爱情，舍弃了道德、人格和灵魂，沉溺于感官享受，沦为行尸走肉。

这两类小说实际上是张恨水文化观的不同表现。在张恨水看来，一个民族的传统文化，其实也就是这个民族独特的精神品格或自立于世的内在本质，它支撑着这个民族的精神世界。否定了这个民族的文化，就等于否定了这个民族的存在价值。一个民族若遭受外来的军事侵略，那也许只是暂时现象。

如果它的文化已经衰落，它所遭受的就是灭顶之灾了。

在《法国人爱法文》一文中，张恨水指出：“一个国家有他固有的文化，才能保持他的民族性，才不至于灭亡。”【13】

在《大雅云亡》一文中，张恨水进一步指出：“我们决定不是骸骨的迷恋者。我们觉得一个有独立生存能力的民族，应当尽可能的（地）保存它固有的文化，只是以不伤害民族思想进步为条件而已。”【14】

在儒家文化受到非难乃至批判的时代，张恨水坚持认为：“孔子的学说，除一小部分为时代所不容外，十之七八是可崇奉的。”【15】从这种文化观出发，张恨水的作品充满对传统文化的赞美就是顺理成章的事了。

在张恨水看来，传统文化衰落的原因是一味模仿西方文化的结果。“四十年来，由模仿日本，变到模仿欧美，……一切是欧美的好，中国的不好。有人反对这个说法，一定被人骂得一佛出世，二佛涅槃。”【16】而传统文化的衰落又导致世风日下，道德沦丧。他作于20世纪30年代的两部长篇伦理小说《现代青年》和《似水流年》，开头均描写了旧式家庭的天伦之乐，父亲望子成龙，送子进京读书。后来，儿子染上西方生活的恶习，堕落腐化，不认生父，演出了一幕幕由于传统伦理解体或盲目追求西方生活方式所导致的家庭悲剧。

20世纪20年代，中国社会动荡不安。与此相应，西方文化入侵导致社会风气堕落和道德沦丧。张恨水的环境小说突出地展现了这一触目惊心的事实。由此可见，中国社会与张恨水环境小说的叙事结构之间有着某种必然的联系，如戈德曼所言，“小说的文学形式，和一般来说人与财富，广而言之人与人的关系之间，存在着一种严格的同源性”【17】，即“它表面上显示出来的特别复杂的形式，就是人们每天生活于其中的形式”。【18】在张恨水的环境小说中，传统小说中明朗的格调与和谐的人际关系已荡然无存，“道德、美学、仁慈和信义，都在从个人的意识中退到经济领域里，以便把它们的功能交给无活力的物的一种新特性：物的价格”。【19】这正是现实生活中人与人之间关系的反映。

注释：

【1】张恨水：《斯人记·序》，北岳文艺出版社，1993，第1页。

【2】石昌渝：《中国小说源流论》，生活·读者·新知三联书店，1994，第31页。

【3】张恨水：《写作生涯回忆》，北岳文艺出版社，1993，第34页。

【4】李宗桂：《中国文化概论》，中山大学出版社，1988，第118页。

【5】徐复观：《中国艺术精神》，春风文艺出版社，1987，第116页。

【6】宋效永：《庄子与中国文学》，江苏教育出版社，1995，第5页。

【7】张恨水：《京尘幻影录》，北岳文艺出版社，1993，第900页。

【8】张恨水：《斯人记》，北岳文艺出版社，1993，第473页。

【9】张爱玲：《中国人的宗教》，载张爱玲《余韵》，花城出版社，1997，第8页。

【10】【12】张恨水：《春明外史》，北岳文艺出版社，1993，第1337页、第493页。

【11】马克思：《黑格尔法哲学批判·导言》，载中共中央马克思、恩格斯、列宁、斯大林著作编译局编《马克思恩格斯选集》第1卷，人民出版社，1972，第5页。

【13】张恨水：《法国人爱法文》，载张恨水《最后关头》（上），北岳文艺出版社，1993，第299页。

【14】张恨水：《大雅云亡》，载张恨水《上下古今谈》（上），北岳文艺出版社，1993，第92页。

【15】张恨水：《谈孔子教人》，载张恨水《最后关头》（下），北岳文艺出版社，1993，第370页。

【16】张恨水：《读钱穆先生一文有感》，载张恨水《上下古今谈》（上），北岳文艺出版社，1993，第50页。

【17】【18】【19】[法]吕西安·戈德曼：《论小说的社会学》，吴岳添译，中国社会科学出版社，1988，第11页、第13页、第204页。

张恨水小说的思想境界

张友鸾在《章回小说大家张恨水》一文中把张恨水的创作阶段分为四个时期：一期是五四运动之前，为初创期；二期为鼎盛期，从 1924 年创作《春明外史》到 20 世纪 30 年代初，以创作言情小说为主；三期是高产期，从 20 世纪 30 年代中期到 1945 年，以创作国难小说为主；末期是从抗战结束直至停止创作为止。这种分期大体合乎实际，但我的看法略有不同，即二期和三期之间有一个过渡阶段，末期应从其 1949 年开始。张恨水的小说主要分为言情小说和国难小说，部分讽刺小说和言情小说与国难小说存在交叉关系。研究张恨水小说的思想境界，自然应以其二、三期创作的这几类作品为主。

一

张恨水二期创作的言情小说的代表作为《春明外史》《金粉世家》和《啼笑因缘》，其主人公杨杏园、冷清秋和樊家树尽管性格不同，职业和生活环境迥异，但世界观基本相同。

杨杏园是一位流落京华的青年记者。他置身于污浊的世界中，以清白自诩；靠自己的辛勤劳动谋生，与世无争；他不满黑暗现实，又无力与之抗争，便借诗词浇灌胸中之块垒。他真挚地爱着雏妓梨云，可梨云因病去世；后来，他又爱上才女李冬青，可冬青因身有暗疾而无法与之婚配。杨杏园遂看破红尘，闭门学佛，终因抑郁成疾，客死京华。

冷清秋是一位传统的知识女性。她因才貌双全而被国务总理金铨之子金燕西迷恋、追求并与之结婚。在金家一大群妻妾、儿女、妯娌中，冷清秋鹤立鸡群，孤直傲岸，从不卷入家族内部无聊的争斗中。她反对雇用使女，认为人与人之间的关系应该是平等的，所以，公公的民主作风使她感激异常。她对爱情忠贞不渝。对燕西的挥霍无度、放荡不羁，她先是婉言相劝，企图以容忍换取他的悔悟。当她完全绝望时，便与之分居，闭门读书，以保持自己人格的独立。在一场大火中，她得以脱离金家，伪装投水自尽，悄然隐居。

樊家树则是一位平民化的大少爷。他同情穷人，对无钱医病的关寿峰解囊相助并去医院看望。他看不惯何丽娜挥金如土的生活，爱上了相貌酷似她的鼓书艺女沈凤喜。他向凤喜表白："我们的爱情绝不是建筑在金钱上。"他反对封建贞操观念，当凤喜失身于刘将军后，他认为，身体上受了一点侮辱，却与彼此爱情，一点没有关系。然而，沈凤喜的贪图享受、忘情负义使樊家树心灰意冷。侠女关秀姑亦爱上樊家树，但她见樊又钟情于何丽娜，为成人之美遂退出情场。最后，沈凤喜被刘将军逼疯，何丽娜为得到樊家树的爱一改奢侈陋习。小说结尾，樊、何二人红烛前聚首，情意绵绵。

杨、冷、樊同属于新旧合璧的人物：他们有反封建思想，但又不敢与之做坚决斗争；他们向往民主、自由，但仅限于微弱的呼唤或一己之行动，而未能赢得社会的认同和支持；他们追求爱情幸福，但对爱情本身还残存着旧的思想意识。假如小说取材于明清时代，他们的行动即使作为空谷足音亦不失其领先意义。然而，小说取材于20世纪20年代，主人公的思想显然不合于时代潮流。他们的行动缺少广泛的社会基础，在强大的邪恶势力迫害下只能以失败或妥协而告终。三部小说在描写主人公的悲欢离合时，描绘了五光十色的人物：无恶不作的军阀、官僚，迟迟不肯退出政治舞台的封建遗老，只会吃喝嫖赌的花花公子，无聊至极的寄生虫，利欲熏心的小市民以及生活在社会最底层的艺人、妓女和城市贫民……使我们深切地认识到迈向自由与民主之路的艰难。由此看来，张恨水这一时期的社会言情小说已经远远高于鸳鸯蝴蝶派小说沉醉于旧式恋情的思想境界，具有民主的、批判的现实意义。

张恨水三期社会言情小说主要有《燕归来》《北雁南飞》和《夜深沉》

等。其中，《燕归来》中的女主人公杨燕秋生于极度贫困的西北地区的一个普通农家，少年时代因抵债卖到江苏。她在南京长大，受到良好的教育，成为一位知识女性。儿时的痛苦经历使她产生了开发大西北的宏愿。就在她西行途中，追求她并自愿陪同她前往西北地区的四位青年终因忍受不了西北地区生活的艰苦而受到杨的冷落，先后不辞而别。然而，土木工程师程力行放弃了优裕生活，转而为开发大西北效力。一个偶然的机会下，杨、程二人相识，共同的理想使他们相爱并扎根西北。

《北雁南飞》描写了三对男女的婚恋。由于封建势力的强大和凶残，主人公李小秋和姚春华的爱情被拆散。李小秋毅然抛开儿女私情，走上民族解放的道路；姚春华则历尽磨难，终与李小秋相会。而毛三叔夫妇性格不投，感情不睦，毛三婶断然与之离异，开始新生活。屈玉坚和大妹由于思想顾虑少，离开故土，自谋生路，终于喜结良缘。这两部小说一反二期作品中郎才女貌、诗词唱和或少爷、公子居高临下对贫民姑娘的恋爱式情节，一反昔日主人公为一己之悲而自鸣自哀的可怜相，描绘了主人公以造福全民族为共同事业而自然结合的高尚爱情和勇于从痛苦中解脱而投身革命的崇高品质，已经达到那个时代最高的思想境界，与当时的作品相比毫不逊色。

《北雁南飞》对封建礼教的揭露与批判也极为传神。书中详细描述了二婆婆的婚姻悲剧：

二婆婆原来是个望门寡妇。她在十五岁的时候，这边的二公公就死了。二公公自己，也只有十七岁，原定再过一年，就把二婆婆娶过来的。二公公一死，他老子三太公是个秀才，也是明理的人。就派人到二婆婆家去说，女孩子太年轻了，又是没有过门的媳妇，怎能勉强她守节，这婚姻退了吧。年庚八字帖，也送了回去。那边的亲家公，也是个秀才，更明理。他说，姚老亲家是读书进学的人，一女哪有匹二郎之理？何况两家都是有面子的人，姚家愿意有媳妇出门，他们家还不愿有姑娘重婚呢。

小说接着描写了二婆婆与死人成婚这一令人发指的惨况：她先按喜庆婚礼拜天地祖先，之后又按丧礼哭夫，而围观者无不称赞她为节烈义妇。她的一生没有任何自由和幸福，生不如死，其遭遇比鲁迅笔下的祥林嫂有过之而无不及。到了生命的暮年，她从一而终的事迹广为传颂，皇上御书表彰，县太爷亲临鞠躬敬贺。然而这时，她已经老态龙钟。她以自己的全部生命换来了这一“喜庆”之日。

可以说，《北雁南飞》在我国现代文学史上是较为杰出的反封建礼教的作品。

二

张恨水的讽刺小说不多，但其思想与艺术成就却很高，可分为两类：一类属于梦幻讽刺小说，如《新斩鬼传》和《八十一梦》；另一类属于现实讽刺小说，如《京尘幻影录》《春明新史》《牛马走》《五子登科》。其实，前者并非没有社会讽刺因素，区别仅在于运用了梦幻手法。

20世纪20年代，张恨水受九才子《斩鬼传》犀利、隽永的讽刺手法的启示，把当时他见到的“不少的人中之鬼，随手拈来”，创作成《新斩鬼传》。书中所讽刺的对象，正如许廑父在《新斩鬼传·许序》中所云：

今有蝇营狗苟肆谄媚以求荣利者，有阴贼险狠逞淫威以厚积敛者，有貌为恭顺而中怀诡诈者，有阳作忠贞而阴施陷害者，有光天化日设陷阱以诱人者，有投井下石姿昔恶以报德者，有开口国家闭口民生而戕民卖国之为即出于一手包办者，此皆俨然所谓人也。综其所行，机械变作，残忍狠毒之事，凡具人类面目所不能说，不忍言，甚或恒人理想所不易及者，此属皆能畅所欲为，自然胜任而靡不愉快。[1]

作品以钟馗与上述种种恶鬼的战斗为线索，向我们展现了一个虚幻的鬼蜮世界，而这些无非是现实世界的折光和变形。

《京尘幻影录》以李逢吉的政治活动贯穿全书，反映了20世纪20年代中国官场“你刚去罢我登台”乱糟糟的黑暗现实。它把讽刺的重点指向封建遗老和复辟派，把不可一世的达官贵人写得像市侩小人一样庸俗可笑，具有强烈的喜剧色彩。如书中描写丁鸿儒等待做省长的委任令时，作者故设悬念，忽张忽弛；语言嬉笑怒骂，诙谐幽默；人物举动滑稽，令人捧腹，用了近七页的篇幅。此外，作者还对官场中逢迎拍马的市侩小人、寡廉鲜耻的政客骗子进行了辛辣的嘲骂。譬如写一位听差出身的孔赞，一心向上爬，竟对自己的外甥女百般献媚，出尽洋相。主人公李逢吉恰如巴尔扎克笔下的拉斯蒂涅，他从内地来到京城，钻营政界，最后爬上了国务院秘书长的宝座。书的结尾同《春明外史》一样体现了一种万事皆空的佛学意蕴，让读者对黑暗的中国社会产生绝望的愤懑和悲哀。

《春明新史》同样把讽刺的矛头指向当时社会上形形色色的魑魅魍魉和那个不可救药的黑暗世界。例如，作者对生命垂危的官迷赵观梅的描写：

还不到十分钟，使听到赵观梅哼了一声，接着他就叽咕着道：“若是大帅能够那样栽培，观梅一定力疾从公……哼……咿呀……发表了，让我作道尹。我……就到任……去。”

赵太太道：“唉！人都这样不中用了，他还要谈做官。”

只说了一个官字，赵观梅突然身子一翻，大叫起来道：“做官并不是坏事，那也是替国家服务，我为什么不干？”他说着话，也不知道他久病之躯，骨瘦如柴，哪有那么大的力量，两手向后撑着，就挺起身子来。

无论是就其讽刺对象还是讽刺手法来看，《春明新史》都可视为《京尘幻影录》的姊妹篇。

对于这一时期的讽刺小说，作家曾在《斯人记•自序》中总结：“这种作风，最崇高的境界，是暴露黑暗，意义是消极的，若以近代评衡文字的眼光看来，殊不能达到建设或革命的目的。”这是自谦之词，作者讽刺、暴露那个已病入膏肓的社会，自有其直接的现实意义。其不足之处在于，小说的讽刺和暴露仅仅触及其表面，而未能透过这种现象挖掘到那个社会注定要走向崩溃的根本原因。令人欣慰的是，这一缺憾在作者三期作品中被弥补了。

《八十一梦》作于1939—1941年。作者在书的“前记”中追述其创作原因：那个时期的重庆一片乌烟瘴气，实在让人看不下去。在当局书报检查的高压政策下，作者不能直抒胸臆，便使出古人“寓言十九，托之于梦”的手法，以梦幻的形式来讽刺当时黑暗的现实。

作者在书的“尾声”和“楔子”中宣称：“我是现代人，我做的是现代人所能做的梦。”“梦中的生难死别，未尝不是真实所反映的。”这时的张恨水，已摆脱传统作家消极厌世的思想樊篱，以一个战斗者的姿态活跃于文坛。他把讽刺的锋芒指向贪官污吏、国难商人、假仁假义的伪君子乃至不可一世的上层统治者。国难当头，战时陪都竟是如此醉生梦死，腐败透顶。作者借古代以气节闻名的伯夷、墨翟之口，表达了对当时社会的绝望。

紧接着《八十一梦》问世的，是洋洋数十万言的巨著《牛马走》（又名《魍魉世界》）。这两部书，一写梦幻，一写现实，只有形式的不同，而无内容上的差异。《牛马走》以心理学博士西门德的出场引出一个光怪陆离的世界：前方将士在浴血奋战，出生入死，而号称“大后方”的重庆竟毫无战时迹象，人们浑浑噩噩，醉生梦死，过着“前方吃紧，后方紧吃”的生活。通货膨胀，民不聊生；官商勾结，走私猖獗，大发国难财。

作者在第七章“马无夜草不肥”中借西门德之口说道：“宗兄或者爱惜羽毛，不肯亲自出面，经商入股的事，并不妨碍你政治上发展呀！做官的人，谁不经商？只是不出名而已。”在这样的背景下，一些达官贵人通过各种渠道发财了，留学归国的堂堂心理学博士甩掉博士帽经商走运了，在机关永无出头之日的穷公务员下海发家了，无钱治病的文盲几个月不见也成了富翁。手法人人都会，各有巧妙不同。当时整个社会肌体已经腐败，现实给予人们的只能是悲哀后冷静地反思，人们从一片歌舞升平中只能感受到一个时期在走向灭亡前的颓废景象，此后便是等待着它不可避免地走向坟墓。这就是《八十一梦》和《牛马走》留给读者的启示。

抗战胜利后不久，当人们还陶醉于胜利欢欣之时，张恨水已预感到胜利后的危机。他在《最后一笑》一文中说："复原也不是一件容易的事……朋友，笑罢，笑了还得冷静头脑想上一想。"张恨水1947年8月开始连载于《新民报》的《五子登科》"主要描写接收人员金子原与汉奸刘伯同、张丕诚等人勾结，大发'劫收'财，沉溺于'金子、车子、票子、房子、女子'之中的贪得无厌、荒淫无耻的行径。并揭露国民党官场的营私舞弊，胡作非为，为我们描绘了一幅蒋家王朝的'西风残照图'，这在本时期进步作家的全部作品中也不愧为罕见的进步作品"。[2]如果说作者在20世纪30年代中期已转变为一位严肃的现实主义作家，那么这一时期的作品足以说明，他已经走在时代前列了。

三

张恨水的国难小说始于九一八事变后，终于1946年，贯穿于整个抗战的始末。其二期创作的这类小说时间较短，数量较少，主要有《满城风雨》《太平花》《弯弓集》和《东北四连长》。由于作家不熟悉战争题材，它们还不同程度地带有抗战掺和言情的印痕。相比较而言，以《满城风雨》和《东北四连长》的成就为高。

《满城风雨》极力渲染了战争的残酷和惨烈：田园一片荒芜，城市成为废墟，成千上万的灾民流离失所，无数士兵的鲜血染红大地，残碎的尸首已经腐烂，任凭乌鸦与野狗肆虐。一个士兵在打扫战场时，竟无意中发现了自己胞兄的尸体！作者借书中人物之口谴责战争给人们带来的沉重灾难，表达对和平的渴望。主人公曾伯坚本来与"联合军"无关，却糊里糊涂地给该军的一名团长当了书记；不久，他又被"联合军"的敌人——"同盟军"推上了县长的宝座；他本是一位爱国青年，结果却在日寇的威逼利诱之下在伪政协议书上签字；日军垮台时，曾伯坚在极度内疚之中，想要投身于抗日斗争，结果饮弹阵亡；另外，他本与表妹淑珍相爱，最后却与淑珍的姐姐淑芬订了婚约。当时社会运行的机制发生紊乱，一切都进入无序状态，它们造就了反常的人生，使无数生命个体无所适从。

《东北四连长》（又名《杨柳青青》）中赵自强与姑娘杨桂枝两家同住一院，彼此接触日多，遂生爱慕并结为连理。作者一反时人厌恶军人的流俗，刻画了他们真实的感情世界。在爱情与爱国不能两全时，赵自强毅然效命疆场，他的牺牲使两个家庭失去了精神支柱，使两家老人和已近临产的妻子陷入绝望。

张恨水二期创作的国难小说总的说来不尽如人意，但此时他的思想正在发生重大转变，对抗日救亡的认识逐步深化。他三期创作的国难小说多达十几部，以《冲锋》（又名《巷战之夜》）和《巴山夜雨》为最。

作于1938年的《冲锋》成功地塑造了抗日军人张竞存的形象，描写了小学教员张竞存在民族危机日益加深时，毅然投笔从戎，在敌后进行艰苦卓绝的游击战争，成为一名游击队长的光荣历程。小说结尾，张竞存来到大后方，因为挡住贵夫人的轿子而遭其卫士痛打，使人愤慨之余进入深沉的反思。小说启示人们，抗日不是仅凭一腔热血就能马到成功的，除了激励前方将士浴血奋战、唤醒国人共同奋斗外，更重要的是一个民族战胜自身的过程。当这一个民族不能克服自身的弱点，当这一个国家不能铲除自己腐败的政治时，所谓的抗日不过是句空话。张恨水在抗战全面爆发初期就已对中国国情有如此深刻的认识，所以，他多次大声疾呼，反对把抗日写得简单而易胜的做法。从20世纪40年代初，除了《虎贲万岁》是由于常德保卫战的惨烈打动了作者，他决心为那些死去的英魂长歌当哭外，其国难小说大多如他所表示的，是间接服务于抗战，即暴露那些有害于抗战的种种黑暗现象，挖掘那些不利于抗战的民族劣根性。

1946年发表的《巴山夜雨》主要是写抗战时期一群穷极无聊的文人和太

太们的生活。他们中，有的整日泡在麻将堆里，有的为生活琐事唠叨不休，有的专爱窥探他人隐私，有的互相猜疑、无事生非。从大学教授到家庭主妇，大多毫无救亡意识和民族危急之感。作者以此表现了国难当头时相当一部分国民的心态：思想空虚、麻木不仁、无所事事。无疑，这是一个民族的悲剧。如果说日本的侵略是我们民族灾难发生的外部原因，那么，内部原因在于：除了腐败的政治和为富不仁的国难商人，大多数国民缺少民族凝聚力，缺少“枪口对外，一致抗日”的觉悟，缺少百折不挠的坚强意志和自强不息的进取精神。另外，作品不仅描写了战争所造成的人员伤亡和生产力的巨大破坏，还描写了它给人们带来的精神压抑和变态心理，是我国国难小说中不可多得的现实主义力作。

在我国现代文学史上，作品达到时代高度的作家大多较早接受西方先进思想，形成一个个志同道合的作家群体，互相影响，互相激励，随着时代潮流前进。无疑，张恨水不在其内。然而，他第三期的小说同样达到那个时代的高度，这是什么原因呢？早在 1944 年 5 月 16 日，张恨水五十岁生日时，当天《新民报》的一篇短评就曾评价：“凡是读过《新民报》的人，读过《新民报》上恨水先生所写的文章的人，都能知道恨水是怎样一个作家，都能知道他是一个自强不息，精进不已的作家。”【3】

在同一天的《新民报》晚刊上署名为“沙”的作者在《恨水的创作表现》一文中总结：

恨水创作之可敬，就在乎他能利用他的技巧跟着时代，不断的（地）创造新的内容……一种作品的估价要针对其写作的时代，而一个作家的评判则须看他能否与时代并肩前进。三十年来，恨水不断地写作，而无时不在进步，也没有一种作品落在写作时代的后面，我们应该替他欢喜。【4】

由此看来，张恨水的创作之所以能够达到那个时代的高度，其原因有三：

一是正义感，这是作家进步最基本的素质所在；二是跟着时代前进，这是作家进步的动力所在；三是现实主义创作方法，遵循这一创作规律必然把作品引向时代的高度。应该指出的是，一个受鸳鸯蝴蝶派影响很深的作家，能够断然舍去使他成名的旧路，且主要靠他个人的辛勤探索而获得成功，这该需要多大的勇气和毅力！当然，张恨水的小说内容丰富而复杂，即使在其创作的第三期也有应景之作，毕竟瑕不掩瑜。

注释：

【1】张恨水：《新斩鬼传》，北岳文艺出版社，1993，第 1 页。

【2】董康成、徐传礼：《闲话张恨水》，黄山书社，1987，第 192 页。

【3】潘梓年：《精进不已》，载张占国、魏守忠编《张恨水研究资料》，知识产权出版社，2009，第 86 页。

【4】沙：《恨水的创作表现》，载张占国、魏守忠编《张恨水研究资料》，知识产权出版社，2009，第 270—271 页。

历史在向你苦笑

——杨杏园形象的悲剧意义

“百花生日我同生，命果如花一样轻。”这是张恨水长篇小说《金粉世家》中女主人公冷清秋的自哀诗，用它来形容张恨水的另一长篇巨著《春明外史》中男主人公杨杏园的命运，也是非常形象的。

杨杏园雅好诗词，洁身自好，孤傲自赏，清高脱俗，有着美好的生活信念；他对贫困者慷慨解囊，急公好义；他在丑陋的社会中独善其身，以道德的自我完善来实现对自身的塑造。最后，他虔诚信佛，积劳过度，郁闷成疾，英年早逝。无疑，杨杏园体现了我国传统知识分子的许多美德，可他偏偏生在封建社会日趋没落、西风东渐的中国，因旧文化、旧意识负荷太重而匆匆走完了悲剧的一生。

杨杏园的性格是矛盾的：反对玩弄女性，却喜欢小鸟依人式的异性；向往爱情自主，却不敢大胆追求对方；讨厌旧世界，却不能迎合新潮流；既不与黑暗势力同流合污，又对新生事物冷眼旁观；反封建却又怕革命，对封建主义和资本主义只有现象的揭露而无实质性的批判；虽然表示要实现自己的事业抱负，但事业抱负又是模糊朦胧的，更无所作为。总之，他既善良又保守，既有新思想的动因又有旧思想的根源。因此，杨杏园成了难以归属的“多余”的人物形象。

杨杏园形象的产生并非偶然。在时代变更、社会交替时，在两种力量的挤压下，这种人新旧思想皆备，瞻前顾后，无所适从，形成一种扭曲或被压抑的性格。他们于事无补，于人无益，于己无助。这种人绝非可有可无，他们能够反映一个特定社会的众生相，因而在文学史上具有重要内涵。每个人身上都或多或少地存在着传统文化的基因。我们从杨杏园身上更容易看到这种文化的传递性。新旧文化并非绝缘，一个处于变革时期的文化既有新的发展的一面，又有旧的延续的一面，这才不致使人类在新的时代感到迷惘与困惑。通过杨杏园这类形象，我们并非看到一种崭新的思想被传播，而是看到真善美与假恶丑的混杂与搏斗，看到传统美德与新思想撞击时怎样迸射出文明的火花。大浪淘沙时我们不仅能看到腐朽力量的没落与消逝，也能看到传统美德在社会流变发展中显得多么软弱无力，《春明外史》就这样为之唱着一曲无可奈何的挽歌。

如果说旧事物在退出历史舞台时必将扮演喜剧的角色，在喜剧的另一面我们还会看到传统美德在新的社会生活中正在寻求生存领域。如果新的社会没有为它提供这样一个场所，那么，它在失去最后活力时流星般的闪光，将会使我们看到人类历史在其行进过程中必然付出的牺牲。这种进程使人类在时代转变过程中因思维的紊乱和生活重心的偏斜而造成心理失衡。假如我们看到温情脉脉的家庭在解体，田园牧歌式的生活方式正在远去，这对于人类文明的演进来说，不也是一种悲剧吗？

在《春明外史》中，完美人格与生存价值的矛盾是不可调和的。作者在强调后者的同时，对人格的分裂与沦丧表现出深深的惋惜。假如历史倒退300年，杨杏园也许是一个时代的楷模，可惜的是，他在时间的横坐标上站错了位置。历史在不断演进，它在把旧事物抛弃的同时，也把与之俱生的有价值的或有过价值的东西付之一炬。

《春明外史》现实主义的胜利在于，作者看到他心爱的主人公不会有更好的结局，主人公灵与肉的双重失落是这个时代为他安排的最后一幕。流氓、恶棍、军阀、封建遗老像梦魇一般在人们面前游荡，人们从其言行上看到了昔日社会的缩影及其必然的结局。这些既是实在的，又是短暂的。然而在渣滓被历史冲刷之时，杨杏园也随着这个社会一起消逝了。他来自这个社会，也随之而去，他与渣滓是作为一个世界的两极共存亡的。

在小说的各种描写中，在走马灯式的场景转换中，在作品所烘托的社会与精神氛围中，我们不难体验到一种淡淡的哀愁和幻灭意识：时光易逝，一切都将很快成为历史。通过杨杏园的爱情悲剧和早逝，我们仿佛看到一个失恋者在向昔日的情人回眸一顾，其声哀哀地告别："请不要忘记我！"分手已是必然，但即使是恶作剧的失恋，也会给人带来无限的怅惘，因为在心灵的旅程中，它毕竟写下了属于自己的一页，让对方在回首往事时常常旧话重提。

传统美德的艺术范本
——张恨水前期小说的美学价值

从1924年开始创作《春明外史》到1949年患病卧床不起，张恨水创作并发表了近百部中长篇小说，多达一千几百万字。纵观这一创作历程，可以发现一个极为突出的现象，即20世纪30年代中期之后其小说的思想性提高了，社会影响却似乎降低了。迄今为止，一提到张恨水，人们自然就想起他创作鼎盛期（1924年至20世纪30年代初）所创作的《春明外史》《金粉世家》和《啼笑因缘》等作品。

是什么原因使他前期小说具有如此大的艺术魅力？有人认为是适应了读者消遣、娱乐的需求，有人认为是他擅长于通俗文学的创作手法，这些都不无道理。然而，当代通俗小说精品俯拾皆是，为什么还会重新出现张恨水言情小说热，而清末民初的鸳鸯蝴蝶派小说却没能东山再起？张恨水的前期小说在当时和现在一直深受读者喜爱，还有其深层原因，那就是它以独特的艺术风格再现了现当代社会失落的传统美德，弥补了人们的心灵缺憾。

一个社会在行将灭亡时，扑面而来的无疑是四面楚歌，讽刺和鞭挞其腐朽、堕落与黑暗，促使其尽快走向坟墓，便成了文艺作品的历史使命。然而，任何一个社会都有其辉煌的过去，都曾在人类历史上留下过深深的印痕。它和它曾创造的一切不可避免地会退出历史舞台，无疑也是时代的悲剧。

道德也是如此。它作为人类意识形态的重要组成部分，是特定时期社会生活的产物。当某种道德适应这个社会的发展时，它就会因为满足了人们一定的社会需求而被称作美德。当这个社会走向衰亡的时候，它所提倡的“道德”便走向反面，如三纲五常、三从四德在封建社会曾被当作美德而大力提倡，然而由于其摧残妇女身心、压抑人类天性而日益显得狰狞丑恶，随着封建社会的崩溃而消逝了。而中华民族的传统美德，如同情弱小、扶危济贫、团结友爱、助人为乐等，随着一个金钱社会的到来而受到人们的漠视或冷遇。在新的社会，生产力快速发展，人们的物质生活日益丰富，然而社会生活中日趋激烈的巧取豪夺、尔虞我诈，封建家族内部人心涣散乃至分崩离析，又使人们深感茫然无措、孤独和空虚，人们的心理极度失衡。这种失衡在人们心灵深处积淀着，随着时间的流逝，便逐渐演变为一种感伤或怀旧情绪。人们在享受现代物质文明的同时，又对其社会风气大加痛斥，对传统美德大唱赞歌。那么，如何排遣郁闷、恢复心理平衡呢？

心理学研究表明，通过阅读文艺作品可以达此目的。在阅读过程中，读者其实是在寻找作品中的知己，与作品中的人物进行思想对话和情感交流，一旦达成默契或形成共识，便会在情感上产生强烈的共鸣，从而达到恢复心理平衡的目的。

纯文学与通俗文学有着“分工”的不同：前者着重于探索新的价值观念和艺术形式；而后者的阅读对象是广大中下层文化水平的读者，他们中的大多数人受文化水平的限制，难以接受新的价值观念和艺术形式，这就决定了通俗文学走的是一条相反的道路——以弘扬传统美德和继承传统艺术形式为其根本任务，否则，它就会失去其读者群。于是，补偿人们由于传统美德失落而造成心理失衡的任务便主要落在通俗文学作家的肩上。

人类并不因世代更替和社会形态改变而消泯对传统美德的怀恋，因为传统美德积淀在人们心灵深处，并作为当代社会的参照物而长久地受到关注。往事只可追忆，不再复返，人们在回顾历史的同时也得到一种朦胧美的享受。一位白发苍苍的老者，经历了几十年的风风雨雨，生活阅历可谓丰富，然而他绝不会嘲笑三岁孩童幼稚天真，相反，他从中体验到一种童趣、一种对大千世界的新鲜感。魅力无穷的希腊神话给予我们的就是人类童年时期对世界纯真的感受以及勃勃不息的进取精神。当资本主义工业蒸蒸日上时，卢梭竟号召人们“返归自然”，就表现了人类的这一心态。在当代日本，据说有数百万人效仿中国先哲老子，过着清净无为、“见素抱朴”的生活。如今，许多人走出喧嚣的都市，去乡村、海滨、旷野和森林度假，不光是为了休息，更是为了重新体验那种发自心灵深处的历史幽情。人们对当地淳厚、质朴的民风和传统美德留恋不已，但人们不能长久地生活于此。由于传统美德的失落而造成的心灵缺憾，便主要依靠阅读文艺作品来弥补。

张恨水是一位深受传统文化熏陶的作家。他的出身、生活环境、所受的教育及其爱好使他从青少年时代就走上通俗文学的创作之路，并与新文学作家在思想上保持一定的距离。他早年形成的文化心态决定了他不可能像新文学作家们那样用全新的价值标准对传统社会采取断然否定的态度，而是用传统的是非善恶的道德天平去衡量世间的一切。因而，他憎恶黑暗的社会现实，又对社会的发展感到茫然无措甚至莫名的恐惧。于是他鼎盛期的小说一方面鞭挞黑暗现实，另一方面又企图使传统社会恢复到它昔日的黄金时代。这种矛盾的心理曾经在他的文化历程中长久地占据着统治地位。

新文学作家的批评使他时时反思自己，同时他也以谨慎的态度审视传统社会的一切。他以优美的笔调谱写了一曲曲传统社会的牧歌。在他的笔下，古老、宁静的乡村有着美丽的自然风光，农夫们憨厚、淳朴、勤劳、善良；生活在京城里的几近破产的小手工业者、小商贩之间笼罩着脉脉温情，他们正直、侠义、友爱，古道热肠。这种十分融洽的人际关系和精神氛围在当时近乎不合时宜，然而又为各个阶层的人所羡慕，它清楚地映照出人们从心灵深处对传统美德的渴盼。张恨水此时的小说中不乏道德高尚的知识分子，他们具有儒家理想人格，如正直、慈善、洁身自好、卓然不群、追求道德的自我完善，但张恨水又清楚地意识到他们已与这个社会脱节，因而不会有好的结局。于是张恨水逐渐发展的现实主义创作方法改变了他对自己所钟情的人物的偏见，让他们在小说中占据了一个重要的位置，虽然在现实生活中他们是“多余的人”。

就这样，在新旧两个文学阵营中间，此时的张恨水成了一位略偏于旧又追随时代潮流不断前进的作家。处在这样一个位置，他得以冷静地观察这两个团体的优劣长短。他逐步抛弃明清小说的封建糟粕和一些鸳鸯蝴蝶派作家内容空泛的唯情主义创作观。他沙里淘金，在封建社会灭亡时所有陪葬品中精心挑选出为人们所舍弃的传统美德，让我们重温这个社会令人流连忘返的另一面。在《现代青年》和《似水流年》中，他试图通过一个个由于父慈子不孝所产生的家庭悲剧，引起人们重估儒家文化。在其他许多小说中，他试图说服人们：由于拜金主义泛滥导致一个个市井百姓扭曲了人格，变成了为金钱所奴役的行尸走肉。社会不应是这个样子，人们不应该这样生活！

人类在历史进程中，既要甩掉传统道德中腐朽、糟粕的一面，又要对其美德频频回顾。因而，人类历史的每一次飞跃，既是对新的道德的探索，又是对传统美德的某种温习与复归。张恨水鼎盛期的小说以卓越的艺术成就提供了一个个传统美德的艺术范本，这对于探索传统美德如何与现代社会接轨并促进人类道德风尚的健康发展，无疑有着独特的美学价值。

正义而徒劳的反抗

20世纪20年代，张恨水在其言情小说中对主人公的不幸遭遇寄予深切的同情，对腐败的黑暗势力给予无情的抨击。然而，社会出路何在？除了叹息与愤怒，张恨水似乎不抱任何希望。小说结尾常常笼罩着一层无法排遣的抑郁情绪、一种无法抹去的绝望心理或一缕万事皆空的佛学意蕴。到了20世纪30年代初，下层社会人物开始进入张恨水的创作。作家在描写下层社会人物的悲惨遭遇的同时，也写出他们的挣扎以至走向反抗的过程，体现了作家对社会出路的独特思考：他们的反抗是正义的，却又是徒劳的，这种反抗不会动摇黑暗社会的根基。

在张恨水的小说中，社会分为反动势力和平民百姓对立的两极。前者把罪恶的魔爪伸向社会的每一个角落，表现为军阀、富豪、恶棍引诱、威逼甚至霸占年轻美丽的穷苦姑娘，拆散其美好姻缘，并引起后者的强烈反抗。

在《啼笑因缘》中，张恨水借关寿锋之口向黑暗社会发出强烈抗议：“这是什么世界！北京城里，大总统住着的地方，都是这样不讲理。若是在别的地方，老百姓别过日子了……”接着在“关秀姑山寺锄奸”一节中描绘了两种力量的交锋。

如果说《啼笑因缘》中关氏父女的反抗带有武侠小说的虚幻色彩，那么《夜深沉》中丁二和、王傻子对资本家刘经理的反抗则有着现实意义。刘经理把自己玩腻并已怀孕的姘妇送给丁二和为妻，接着又霸占了丁二和的恋人王月容。丁二和本人被赶出京城，连祖传唯一值钱的铜床也被夺走了。丁二和承受着自尊心的严重伤害、人格上的巨大侮辱、感情上的极度痛苦以及家破人亡的沉重灾难，被逼无路，终于要持刀复仇，但这种单枪匹马的反抗当然只能以失败而告终。《夜深沉》是张恨水第一次描写现实生活中的小人物反抗黑暗的小说，表明了他对社会认识的深化。

如果说单枪匹马的反抗注定要失败，那还只是张恨水描写这一反抗行为的前奏。他在以下两部小说里描写了人民群众集体反抗恶势力的情形。

例如，《丹凤街》中车夫童老五与秀姐真诚相爱，可秀姐却被其舅父何德厚卖给了官僚赵次长。丹凤街的老百姓为了营救秀姐集体策划并做了具体部署，但老谋深算的赵次长运用政权的力量轻而易举地就把他们击垮了，秀姐无可奈何地上了赵次长的汽车，被带到上海去了，一个丹凤街的老百姓无法找寻的地方。

又如，《秦淮世家》中的主角唐大嫂在秦淮河一带是比较富裕的女强人，赵胖子、刘麻子等人就以为她帮忙、跑腿为生，一些人为了在这一带谋生，必须去敷衍她。照说她可以高枕无忧了。然而就像其他人家一样，她全家的命运被大恶霸杨育权随意摆弄着。女儿唐小春因为不愿忍受杨育权的侮辱，不但唱戏时被流氓轰下台去，就是躲在家里也挡不住厄运的到来。小春、二春姐妹俩先后被杨育权抢去玩腻后，一个被放回秦淮河边重操旧业，一个则被送给其保镖魏老八做妾，而一向在秦淮河边指手画脚的唐大嫂在仇人面前也只有乞求的份儿。小说结尾，外柔内刚的二春杀死出卖小春的陆影，王大狗、徐亦进、毛猴子烧掉了杨育权的匪巢。秦淮河边的老百姓似乎胜利了，可社会并未改变它的模样，小说秦淮河依然是富人的天下、穷人的地狱。

从小说的情节发展中，我们可以发现作家对反抗失败的痛苦思索。一方面是黑暗势力太强大了。整个官僚机器掌握在他们手里，官吏、警察、恶霸相互勾结，共同欺压平民百姓。他们还拥有强大的物质基础，有了钱，他们可以收买打手，网罗社会渣滓为其卖命；有了钱，他们可以随意刁难平民百姓，迫使后者为了摆脱饥寒而改变初衷去迁就和迎合他们。显然，穷苦百姓如果不能联合起来，形成一股强大的社会力量，就难以战胜十分强大的敌人。

另一方面是平民百姓一致反抗。作者满腔热情地歌颂了他们的优点，如，“有血气，重信义”“舍己救人，慷慨赴义”。命运相同，地缘接近，性格相投，交往密切，使他们能够“一方有难，八方支援”。作品多次赞扬这种“友朋之难，死以赴之”的义举。然而，作家这时的思想已今非昔比，他在描写平民百姓反抗恶势力的同时，也对他们表达了深深的忧虑。

一是陈旧的观念与狭隘的眼光。平民百姓认识不到自己和上层社会的人们分属于两个敌对阵营，只是把自身的不幸归咎于个别当事人身上。因而，他们的反抗仅仅停留在泄一己之私愤。

《秦淮世家》中，二春在她与魏老八“新婚”之夜将后者灌醉且手脚捆实后，有这样一段内心独白：“魏老八，你不用害怕，你与我往日无仇，旧日无恨，我不会害你的生命，不过你身上有一支手枪，我要借来用用，去对付我的仇人，我怕你拦阻我，不能不要你委屈一下。”魏老八跟着杨育权做尽坏事，可因为与二春没有私仇，便被轻易放过了。

《丹凤街》中，当赵次长从何德厚手上买到秀姐后，童老五说：“姓赵的和我们无冤无仇。他有钱，他花他的钱，我们不能怪他。只是何德厚这东西，饶他不得，卖人家骨肉，他自快活。”作为罪魁祸首的赵次长因为花自己的钱买女人是光明正大的，所以童老五觉得这无可非议，没有理由与他为敌。正因为没有阶级觉悟，所以等到灾难临头时再匆忙地寻找当事人为敌，就会处于一种窘境，这样的事情是防不胜防的，这便是童老五等人永远处于被压迫地位的症结所在。

二是落后、无聊的反抗方式。当平民百姓受到欺凌和侮辱后，也进行反抗，但他们的反抗方式是落后的、简单的、近乎无聊的，就像一个小孩子指着一个壮汉说“我揍你！”。虽然小孩子一本正经，却只能博得旁观者一笑。《丹凤街》第九章写王狗子与丙根二人用粪尿袭击他们的对头许樵隐和何德厚，透着一种泼皮相。《秦淮世家》中王大狗则把偷盗富人的钱财孝敬老母、接济穷人作为义举。在第十五回，王大狗这样自比：“我就是一只狗蝇子，你们不奈他何，我还可以偷他一偷，偷来的钱，多少散几个给穷人用用。”这充其量不过是一个尚有正义感的流氓无产者而已，就连他的把兄弟徐亦进也看不惯这种行为。当杨育权派人监视唐大嫂母女的行踪时，唐大嫂那个小群体的人一筹莫展，唯有王大狗敢作敢为，然而，他却一点不讲策略，把自己完全暴露在敌人面前。小说里这样写道：

大狗突然把声音提高一点，叫道：“二哥，你想想罢，我王大狗是作什么的，不会含糊人，我就是大粪坑里一条蛇，人让我咬了，又毒又臭，哪个要在我太岁头上动手，我咬不了他，也溅他一身臭屎！”

这简直是在说：“我是无赖我怕谁！”然而，他和徐亦进商量如何行动后不久就成为对方的囊中之物了，以致一个当场被抓、一个侥幸逃脱。后来，他和毛猴子以卖鸟为名，行侦探之实，结果反让人饱打了一顿，鸟也被抢去了。这简直如同堂吉诃德与风车作战一样滑稽可笑，根本不能博得读者的同情。就连王大狗的另外两个帮手——妓女阿金和把兄弟毛猴子，也常常表现出流氓无赖的言谈举止来。由这样的人去反抗统治阶级简直无济于事，等待秦淮百姓的仍是苦难深重的人生之路。

三是自我安慰的精神胜利法。鲁迅与张恨水在挖掘国民弱点时竟有惊人的相似之处，那就是失败之后自我安慰的精神胜利法。鲁迅笔下的阿Q每当被人抓住辫子在墙壁上碰了几个响头或是赢了钱反而被打得鼻青脸肿后，常常自我安慰说是被儿子打了，以维持心理平衡。《丹凤街》中杨大嫂等人营救秀姐的计划完全失败后，小说里这样描写：

王狗子一拍桌子道：“对！姓赵的这个狗种！”

杨大个子笑道：“他是你的种？这儿子我还不要呢。”

这样一说，大家都笑了。

没有对失败教训的反思和总结，只有自我解嘲，这只能预示类似的悲剧还会重演。

《秦淮世家》中的唐大嫂在两个女儿受辱后既没有伺机复仇，也没有卧薪尝胆。她对王大狗的一番教导是：

唐家妈也不是一个怕事的人，但是赌钱吃酒量身家，惹不起人家，偏偏的要去惹人家，那是一件傻事。人生在世，无非是为了弄几个钱吃饭，只要办得到这层，别的事我们吃点亏也就算了。你二哥为人是很正派很热心的，但是正派卖几个钱一斤，为我们的事，徐二哥那样吃亏，太犯不上。你们呢，更不必多事。

无独有偶。赵胖子有一番自白：

我们自己人，说句不外的话，在粪缸里捞出来的钱，洗洗放在身上拿出来用，人家还是把笑脸来接着。弄钱的时候，叫人家三声爸爸，那不要紧，到了花钱的时候，人家一样会叫你三声爸爸。这本钱是捞得回来的。

王大狗也附和说：

你不要看我这份手艺低，弄钱的时候，没有人看见，花钱的时候，人家还不是叫我老板。你若是没有钱，修成了一世佛，肚子饿了，在街上讨不到人家一个烧饼吃。

人格上受到侮辱，在金钱上捞回来了；有人比我强，可还有比我差的。总之，在某一方面吃了亏、受到伤害，在另一方面得到了补偿，仍然不算失败。由此可知，这种自我安慰的精神胜利法多么容易演变为奴才性格，它与见风使舵、欺下媚上、投敌卖友、利令智昏等奴才行为多么相近！

在20世纪20年代，张恨水小说的社会批判意识大多仅限于对社会表层的认识。到了20世纪30年代，他把描写对象转向下层社会的平民百姓，其解剖社会的力度也加强了。他在鞭挞腐朽势力的同时也在深挖平民百姓的种种弱点。他似乎发现很多落后的思想和行为不光为统治阶级所独有，它们在平民百姓中同样有着深厚的根基，统治阶级的为非作歹与平民百姓的愚昧落后是有关系的。通过平民百姓对统治阶级正义而徒劳的反抗所导致的必然失败的描述，他试图告诉人们：要战胜敌人，先战胜自身吧！只有发现并克服了自身的弱点，反抗才有意义，才不至于陷入徒劳的尴尬境地。

人性的堕落
——唐家母女性格扭曲的历程

在小说创作中，塑造人物性格对于作品的思想与艺术价值无疑有着十分重要的作用。张恨水小说中的人物性格大多比较丰满，是其影响经久不衰的原因之一。但其人物性格塑造方法并不相同：有些性格单一化，一出场读者就知道其性格如何；有些人物随着情节的展开与推移，其多元化性格才逐步显露在读者面前，这是小说艺术迈向更高层次的一个标志。但具有单一化性格和多元化性格的这两类小说有一个共同的弱点——人物性格始终不变，这就影响作品本身的艺术成就。他还有一类小说，其人物性格随着情节的发展而变化，以至于当作品结尾时，同一人物的性格竟然大相径庭，甚至有判若两人之感，而性格的变化又是那么自然可信，从中可以看出其内心世界在与外部环境的矛盾中所发生的嬗变，并对这个社会的现状及未来发展做出具有说服力的结论。这方面最有代表性的莫过于《秦淮世家》中唐家母女性格的扭曲历程。

唐家世代都在南京秦淮河一带生活。唐大嫂年轻时做妓女，手头上攒了些钱。她为人大方，守信用，重义气，拿得起放得下，在这一带是很有面子的人。因而，她颇有人缘，小有名气，有的男子也整天围着她转，为的是从她那里弄点钱花；有人要在此谋生，也不能不去敷衍她。小说开头这样描写："后楼的栏杆边，有四五个男子夹了一位中年妇女，围了一张方桌坐着。……两只手臂上，戴上两只黄澄澄的金镯子。在座的人，年纪大的叫她唐大嫂，都不住地恭维她。"寥寥几句话就勾勒出一位比较富裕、受人敬重的女强人。

接着，小说描写了徐亦进拾金不昧，唐大嫂知恩图报，以及她在金首饰被盗，人赃俱获后念盗贼是孝子，竟然开恩放还、不计私怨两件事，显出她可以称得上是这一带的“领袖人物”。

她年轻美丽的三女儿唐小春是秦淮河一带的头等歌女，有不少富人给她捧场，为她花钱。她在家里有地位，花钱如流水；在外面受尊重，整天听的是奉承和恭维的话。处在这样的氛围中，她颇有一些千金小姐的脾气。总之，唐家母女不是十全十美的人，但她们绝对是血肉丰满的人，是富有个性的人。如果秦淮河一直风平浪静，她们完全可以逍遥自在地生活下去。然而在以后的情节发展中，我们却看到，由于她们不能左右自己的命运，其性格便逐渐扭曲了。

唐家母女在秦淮河一带有地位，是就下层社会人物而言的，而在上层社会的人看来则大不以为然。唐大嫂人老珠黄，已不能进入他们的话题，他们之所以为唐小春捧场，有的是为了开心取乐，有的则是为了占有她的肉体。然而，人人惧怕的恶棍、钱商杨育权出场了，“这个姓杨的，也不过直鼻子横眼睛的人，并没有什么特别之处；可是他有一种势力，叫你由上八洞神仙起，到十八层地狱的小鬼判官止，都要怕他”。王法管不住他，警察、官吏要听他的，流氓被他收买且为他卖力，财阀必须把他当贵宾奉承，他在秦淮河一带可以为所欲为。

在一次邂逅中，唐小春拒绝了杨育权粗暴的猥亵行为，她的厄运就从此开始了。当天戏就唱不成了，她被流氓轰下了台；回家的路上不安全了，有地痞无赖纠缠、袭击；就是老老实实在家里待着也不行了，门外有不三不四的人盯梢；平素围着唐大嫂团团转的街坊邻居全没了主意。向姓杨的赔个礼吧，人家已不买这个账。唐家母女陷入深深的恐惧。要么宁愿牺牲生命也要保持人格的独立，宁为玉碎不为瓦全；要么为了生存与安全去牺牲人格与自尊；二者不可得兼，唐家母女必须做出选择。

在二春、小春姐妹双双被杨育权强占后，唐家母女一向丰满的人性不见了，唐大嫂的指手画脚、唐小春的高傲与自信在一场风波后荡然无存。其实，风波乍起时她们的街坊汪老太就已做了启蒙老师。她的理论不外乎是人首先要活下去才能谈得上其他方面，这就先要有钱；既有钱又有安全感，还能保持人格独立与自尊更好；如果实现不了，牺牲人格、尊严甚至贞操来换取几千银圆是完全值得的。唐大嫂此时已默认这一理论的正确，所以才有她后来在仇人面前的乞求与哀怜。对比唐大嫂的前后言行，简直判若两人，但这是真实的，她在严酷的现实面前完成了这样一个性格扭曲的过程。

不光唐家母女是这样，另外两个重要角色阿金和大狗也是如此。她（他）们在朋友有难时能够舍生忘死，可以算作很重情义的了，可在生存问题十分严重时，她（他）们要以牺牲人格与自尊来解决燃眉之急。阿金因为无钱为母亲治病，雨夜还要外出拉客。大狗为了通过唐大嫂找个差事做，“取下头上那格子布一块瓦的帽子，向小春深深地点一个头，接着还叫了一声唐小姐！”，碰了钉子后，“只好扭转身子往回走”。经济困难时尚且如此，一旦陷入人在矮檐下的窘境，也就只有低头了。

小说结尾，唐小春避难归来，风头比以前更足了，唐家母女似乎生活得更加快活。但她们与昔日相比已经截然不同，性格已经完全扭曲了：在穷人面前可以做主子，而在富人面前已是十足的奴才。在其他小说中，张恨水描写下层社会的人或因穷困而死，或被逼反抗，但他们还有属于自己的东西没有泯灭，即健全的人性，然而在《秦淮世家》中，下层社会的人则失去了作为人的最起码的东西——灵魂，他们已变成行尸走肉。

奇怪的人生二律背反定律

——张恨水言情小说中扭曲的下层人物形象

20世纪30年代，张恨水把描写的触角伸向下层社会。其中，扭曲的下层人物形象占有突出的位置，在《啼笑因缘》《美人恩》《落霞孤鹜》和《夜深沉》等小说中有着突出的表现。《啼笑因缘》中沈氏一家三口，母亲沈大娘靠女儿沈凤喜及其叔父沈三玄在北京天桥一带以卖清唱为生，收入微薄，受尽磨难。《美人恩》中常居士双目失明，妻子余氏没有职业，女儿常小南已是十六七岁的姑娘了，仍然衣不蔽体，全家靠她捡破烂为生。《落霞孤鹜》中王福才一家以裁缝为业，工作繁重，生活困窘，父母靠多年积蓄为他买妻，然而灾祸也就由此而生。《夜深沉》中王月容原是一个孤女，跟张三学艺，受尽师傅夫妇的侮辱和虐待。张三夫妇的命运也并不佳，月容逃出后不久，张三病死，妻子黄氏无依无靠。月容唱戏走红后，黄氏只有厚着脸皮反过来向昔日的徒弟求情了。任人宰割的低下地位、衣食无着的赤贫生活、漂泊无依的卑贱心理、日暮途穷的暗淡前景，构成了这些人的身世、现状和未来，他们从物质上到精神上没有可以夸耀的。沿着这条思路走下去，作家在揭示主人公不幸遭遇的同时，也把其内心世界的异化过程展示在读者面前。

“任何一个时代的统治思想始终都不过是统治阶级的思想。”[1]鲁迅笔下的阿Q梦寐以求的不过是攫取财色和复仇。而张恨水笔下的这些人物早就堕落了，还把自己的品行和恶习代代相传。张恨水在小说里描绘了当时社会既剥夺了他们的生存权利，又无情地毒化其情感世界，阉割其天性与良知。

于是，读者发现先前对他们的同情不过是进入了一个情感误区。在选择爱情或婚姻这一终身大事上，一方面是巨大的物质利益诱惑，另一方面是对感情与道义的维护，二者不可得兼，迫使他们做出抉择。

在《啼笑因缘》中，沈氏一家当初对樊家树的帮助感恩戴德，对他的求婚求之不得，然而一旦军阀刘德柱插手进来，他们的态度便发生了一百八十度的大转弯。如果说沈凤喜开始尚犹豫不定，而其叔父、母亲则顾不了那些了。当沈凤喜把樊家树撕碎四千元支票、二人绝交的事道出后，沈大娘冷笑道：“生气？活该他生气！这倒好，一下子说破了，断了他的念头，以后就不会来找咱们麻烦了。”

在《美人恩》中，常小南嫁人做妾后，忘乎所以，对昔日的情人以怨报德。

在《落霞与孤鹜》中，纨绔子弟陆伯清以提拔王福才做副官为诱饵，诱使王裁缝一家共同逼迫冯玉如以牺牲色相作为报答。当王福才受到邻居讥笑后，他对玉如说，他不想做官，也不要玉如去。这时其母高氏恼了：“你不做官，我还要做生意呢。”利令智昏，什么事都做得出来，这就是他们的人生逻辑，这和那些无恶不作的军阀、富豪、政客、恶棍的思想、行为又有什么两样？

王福才一句话可算画龙点睛之笔：“你们只图发财，就不顾别人的面子怎样，你向外边去打听打听，人家把我比成一个什么人了。”

《夜深沉》中有一处场景与此异曲同工。王月容先是屈从于刘经理的淫威而对丁二和心怀内疚，然而又无路可走，心情十分矛盾。这时小五娘劝道：“什么名誉，什么体面，体面卖多少钱一斤？钱就是大爷，什么都是假的，有能耐挣钱，那才是实实在在的事情。”

宋子豪的解劝同样如此：“姑娘，你怎么这样想不开？这年头儿，什么也没有大洋钱亲热，‘嫁汉，嫁汉，穿衣吃饭’。”

为了钱财，他们不惜出卖亲人，丧尽廉耻；为了钱财，他们心安理得地把人格、尊严作为贡品去换取权贵的牙慧甚至空头支票。

然而，事情到此并未完结。主人公在牺牲了上述种种之后所换取的一点点生存条件很快就被这个社会无情地剥夺了。

在《美人恩》中，常小南结婚三天就被冷落，余氏把女儿作为摇钱树的美梦破灭了——她丈夫因此而出家，自己的生活没有着落，甚至连看望女儿的机会也失去了。

在《啼笑因缘》中，沈凤喜所期望的洋房、汽车、成堆的洋钱、成群的仆人，到头来不过是一张画饼而已。沈大娘唯一的资产——年轻漂亮的女儿被折磨成了废人，她真的一无所有了。

在《落霞与孤鹜》中，王福才没有当上副官，等待着他的是要么“卖”妻要么坐牢的选择。他们一家毫不犹豫地选择了前者，冯玉如成了这个家庭的牺牲品，而王裁缝一家也落得个鸡飞蛋打、丢人现眼和让人哭笑不得的结局。

在《夜深沉》中，当王月容以自己的肉体与资本家的金钱做交易时，黄氏也在拿自己的人格与王月容的残羹剩饭做交换。当黄氏怂恿王月容侍候“干爹”刘经理时，王月容抢白：“你瞧，左一句干爹，右一句干爹，叫得比我还要亲热。好像刘经理又多收了这么一个大干闺女。”面对这一巨大羞辱，黄氏臊得只说一声“你瞧这孩子”，随后就跑走了，不久又不得不主动向月容献殷勤。

不管是老一辈还是年轻一代，不论是当事人还是其亲属、帮闲者，她们在舍弃了灵魂和肉体后，并未在物质生活上有任何好转，反而使她们失去了其赖以生存的唯一本钱——自己或亲人年轻、美丽的生命。如果说小说开头主人公还在挣扎，还残存着一丝希望，那么在结尾时，这一切都不存在了。主人公在人格、情感、道义与生存条件的取舍中选择了生存条件，随后又被迫失去了它。她们在对这种奇怪的人生二律背反定律做出两次选择后走向彻底的毁灭，而读者也随之经历了同情—憎恶—同情的情感发展三部曲。

张恨水的言情小说几乎没有以大团圆结尾的，美好的爱情不能开出鲜艳的花朵，它刚刚出土就枯萎了，因为这个社会不适于它的生长，它的主人公不能正常地生活，又何谈美好的爱情？要使人的天性、道德、情感等得以恢复，要使爱情之花盛开，那就必须改变人的生存状态，消灭造成人性扭曲的政治黑暗现状。

注释：

【1】马克思、恩格斯：《共产党宣言》，人民出版社，1972，第 270 页。

人类心灵的永恒冲突

——《大江东去》中情感与理性的冲突

《大江东去》是张恨水一部独具特色的长篇小说，它记录了抗战初期南京大屠杀惨绝人寰的历史场面，描写了战争给人的心灵造成的巨大创伤，揭示了人类在巨大的悲剧面前所产生的情感与理性的永恒矛盾。故事开始时，战争的恐怖气氛笼罩着紫金山，成千上万的青壮年穿上戎装，许多南京市民被迫疏散、撤离、逃难，战争拆散了无数个家庭，造成数不清的悲欢离合。小说女主人公薛冰如与她的丈夫孙志坚就是其中一例。孙志坚是一位青年军官，他奉命留下保卫南京，不得已把爱妻托付给好友江洪，请他在去汉口的途中照料她。分别前夕，小说这样描写薛冰如几乎失常的神态：

她痴痴地站立着，她听到墙外深巷里有一阵铿锵的声音，由远而近，她立刻喊着仆妇王妈去开大门。……平常听到这种叮当叮当的马刺碰了地面声，就觉得既不骑马，这马刺在靴后跟夹着，就失去了马刺两个字的意义，徒然一步一响，增加人的烦恼。然而到了现在，这马刺就给予了她自己一种莫大的安慰。所以马刺响到门口，立刻心里一阵高兴。王妈去开大门了，她也就跟着追下楼来。在楼梯上便笑道："志，你怎么这时候才回来呢？你走后不多久，我就在楼窗户上望着，直望到现在。"

几个小小的细节，活现出一位对丈夫充满柔情蜜意的少妇的形象。她明知别后丈夫凶多吉少，却一点不拖他的后腿，反而鼓励他驰骋疆场。丈夫在临别那一刻说："冰如，我走了，你不感到寂寞吗？"她回："不！天天在报上看到我军浴血抗战的消息，我只有兴奋。因为我有一个丈夫也在这浴血人群之中。"她听说王玉与军人的丈夫离了婚，很瞧不起她，当面批评她不该在丈夫正要效命疆场的时候出此下策。后来，江洪护送她好不容易上了轮船，因为忘了带上志坚给她留下的爱情信物——佩剑，她舍去难得的坐船机会亲自回家去取，结果辗转上路，大费周折。这种真挚的爱情，足以感动任何一位读者。后来，南京的战况一天紧似一天，薛冰如的心也在一天天紧缩，真是食不甘味、夜不安寝。

然而，人性毕竟有它脆弱的一面。就在去汉口的途中，薛冰如的感情不知不觉地转移到江洪身上。刚踏上旅途，他们就遭遇敌机空袭，好多人被炸死。由于受到江洪掩护，薛冰如才幸免于难，致使她紧握江洪的手连声说："你是我的救命恩人，你是我的救命恩人！"这时的薛冰如还只是出于感激，还没有触到爱的神经，然而她对江洪的感情也就此产生。

既是逃难，生活上必定有诸多难以克服的困难。由于有江洪悉心照料，这些困难都被降到最低程度。没有吃的，江洪给她送来；没有睡的地方，江洪给她搞到内舱，可以安安稳稳地休息；在露天地里那一夜，江洪给她搭起帐篷并彻夜守护她；许许多多的事情，一个女子难以办到的，江洪都想在前面，做得圆满。逃难中的女子未免忧心忡忡，为自己和爱人担惊受怕，对未来焦虑不安，然而江洪善解人意，他能使一个女子感到充实，感到有力量并对未来充满信心。不知不觉中，冰如感到身边的江洪是唯一可以信赖和依靠的人；江洪不在自己身边时，冰如便怅然若失。终于有一天，当她看到江洪似乎对王玉有意思时，醋意便油然而生。

到达汉口后，薛冰如由于生活没有着落，江洪仍不时来看她。这期间，传来南京城破、日军屠杀数十万市民的消息，传来无数军人壮烈殉国的消息，也传来一些人幸存的消息，唯独听不到孙志坚的下落。半年过去了，仍然杳无音信。薛冰如由每天急着看报了解南京战况到对丈夫忧心如焚，再到对他的生还完全绝望。虽然江洪劝她再等一段时间，因为还无法证实孙志坚已经殉国，但这时薛冰如已深信孙志坚不在人世了。她不能不想到自己的处境：一个逃难女子如果没有男人的照料和保护，简直寸步难行，江洪对她来说太重要了。

这还不是最重要的，最重要的是她对江洪的爱情发展到无以复加的地步：对他如醉如痴，为他神魂颠倒，每天想方设法赢得更多时间和他相处，不断想出新花样打扮自己以讨他的欢心，处心积虑地打败情敌王玉，为赢得他的爱而倾注全部心血。她多次抱怨江洪对她以叔嫂相称而不以情人相许，直到一个月光皎洁的晚上，她坦露自己的一番痴情并要求得到对方爱的答复。当江洪提出因志坚生死未卜而不便恋爱时，冰如当即表示要亲往上海、天津，去征得她与志坚双方父母同意她与志坚脱离关系，次日便迫不及待地启程了。

冰如对江洪的爱是纯真的。她并非天性淫荡，初识江洪时，她循规蹈矩，从不乱来。如果把江洪与孙志坚相比，前者除了救命之恩外，在任何方面都比后者更胜任做她的丈夫：相貌英俊，体格健壮，忠厚老实，尤其善解人意，对她的体贴关怀无微不至，这是薛冰如最满意的。于是，她对江洪的感情潜移默化地发展到爱慕、到热恋、到生死之恋，把对江洪的爱看得像生命一样重要。一个人的心胸再开阔，也装不下两个异性。对江洪爱得至深，必然要以牺牲对志坚的爱为代价。所以，到天津后她得知志坚还活着时不但没有一丝喜悦，反而如大难临头。她不惜与父母绝交，终于征得他们的默许，任凭她处理与志坚的关系。

在香港，她突然与志坚邂逅，反而促成两人就地离婚。她对志坚的冷酷无情恰恰反证了她对江洪发自内心的爱。也许她也感到与志坚离婚不妥，但此时其理智已不起任何作用，她已被感情牢牢地控制着，到了无法自拔的地步。冰如性格坦诚，没有丝毫的虚伪和做作。她当初对志坚的爱是真诚的，正如她后来对江洪的爱和对志坚的不爱同样真诚一样。她不是什么大人物，不必用更高的标准去要求她。她只是按照人的天性去生活、去爱。既然江洪比志坚给予她的更多、更现实，既然她已陷入爱的深潭无法自拔，她怎么不能行使爱的权利呢？

可是，薛冰如有爱的权利，江洪也有拒绝爱的权利，因为他并不爱她。他一路上对她的保护和关照全是出于对志坚的友谊，他对薛冰如热情中有恭谨，从不越雷池半步。当他意识到薛冰如在暗送秋波时，他佯装不知；当面对薛冰如的真诚求爱时，他内心深处也有矛盾，即对友谊与爱情的取舍。他的行动是理智的，他对冰如和盘托出了自己的感情世界：

我也并非柳下惠，所以如此，我完全是用理智克服情感，同时也是情感克服情感。这话怎么说？在身份上说，你现在还是一位太太。我是一个少年军人，似乎不应该在国难当头的时候谈恋爱，更不应当和一个好友的太太谈恋爱。……至于就情感方面说，我和老孙的感情，那比亲手足还要好些，我一想到他那番情谊，我就不忍和你谈到爱情。而况他那个影子，却始终在我脑筋里的。

在月光皎洁的江边，周围的景色披上一层神秘的面纱，一个血气方刚的青年遇到一位美丽少妇的求爱，很难抵御爱情的诱惑力。如果他接受了冰如的爱，那也是顺理成章的，因为志坚半年多没有音讯，江洪自己也认为，“要说他还在人间，透着不近情理”。可江洪终于用清醒的理智压抑住了情感的冲动。

人类既有生物性的一面，又有情感的一面，但文明的发展使一部分人能够超越自身的生物性和情感，表现出极大的克制，进而体现出一般人难以企及的崇高境界。当薛冰如不顾一切地去爱时，我们为她的痴情所感动、所陶醉，认为人就应当按自己的天性去生活。当我们观照江洪这一形象时，我们发现他超越了情感，表现出人性更为博大和崇高的一面。如果说薛冰如的爱如激情滔滔，令人流连忘返，那么江洪的精神境界则如崇山峻岭，令人高山仰止；薛冰如所做的是一般人必定要做的事，江洪所做的则是一般人难以做到的事；薛冰如的所作所为似乎无可非议，而江洪的所作所为则令人钦佩。

在情感与理性的冲突中，无论是薛冰如还是江洪都是主动的。冰如主动抛弃了对志坚的感情，转而向江洪展开心理攻势，江洪在爱情与友谊的取舍中则可以一锤定音。而孙志坚却只能处于被动的位置。小说花很大篇幅描写孙志坚在南京保卫战中英勇奋战、屡创敌军，南京陷落后潜入破庙当和尚才幸免于难。历尽波折，逃出魔爪，然而他的报国心却没有得到薛冰如感情的补偿，反而从战争失败的社会悲剧转入个人的爱情悲剧。

古希腊雕塑维纳斯的断臂是不可接肢的，只有让它残缺，才显其美。孙志坚的遭际又何尝不是如此？在巨大的人生悲剧面前，他想到的是君子绝交不言恶声，是“宁可她负我，我也要做到仁至义尽”。然而，爱情不是靠高尚的举动就可以复活的。终于在汉口的那一天，志坚的最后一次努力失败了，照薛冰如过去的话来说，就是覆水难收。如果伺机报复薛冰如的绝情，如果就此看破红尘消沉下去，志坚也许可以博得读者的同情，然而，他忍受了一般人难以忍受的痛苦，在巨大的心理创伤中表现出超乎常人的克制和坚强，达到了一般人难以企及的精神境界。所不同的是，他体现出的是对他人最大的谅解和宽容以及对个人感情的极力压抑，从而展现出理性的力量。在情感与理性的巨大冲突中，志坚与江洪从不同的侧面走向了崇高。

这个世界是残缺的、不完满的，残酷的战争必然造成许许多多的家庭悲剧和人生缺憾。如何正视这些悲剧、缺憾，解决情感与理性的冲突，作家寄予了深沉的思考。

张恨水早期是一个爱情至上主义者。他以同情的语调描写社会给美好的爱情带来的种种压抑和摧残，描写男女主人公在巨大磨难中的悲欢离合，对他们的遭遇和命运给予深切的关注。可是在《大江东去》中，作家明显地转入对爱情的反思，那就是主人公应当恋爱，但又不能盲目地爱，爱情不能任其发展，要有理性的调节和疏导，否则就容易由主人公自身的行为造成不可挽回的悲剧。离了婚的薛冰如以为从此就可以顺顺当当地回汉口和江洪结婚，她没有冷静地考虑江洪一贯的态度以及他得知自己的好友尚在人间时会有何感想，她和他的婚姻到底有多大把握。当然，她对志坚已毫无感情，她当时确实以为离了婚就可以和江洪结婚。但她错了，当江洪严正拒绝了她的求婚后，她的精神崩溃了。一味地感情用事导致判断失误，结果只能使自己处于极为尴尬的境地，更不用说得到爱的回报了。

在《大江东去》中，作家借孙志坚与薛冰如双方的亲人对后者的行为进行了谴责，可以看出他已把爱情看作不单是男女双方的事，它还是一种社会行为，要兼顾社会公德。否则，即使像薛冰如对江洪那样爱得再纯真，爱得再痴迷，也会结出爱的苦果。一个抛弃了社会公德的人，也将被社会抛弃。

如果说薛冰如留下的是失败的教训，孙志坚留下的则是人生的启示：在巨大的人生悲剧面前，不要消沉，不要颓废，要勇于正视现实。如果你受到强烈的刺激或严重的伤害，想要转移情绪的话，最好离开这个恼人的环境，投身到一项崇高的事业中去。这样，挫折反而会促使你在事业上获得成功，也才能见出你人格的崇高，否则，就难以解脱自己。《大江东去》中的孙志坚被妻子抛弃后是如此，《北雁南飞》中李小秋被拆散情缘时是如此，《美人恩》中洪士毅被昔日的情人侮辱后也是如此。可见，对于人类情感与理性的冲突这一永恒的命题，作家多年前就已经在思考和探索了。

张恨水小说的讽刺艺术

张恨水不仅擅长言情题材创作，在讽刺小说方面也取得了丰硕的成就，他的这类小说不仅字数多（近300万字），而且质量高。20世纪20年代以前，仅有《小说迷魂游地府记》一个短篇；进入高产期后，则有魔幻讽刺小说《新斩鬼传》《八十一梦》和社会讽刺小说《京尘幻影录》《春明新史》《偶像》《别有洞天》《牛马走》《纸醉金迷》《五子登科》等。

一

在几十年的创作生涯中，张恨水全面地继承和发展了中国古代小说的讽刺艺术，使之在新的时代发挥了讽刺、暴露与批判的功能。概括起来，主要有以下几个方面。

1. 漫画式的描写手法

小说中一些人物的名字寄托了作者的寓意和感情色彩："大凡正面人物名字也比较正派，反面人物或被讽刺嘲笑的人物其姓名、绰号也令人生厌或惹人发笑，体现了作者一字褒贬的春秋笔法和臧否人物的思想倾向，也有助于读者对人物形象的记忆、对性格特征的回味，变成了塑造人物的技法之一。"[1]如，《新斩鬼传》中的颜之厚（脸皮厚）、贾道学（假道学）、甄造业（真造孽）、贾慈悲（假慈悲）、钱如命、甄夏柳（真下流）用的是谐音，马屁大王、下流鬼、吝啬鬼、大话鬼等取其特点；《春明外史》中的史科莲（实可怜）、贾敬佛（假敬佛）、吴莲扯（无廉耻）、卜耀联（不要脸）、宗吾用（终无用）、白慧心（白费心）等也是如此。

作者用寥寥几笔就勾勒出人物的形象特征。例如，《京尘幻影录》中描写下层官吏王佐才向李逢吉求情的丑态，“那颗尖小油腻的脑袋，却在那合抑的拳头上，碰了几碰”。一群附庸风雅的封建遗老作诗场面：

林翰林信口念了两句诗：“作者一人为要白，饥来骗我学陶潜。”他这一联诗钟唱完，这些在座的老头子，都喝起彩来。有的拍着大腿，说是“寄托遥深”，有的闭着眼睛，摇着脑袋……

有的用手摸着长胡子，点头说道：“文章天成，妙手偶得。”

一片喝彩谈笑之声而外，更带着几个老头子笑过去了，咳嗽的鼻涕眼泪直下，于是甩鼻涕声，吐痰声，与笑声相和，达于户外。

又如，《牛马走》开头对无行文人西门德博士的描写：

他们的主人，是极容易发现的，身体长可四尺六七，重量至少有二百磅，长圆的脸，下巴微光，这也就显得他的两腮格外凸出。在他脸腮上，也微泛出一丝红晕，鼻梁上，架着一副无框的眼镜。眼镜相当的小，和他那大面孔配合起来，是不怎么调和的。

把大人物低俗化，把不可一世的权豪势要写得像市侩小人一样庸俗可笑，使嘲讽的对象带有强烈的喜剧色彩。这在巴赫金的狂欢化理论中称为“降格”。例如《京尘幻影录》中对一位都统的打扮的描写：

只见韩都统穿着古铜色围龙花纹的长袍，罩着枣红大襟马褂，纽扣上挂着什么胡梳子、牙签子、眼镜盒子，哆嗦哆嗦一大串，光着半边头，后面垂着小指头粗的花白辫子，梳得清清楚楚的。

接下来对他每天都要过办公瘾的大段描写，活画出这位曾经不可一世而现在早已下台却仍然官瘾奇大的封建官僚的可怜相。

再如《金粉世家》中的金铨贵为国务总理，在儿女面前道貌岸然，可是只要和小老婆翠姨单独在一处，“就笑着把那几根骚胡子翘了起来”。仅仅一句话就揭开了他的虚伪面具。

2. 亦庄亦谐的调侃语言

以诙谐幽默的语言对主人公进行嘲弄，或使其自蹈尴尬场面，令读者在捧腹大笑之余产生鄙夷之感。《京尘幻影录》中听差出身的市侩小人孔赞对家人说：“现在咱们家里有汽车来往，比不得从前，汽车从门口过，可以不管。现在遇到汽车走门口过，总应该留一点心，听听有没有喇叭报信。有喇叭报信，还得听一听是谁的汽车。论起喇叭要算万大人汽车上的喇叭好听，像话匣子一般，刚才这喇叭破锣一般，我就知道不是万大人的汽车。”可话刚落音，“万大人和林翰林已经带着满脸的笑容，一路说着话，踱了进来。孔赞万料不到两位阔佬，随随便便地进来，埋怨自己大意，汽车的喇叭声响过去了，不见得没有人进来，总应该出去看看。自己一时手忙脚乱，走上前去，身子一蹲，就请了一个安”。

丁鸿儒等待下委任令，几经反复，弄得自己坐卧不安。等到委任令真的下来时，他得意忘形，出尽洋相。

主人公似乎在慷慨陈词或一本正经地自我表白，但很快就被自身荒唐的行为所否定，让人感受到“嬉笑之怒，甚于裂眦”的巨大力量。

3. 离奇夸张的描写

离奇夸张的描写，使故事情节特具戏剧化，这在《新斩鬼传》和《八十一梦》中尤为突出。《新斩鬼传》写的是钟馗率含冤、负屈二将军在20世纪20年代力斩形形色色的人中之鬼，有玄学鬼、不通鬼、空心鬼、势利鬼、虚花鬼等。如在第六回，风流鬼的魂附在美人甄夏流的狗身上，被冒失鬼所救。后者不但没有得到感谢，风流鬼反怪他多事说："只要挨着美人，变臭虫变虱，我都愿意；何况还是一条狗呢！"由此可见一斑。

必须指出的是，作为张恨水代表作之一的《八十一梦》的艺术创新却是全方位的。它刚问世时就引起轰动。小说还打破了旧小说那种全知全能式的视角，以"我"的眼光观察世界，把客观对象融入内心世界进行反思。它不再致力于真实地再现现实，它所注重的不再是情节的完整性和表象的真实性，而是浸润了作者美学理想后的心灵写照。因而，它在聚焦者、叙事方式和叙事结构等方面都已走在我国现代小说的前列。而小说内容借助于离奇夸张的描写也使其对现实的批判性显著增强。如在"第三十六梦天堂之游"中西门庆是十家大银行的董事与行长，独资或合资开了一百二十家公司，分明影射当时的财长孔祥熙；潘金莲打值勤交警分明指的是孔二小姐打值勤交警一事。由于锋芒毕露，张恨水差点为此坐牢。

4. 心理与现实产生巨大反差

心理与现实产生巨大反差，营造出南柯一梦的滑稽感。通过对主人公内心活动与行为的描绘，让其所想所思与实际情况产生反讽效果。《啼笑因缘》中沈凤喜本已许嫁樊家树，军阀刘德柱为了占有她，仅仅花了几百块钱并许买一串珠子做诱饵，就令她想入非非了：

凤喜一挨着枕头，却想到枕头下的那一笔款子。更又想到刘将军许的那一串珠子，想到雅琴穿的那身衣服，想到尚师长家里那种繁华，设若自己做了一个将军的太太，那种舒服，恐怕还在雅琴之上。刘将军有些行为，虽然过分一点，那正是为了爱我。哪个男子又不是如此的呢？我若是和他开口，要个一万八千，决计不成问题，他是照办的。我今年十七岁，跟他十年也不算老。十年之内，我能够弄他多少钱！我一辈子都是财神了。想到这里，洋楼、汽车、珠宝，如花似锦的陈设，成群结队的佣人，都一幕一幕在眼面前过去。这些东西，并不是幻影，只要对将军说一声“我愿嫁你”，一齐都来了。生在世上，这些适意的事情，多少人希望不到，为什么自己随便可以取得，倒不要呢？虽然是用了姓樊的这些钱，然而以自己待姓樊的而论，未尝对他不住。退一步说的话，就算白用了他几个钱，我发了财，本息一并归还，也就对得住他了。这样掉背一想，觉得情理两合。于是汽车、洋房、珠宝，又一样一样地在眼前现了出来。凤喜只觉富贵逼人来。也不知如何措置才好。仿佛自己已是贵夫人，正忙着料理这些珠宝财产，却忘了在床上睡觉。

少女的单纯掩饰不了内心世界的庸俗不堪，沈凤喜贪图荣华富贵，抛弃了不久前还情意绵绵的情人而投入刘将军的怀抱中。然而汽车、洋房、珠宝等不过是南柯一梦，她在满足了刘将军的淫乐之后被一脚踢开了。现实与她幻想的世界反差太大，她的不可治愈的疯病便是对见利忘义心理辛辣的讽刺。又如《别有天地》中土财主宋阳泉一心做官，来到城里，被人当冤大头戏弄。他见色心迷，想入非非，在美女前又语不对题，最后人财两空。

5. 讽刺

让主人公的真面目在情节推移中自我暴露，讽刺生命在于真实。

它所写的事情是公然的，也是常见的，平时是谁都不以为奇的，而且自然是谁都毫不注意的。不过这事情在那时却已经是不合理、可笑、可鄙，甚而至于可恶。但这么行下来了，习惯了，虽在大庭广众之间，谁也不觉得奇怪；现在给它特别一提，就动人。[2]

张恨水20世纪40年代的社会讽刺小说，已淡化了他二十年前漫画式的人物形象、嬉笑怒骂的调侃语言和为了达到嘲弄讥讽的目的而惯用的插科打诨，甚至也没有让主人公自我否定所造成的反差，而是按人物性格和生活逻辑发展的必然性处理情节，让讽刺对象可笑、可厌、可鄙、可憎的面目或隐或现地展现出来。小说结束，主人公的真实面目也就完全展现在读者面前了。不言讽刺，不使用各种讽刺手法而起到讽刺作用，这种艺术更真实，给读者的印象更深刻，效果也更显著。

例如，《五子登科》中的金子原在抗战胜利后以接收大员的身份从重庆飞往北京。他把接收看作发财的绝好机会，与汉奸沆瀣一气，沉溺于金子、车子、女子、房子、票子这“五子登科”的罪恶深渊中。东窗事发后，他与姘头杨露珠卷财出逃前，还振振有词地说，“老实说，在重庆方面做官，可以说无官不贪。至于有的官不贪，那是没有找着路罢了”。这就把讽刺的对象从金子原一人扩展到整个官场，说明了滋生金子原这类接收大员的根源所在。小说没有描写他的外貌，也没有对其言行进行嘲讽，而是看似客观地描述他荒于政事，一切都发生得那么自然、那么正常，就在这自然而正常的情节发展中，金子原才显得如此真实，具有深刻的否定意义。

又如《纸醉金迷》中描写的抗战期间一群国难商人纸醉金迷的生活，以及《牛马走》中描写的西门德博士下海经商发财走运及其他国难商人骄奢糜烂的生活图景，同样都未言讽刺，然而一群魍魉鬼魅原形毕露，形象地展现在读者眼前。

二

鲁迅对于谴责小说有一段颇为中肯的论述：

光绪庚子（1900年）后，谴责小说之出特盛。……其在小说，则揭发伏藏，显其弊恶，而于时政，严加纠弹，或更扩充，并及风俗。虽命意在于匡世，似与讽刺小说同伦，而辞气浮露，笔无藏锋，甚且过甚其辞，以合时人嗜好，则其度量技术之相去亦远矣，故别谓之谴责小说。[3]

可见谴责小说有两大缺点：一是言过其实，降低了真实性；二是缺少含蓄，降低了艺术性。但它毕竟还有可取之处——由于暴露了社会阴暗面，且消遣娱乐性强，合许多人的口味，在当时赢得了大量读者；又由于我国讽刺小说数量少，具有像《官场现形记》那种风格的作品更少，所以在讽刺小说的发展链条上不失为一个重要环节。

《京尘幻影录》和《春明新史》继承清末谴责小说嬉笑怒骂的艺术风格，内容也是以揭露社会黑暗为主，如暗讽军阀张宗昌一生不知道自己的军队有多少、钱财有多少和姨太太有多少，又如揭露当时政权更替频繁，这些都是实情，从某种意义上可视为谴责小说的余波。

《新斩鬼传》仿《斩鬼传》（《钟馗捉鬼传》）而作，二者风格十分相似，其成就也大致相当，只是时代内涵不同而已。《斩鬼传》"取诸色人，比之群鬼，一一抉剔，发其隐情，然词意浅露，已同嫚（谩）骂，所谓'婉曲'，实非所知"。[4] 虽然艺术成就不如《儒林外史》，但它毕竟代表讽刺小说的一个品种。

《八十一梦》记述了主人公所做的十四个梦，梦与梦之间并无内在联系，虽云长篇，形同短制。这些梦的艺术特点不大相同，有的纯属魔幻小说，有的半为魔幻半为现实，有的看起来纯属写实作品，却打破了时空界限——它写过去、未来、鬼域、天上，甚至把古今人物拉到一块儿。由于以梦幻的形式出现，作品就可以打破人物、事件大体固定的套式，借写一梦讽刺社会的一个方面，在内容上有着极大的包容性和丰富性。因此，它在当时产生了巨大的社会反响，时至今日，它仍然拥有大量读者。

《儒林外史》是中国古代最有成就的社会讽刺小说。鲁迅认为，"迨吴敬梓《儒林外史》出，乃秉持公心，指擿时弊，机锋所向，尤在士林。其文又戚而能谐，婉而多讽，于是说部中乃始有足称讽刺之书"。[5] 在《中国小说的历史变迁》一文中，他又从比较的角度论述该书在文学史上的地位："讽刺小说是贵在旨微而语婉的，假如过甚其词，就失了文艺上底（的）价值，而它的末流都没有顾到这一点，所以讽刺小说从《儒林外史》而后，就可以谓之绝响。”[6]

《儒林外史》的结构是连环式的，一个故事连着一个故事，上一个故事结束，其主人公也就不复出现，但引出下个故事主角，由此环环相扣，可以说是一部短篇小说集。与之相比，张恨水的《牛马走》《纸醉金迷》和《五子登科》在旨微语婉的讽刺艺术方面略逊一筹，它们很少用一字褒贬的春秋笔法，但在结构方面却有自己的独到之处，即采用递进式结构，由中心人物贯穿全书。作品不是写一个重大事件的进程，也不是由一个事件引出另一个事件，而是由类似的事件层层推进而展开，这种结构可使小说情节无限延伸。

《儒林外史》与张恨水的《牛马走》《纸醉金迷》和《五子登科》的共同点在于“秉持公心，指摘时弊”。不同的是，《儒林外史》把讽刺机锋直指科举制度及受其毒害的知识阶层，张恨水上述作品则指向当时最大的社会公害——国难商人和贪官污吏。这三部小说共近百万字，在现代社会讽刺小说中，如此巨作极为少见。如，鲁迅的《兄弟》以梦幻的形式暴露同胞兄弟间的假仁假义；张天翼的《华威先生》讽刺一位以抗战为名实则压制民众抗日的下层官吏；沙汀的《在其香居茶馆里》写一个小镇上围绕着服兵役出现的风波，暴露了政府基层政权的腐败。这些小说均属于短篇，其内涵当然不及张恨水的上述作品。

注释：

【1】董康成、徐传礼：《闲话张恨水》，黄山书社，1987，第206页。

【2】鲁迅：《且介亭杂文二集·什么是“讽刺”？》，载鲁迅《鲁迅全集》第6卷，人民文学出版社，2005，第340页。

【3】【4】【5】【6】鲁迅：《中国小说史略》，载鲁迅《鲁迅全集》第9卷，人民文学出版社，2005，第291页、第228页、第228页、第345页。

两部独具特色的乡土小说

在我国现代文学第一个十年，乡土小说是继“呐喊小说”“问题小说”和“身边小说”之后的一股文学潮流，它以真切地展示农村或小城镇浓郁的乡土气息与特殊的生活风貌而称誉文坛。20世纪三四十年代，张恨水创作了《北雁南飞》和《玉交枝》两部长篇乡土小说，它们以其丰富的内容与鲜明的地方特色自立于我国乡土小说之林。

一

《北雁南飞》作于20世纪30年代中期，从书中皇帝赐匾一事看，故事当发生在辛亥革命前，地点在江西新干县三湖镇附近的姚家村。小说描写三对男女的恋爱与婚姻：姚春华与李小秋由恋爱到被拆散为主线，毛三叔夫妇的离异、屈玉坚与大妹的私奔为两条副线。从这三对男女的悲欢离合中，我们多少可以看出那个时代农村青年痛苦、坎坷的感情历程。因而，小说明写儿女情爱，实则借此“描写被压迫者的一种呼吁”。

小说插入对封建礼教的标本——二婆婆一生经历的描述，为全书定下了令人窒息的感情基调。二婆婆十五岁时，十七岁的未婚夫病故，她的生身父亲为了门户的“荣耀”，竟坚持把亲生女儿嫁到婆家守望门寡。书中的五嫂子不无钦慕地回忆起那场野蛮的婚礼：

听说，这件事把县太爷都哄动了，亲自来贺喜。新娘子进门那一天，整万的人看，我们这姚家庄，比唱戏赛会，还要热闹十倍。新娘子先穿红绫袄，后着白麻裙，先喝交杯酒，后哭丈夫天。怎样喝交杯酒呢？就是由二公公一个十三岁的妹子，抱了灵牌子拜堂，那交杯酒就奠在地上了。

在以后漫长的岁月里，二婆婆异常虔诚地为她素昧平生的丈夫守节。她带了一个过继儿子过活，儿子长大娶妻生子后又不幸早逝，婆媳二人便共守一个男孩度日。二婆婆的精神感动了族人，她七十岁时，族人请下御旨给她两代立下了贞节牌坊，因为她已经熬了整整五十五年！小说在重笔渲染供奉圣旨的热烈场面后描写：

二婆婆那头发，自然是白得像银丝一般，那张尖瘦的脸，堆叠了无数道的深浅皱纹，仿佛一道道的皱纹，这里都记着她的痛苦程度。她虽然穿了蓝绸的夹袄，大红裙子，这犹之乎在那人体标本上，加上一些装饰品，越发表现出不调和来。她颤巍巍地在两个本家相公中间走着，举起那双瘦小的老眼，向四周看去。她那双眼睛自十五岁哭起，流出来的眼泪，恐怕一缸装不下了。……不过今天来看热闹的人，只有欣羡她的意味，并没有可怜她的意味。虽然，她不住地在那里揉擦眼睛，然而并没有哪一个人知道她这种痛苦。

县官向二婆婆行礼把情节推向高潮：

这些看热闹的人，见县官都要和二婆婆行礼，这个面子太大了，因之眉飞色舞的，都睁了眼睛望着。便是姚廷栋本人，也认为是一件无限荣耀的事情，……县太爷一作揖不要紧，观礼的老百姓，便是哄然一声，表示着他们也受宠若惊了。

二婆婆一生诚然可悲，但最可悲的是广大看客精神的愚昧与麻木。在现代作品中，鲁迅小说中七斤被剪了辫子后全家人坐卧不安，阿 Q 被诬为革命党被枪毙招来无数围观者喝彩；蹇先艾的《水葬》写一个人偷了东西被处以“水葬”反而被许多好奇的群众争相欣赏；王鲁彦的《菊英的出嫁》写八岁时已死的菊英到了“十八岁”时与同样也是已死多年的“女婿”结婚，双方家长郑重其事地办理“冥婚”，场面与之何其相似！在这样的精神氛围中，要争取婚姻自由，不知该付出多么惨重的代价！

婚姻是父母所订，一诺千金，更改不得，人们从没对此怀疑过。小说中美丽的姚春华被父亲姚廷栋许配给一个癞痢头，除了毛三婶因自己不幸的身世感到春华像是一朵鲜花插在牛粪上，又有谁能理解和同情她的遭遇呢？然而封建礼教毕竟不能泯灭人的天性，在这样险恶的环境中，主人公心中还是萌生出爱情的幼苗。英俊潇洒的李小秋与春华同窗共读，两情相悦，耳鬓厮磨，感情日增，终于发展到庙旁幽会、倾诉衷肠并热烈拥抱，跨越了周围的人从未逾越的雷池。然而，他们无法与强大的封建礼教抗衡，无力为自己的命运抗争，所以事情刚开始就隐伏了无法摆脱的悲剧，而悲剧的发生只是时间问题。

不巧，一个叫狗子的二流子偷看到他们幽会的一幕，便想趁机敲诈勒索。之后，春华的反常行为被父亲姚廷栋察觉了。她父亲当即决定停止春华的学业并把她幽禁在家。往后的见面更加艰难，他们相距咫尺却如隔千里，只有托人传书送柬了。为此，加剧了毛三叔夫妇的不和，屈玉坚被赶出校门，只有聪明的五嫂子得以幸免。但此后春华完全失去了自由，甚至连思念情人的权利也被剥夺了。母亲宋氏警告她说：“作女人的人，总要讲个身份，论起骨头来，应当比金子还重。性命都算不了什么，身份可丢不得，丢了身份那是骂名千载的事。”而春华听后，心乱如麻，后来，她精心谋划，想再与小秋见面，不料又被母亲识破。她对生活完全绝望。

春华以死相争也未能得到封建家长的一丝垂怜，就连一向疼爱春华的祖母得知真情后也“吓得瞪大了两只老眼，连说了不得。因为是廷栋相公的女儿，假如做了那不端之事的话，不但是廷栋在这村子里当一族之长的相公，无脸见人，便是这一家人，都也会觉得家教不严，要受人家的谈论”。封建礼教不但剥夺了青年男女恋爱的权利，还要把家庭内部温情脉脉的血缘关系剥夺殆尽，剩下的只有虚伪的面子、冷酷的尊严和麻木的精神了。在封建势力步步紧逼下，这对恋人被生生拆散。李小秋思念春华的情诗被其父发现后，不久便被送到省城读书，他连回家的权利都没有了。而春华则在无望的挣扎中嫁给了一个癞痢头，多少泪水、多少抗争都无济于事，封建罗网只会把她越缚越紧，她成了一只任人宰割的羔羊。若干年后，春华已是两个孩子的母亲，而小秋也已结婚。面对岁月无情、世事沧桑，他们只有抱恨终生。

与之相对照的是屈玉坚与大妹的感情经历，他们同样真诚相爱。当爱情成熟时，他们私奔到省城，过上美满幸福的婚姻生活。

毛三叔夫妇是一对错配的鸳鸯。毛三叔长相丑陋，虽然已届中年，但仍游手好闲，是个有名的酒鬼。而毛三婶则年轻漂亮，聪明勤快，是个被三从四德熏陶的女子，她在与毛三叔的一次次矛盾中始终委曲求全。即便如此，他们之间的裂痕仍在不断扩大，终至夫妻反目。不久，一个偶然的机会，毛三婶跟一个外地人私奔了。新生活使她感到幸福无比，她对新婚丈夫说："我若不是嫁了你，我白来世上一趟了。"她冒着被整个社会唾弃的风险，迈出这艰难而决定性的一步。她的新生无疑与春华、小秋形成鲜明的对比。

从五四运动到20世纪30年代中期，已是十几年过去了。然而，闭塞、落后的乡村仍奉行封建礼教。从家庭到社会，人们以封建礼教要求自己，也监督他人。若有人稍有越轨，便为人所不齿，他所依附的那个家庭也将被整个社会唾弃。如果说五四运动对于城市青年有着启蒙作用，十几年后问世的《北雁南飞》对于农村青年则有着普遍的教育意义——身处逆境的青年如果在婚姻大事上如履薄冰、优柔寡断，终将被封建势力所吞噬。

二

在一个愚昧落后的环境里，婚姻不可能单独走向自由与民主，因为它属于这个环境的一部分，它与这个环境的每一方面都有一种约定俗成的关系，在人们心中形成一种稳固的心理定式。而毛三婶、屈玉坚与大妹婚姻的成功也就在于他们脱离了这个环境，否则，等待他们的有可能是和春华、小秋同样的悲剧。

《玉交枝》的故事发生在长江下游的一个村庄，小说开头这样描述农民的生活状况及两大阶级的贫富悬殊与对立：

春末虽然也收些豆麦，而扬子江一带的农家，是把这个当副产品，收割不多，不能有什么帮助。因之在农忙之际，大吃大喝过一个时期，就无以为继了。稻子插下田去不久，这日子还是青苗。杂粮如高粱玉蜀黍番薯，也都没有到成长的日子。所以俗言叫着五荒六月，青黄不接。不过多数人叫苦，也就有少数人叫甜。因为青黄不接粮价升涨，那仓库里囤着大量粮食的地主，这时分批的卖了出来，就大发其财了。

地主蔡为经与他的佃户王好德正是这两个阶级的典型。作者借王好德之女王玉清之口对她家的生活状况进行了生动的说明：

我家自己没有一亩田，种的都是人家的土，先就家里没有底子了。蔡家的田，不怎么好。丰收的年底，也收割不到七十二担子，照东佃各半的话，就吃亏了。一年的辛苦，人工、耕牛、种籽（子），哪里不是本钱，交清了三十六担租稻，抛除花销，我们也落不到一二十担稻子。我妈有个气涌的老毛病，去年冬天，几乎送了命，花了不少的钱医治。我哥哥前些年让日本鬼打跛了一条腿，出不得苦力，只好做点小生意，糊不了口，家里还要补贴他。我是个女孩子，也只是坐在家里吃。只有春季收点杂粮，拿来度荒月。家里养了两口猪，也要到秋天才肥得了膘。现在的零用钱，全靠家里养了二十多只鸡，每逢赶集去卖鸡蛋。我父亲有时捞两网鱼，送到县城中去卖几个钱，但来往三四十里，也太苦了。去年冬天欠下的租，今年就交不出来。陈粮当然是没有了。有也不会欠租。稻米越来越贵，东家叫我们折钱还他，那不是要命吗?

显然，农民生活困苦的主要原因在于自己没有地，只有租种地主的地，地主通过租佃关系剥削农民。虽然王家明知吃亏，但蔡家的地不愁租不出去，而王家一旦解除租佃关系便无法生存。王家除了交租之外，租息也是一笔可观的开支。所以，遇上天灾人祸，当年交不起地租，来年把新旧地租连同租息一同交就更加困难了。

小说用大量篇幅描述蔡为经催租、逼租的情景：事先警告，再由他人周旋写了借据，新稻还未收割，蔡为经就声色俱厉地催逼了。为了吃上一点用自己血汗换来的新稻，王家只好瞒着蔡为经提前抢收，但老谋深算的蔡为经却恰好赶来了，要就地收租。眼见一年的血汗换来的稻子不能尝上一口，反受呵斥，王家终于忍无可忍。就在租田里，一场争吵不可避免地发生了。这时，卧病在床的王妻挣扎着赶来，老远地指着喊道："东家老爹，不能这样做呀！我们由春天下种，忙到今天，望到今天眼睛都望出血来了。好容易，今天望到割稻了，你全把我们的稻子挑了去，我们这不是白忙了一年吗？"恳求、哀告无济于事，新割的稻子还是全被挑走了。

对于每个人来说，生存是第一需要，如果满足不了这个需要，其他需要便很难实现。不是吗？玉清为了缓交租，把母鸡送给蔡为经煨汤，反遭他呵斥；因为长相酷似蔡为经的女儿蔡玉蓉而被人错认，又遭蔡为经侮辱，因为怕东家以收租相逼只好忍气吞声。

小说中的调包计把这种阶级压迫推向了高潮。玉蓉未婚先孕临产，男方恰巧来催逼成婚，蔡为经既怕丢丑又怕失去一门好亲事，便设计让玉清乔装新娘假拜天地，然后假装生病，不与新郎圆房，次日回门后佯装不能上路，打算待玉蓉产期满后再送她回夫家。此时玉清已订婚，万一露出了马脚，这势必影响她名誉的清白，一般姑娘家是绝对不会干的。然而如果不干，又如何还债、如何度日？在生存需要无法满足时，只好牺牲人格与自尊。下面一段对话很能说明问题的实质：

蔡为经就知道他不大愿意，就陪（赔）了笑道：“我很明白，这件事让你很为难的，但是我在钱财上，决计大大帮助你一下。痛快的（地）说，你从今年起，三年可以不交我的租子，而且以前的欠款，一概都免了。你烧去的三间草房，我负责给你盖起，对于你女儿，我另外有笔报酬，这都不算，马上我给你二十担稻子价钱的现款，你也好去添置东西，重整烧后的家庭。老大哥，这是一件很好的走运机会，你要想想呀。”

王好德……望了东家道：“我们当然是穷，可是也不能见钱眼开，什么事都答应干呀。”

蔡为经对他脸上看了看，见他并没有什么喜容，于是收起了以前不断的笑容，正色道：“王好德，你不要想扭了。我给你这么些个好条件，你若是不答应，那我们就向坏处作了。第一，你得给我新旧租子。第二，你还有一张借条在我这里呢，欠的租子，可是按月二分息呀。第三，曹四老爹口中说过的，你欠租不给，是那两口猪作抵呀，现在你两口猪可都没有了。你还能找什么东西出来抵账呢？人都是谈个交情，你不和我谈交情，我自然也就不和你谈交情了。你自己想想，还是彼此谈交情的好呢？还是不谈的好呢？”

王好德陪（赔）笑道：“当然是彼此谈交情的好。”

结果可想而知，王好德只有屈服。

《玉交枝》不只是对农村社会的阶级差别与阶级对立进行了真实的描述和深刻的揭露，还把反封建礼教作为一个突出的主题。在张恨水的言情小说中，反封建礼教主要反映在男女主人公反对包办婚姻、买卖婚姻以及争取恋爱自由与婚姻自主上。《玉交枝》则提出这样一个问题：当一个女子打破了贞操观念，社会对她的反应又该如何呢？蔡玉蓉正扮演了这样一个悲剧角色。

玉蓉在怀孕被人发现前，无论在家还是在村中都具有非常优越的地位。她年轻漂亮，有文化，又是独生女。她在家里说一不二，要什么有什么，从没受过半点委屈。小说开头写蔡为经在青黄不接时卖稻想赚一笔钱，正和稻贩子讲价钱，而玉蓉却因长工没空就另雇人抬轿子送她去城里给姨父送生日贺礼，然后去苏杭游玩，就可看出她骄纵的程度。对待其他人，特别是佃户，她更是心高气傲，目中无人，而对方也只有向她讨好。如稻贩子恳求她做主卖稻，因认错了人，她就“挥了两只手像乡下婆婆轰鸡轰狗似的，将大家轰走了”。当她在王好德门口出现时，对方刚一看到是她，就“哎哟一声，立刻站起来”。当她提出要两只小鸭子玩时，王好德笑道：“这太不值什么了。鸭子在后面小塘里，三姑娘自己去挑，要哪只我们给你捉哪只。”对她可谓毕恭毕敬。

然而当怀孕事发，她的命运便急转而下了。先是父亲从前门骂到后门，从堂屋打到菜园，如果不是母亲拦阻，父亲一竹竿打下去简直就要了她的命。用蔡为经内心的话说：“我若要有一个儿子还在，我也不能容留这样丢脸的女儿在家里。”这就是说，一个女子若失了身，哪怕是生身父亲也容留不得，在外面就更无立足之地了。后来，她干脆被关在一所小院子里，与这个世界完全隔绝了。

接着便是一连串厄运降临，先是原许配的冯家要成亲，按规矩，女子没正当理由是不能推诿的。为了隐瞒事实真相，蔡为经只好玩了上述调包计。为此，他费尽心机，不但许给王家一系列好处，还托人连夜找到玉清的未婚夫李二狗，给后者一大笔钱财并让其写了退婚字据。

玉蓉在经济和名誉上都损失极大。名誉代表个人及其家庭在社会上的身份、地位和尊严。玉蓉起初并没有认识到事情的严重性，但当她临产之际，她不得不忍受玉清的报复，也不敢在乡邻面前抬头。在这个环境中她已经失去了她原来拥有的一切，照她自己的话说，她已经换了一个人了。现在，人人都可以嘲笑她、要挟她，把她踩在脚下；玉清趁势向蔡为经要了二十亩地，玉清的哥哥仍不肯罢休，恣意闹事，曹四老爹上门勒索，蔡家与冯家的关系已不复存在，这个家庭已由高高在上变得一落千丈。玉蓉今后出路何在？真是不可想象。诚然，她原先行为不检点，可这就该使她处于生不如死的境地吗？与她发生关系的表哥为什么就没有受到任何惩罚呢？私生子理应有和其他孩子同等的生活权利，可这种权利在他还未出世时就被剥夺了——他无法与他的生身父母在一起，他的孩童时代注定是灰暗和不幸的。

在《北雁南飞》中，二婆婆作为恪守贞操的“正面”典型得到社会的认同和称颂；而在《玉交枝》中，玉蓉则作为失去贞操的“反面”典型被她所处的那个社会唾弃。二者从正反两方面说明贞操观念作为封建社会高悬在妇女头上的尚方宝剑，时刻在威逼着一个个女子按封建礼教标准完成自我塑造。在这种情况下，即便玉蓉与她海誓山盟的情人发生关系也为社会所不容。

早在“五四”时期，新文学作家就已喊出铲除封建礼教的口号，到《玉交枝》问世已是整整一代人过去，可封建礼教在农村仍然根深蒂固。它不但为统治阶级服务，还为那个环境中所有的人所信奉。历史经验证明，即使封建制度已经崩溃，建立在这个制度上的各种思想，如贞操观念，在很长一段时期内也将拥有巨大市场，《玉交枝》生动地证明了这一点。

《玉交枝》还有一个突出成就，那就是成功地塑造了曹四老爹这个艺术形象。在其他乡土小说中，成功地塑造地主和农民形象的为数不少，蔡为经、王好德就在其内，但曹四老爹这类形象却很少见。他的土地和钱财不多，却处处以地方绅士自居。他不事生产，一天到晚来往于各村各户，所以消息特别灵通。谁的事情刚发生，他随后就赶到。他爱自吹和奉承别人，更喜欢别人奉承他。他对人不怎么坏，却总想占点小便宜，占了便宜后也能帮别人一点忙。蔡为经和稻贩子讨价还价，他闻讯出来调停，想从中混顿饭吃；蔡为经与王好德出现租佃纠纷，他从中左右周旋，对人说人话，对鬼说鬼话，在两家蹭了不少顿饭；玉蓉临盆，他更是里外张罗，为对方消灾，既落了人情又大捞了一把。他既息事宁人又挑拨是非，他出现在哪里，哪里就无风三尺浪；人们讨厌他又恨不起来他，有事少不了他但又不敢得罪他，否则他可以把事情搅得一塌糊涂。所以，王好德一家始终对他恭恭敬敬，而蔡为经先是敷衍他，最后竟托以心腹之事，并要和他结拜为兄弟。正如蔡为经所说：“四老爹是位智多星，凡事也瞒不了你，凡事也少不了你，这件事，也只有你四老爹，才能放心拜托得下……”总之，他是农村中的中人、食客、变色龙和社会活动家。

《北雁南飞》与《玉交枝》是优秀的现代乡土小说，它们突出的成就与同时代其他作品相比毫不逊色。若从纯文学与通俗文学的类别划分，它们无疑属于后者。

一是人物行动富有喜剧色彩。《北雁南飞》中的毛三叔行动笨拙，本来没有问题的事情，他一经手就非糟不可。譬如他到姚廷栋家去，刚进门就摔个跟头；他去冯家村，一斧头劈下去没劈着人却砍在石头上，让毛三婶得以逃脱，自己反被冯家人狠揍了一顿。再者，姚廷栋满口三从四德，可偏偏他的爱女和他的学生谈起了恋爱，而他的另一位学生和左邻右舍却瞒着他给这对恋人传书送信。《玉交枝》中的曹四老爹是一个滑稽角色，其一本正经的自我表白、吹牛撒谎与阿谀奉承的语言与庸俗无聊、卑鄙狡诈的心理形成鲜明对照。再者，玉蓉临盆在即，偏偏冯家要求娶亲，蔡为经先是声色俱厉地收租收佃，转而向王好德求情，并给后者一些好处，特别是调包计使作品充满调侃的气氛。

二是善恶有报的大团圆结局。《北雁南飞》中姚春华母亲宋氏家破夫亡、晚景凄惨，她被士兵强行带到团部，没想到团长正是李小秋，两相对比，自惭形秽。毛三婶、屈玉坚和大妹勇于为自己的爱情与幸福斗争，终于如愿以偿，而春华当初顾虑重重，终至误了终身，这些都顺从了读者心愿。《玉交枝》中玉蓉先是欺侮玉清，后来玉清鸠占鹊巢，和玉蓉的未婚夫结成夫妻，玉蓉则因婚外生子而无脸见人。蔡为经欲盖弥彰，弄巧成拙，落得人财两空，声名狼藉，有苦难言，可谓是自食其果。

三是思想观念相对滞后。新文学作家多以城市知识分子和进步青年为主要表现对象，而张恨水的这两部小说则把视角转向农村这个广阔的领域。从当时的实际情况来看，农村在思想观念上要比城市落后好几十年，争取婚姻自主、反对封建礼教并没有过时，它仍是这个时期的农民，尤其是青年男女，最重要、最现实的任务之一。

《斯人记》的叙述策略

张恨水长篇小说《斯人记》的具体写作时间不详，据作者所言是在写作《春明外史》之后，即20世纪20年代末至30年代初。就作品影响而言，《斯人记》似乎不可与其成名作《春明外史》和晚清四大谴责小说相比，作者自己对《斯人记》的评价也不是很高，认为是“看在收入上”才写的。但出版之初，该书曾印3000部，后来重印，且两次都是在他人劝说下出版的。作者自评：“《斯人记》对北平（京）士气，虽未完全描写出来，大概只有极少数是例外。”[1]

虽然作者声称“《斯人记》想不出什么特色”[2]，但若从叙事学角度考量，该书自有特色，其最突出之处在于叙述策略，主要表现在叙述者的选择、叙述模式的探索和叙述频率的运用等方面。

一

就作品的叙述而言，选择什么样的叙述者尤为关键。“五四”之前，中国传统小说主要以第三人称来叙述。这种叙述人称无所不知，无所不晓，甚至对于每个人的内心世界，诸如梦幻之类，都了如指掌。这种全知叙述随着西方小说大量被翻译介绍以及中国作家的大胆创新而遭到质疑，在20世纪20年代后期几乎成了陈旧的叙述方式。但全知叙述自有其不可取代的艺术价值，它的叙述面之广阔为其他叙述人称望尘莫及，尤其适合线索复杂、人物众多、时空幅度大的作品。因此，要完全取消这种叙述方式几乎是不可能的。问题不在于运用什么样的人称来叙述故事，而在于怎样叙述能够取得最佳的艺术效果。《斯人记》要展示北京士人普遍的精神状况，靠限知叙述所展示的空间无疑是很小的。所以，它几乎在每一回开头都运用第三人称进行叙述，以显示叙述者在信息量方面的优越性。譬如首回开言道："却说中国人的思想，向来是古而非今，以为五帝时代不如三皇。夏商周三朝，不如唐虞。……"这与传统的章回小说的叙述方法几乎没什么两样，如果运用全知叙述，它不但会在艺术上循循相因，且难以圆满地表达其创作意图。

《斯人记》的一个重要特点在于它能够巧妙地在全知叙述与限知叙述之间游走：当需要全景式地鸟瞰世界时，就运用全知叙述；当需要展示一个人的内心世界或不为人知的隐私时，就运用限知叙述。这种限知叙述的主体是文本中的各类人物，他诉诸人的诸多感官，从而造成逼真的效果。第六回，"二人吃着饭时，却听到那小傲霜在屋子里笑着说道：'别瞎说了，没有的话。'听那口音，倒是很清脆的京腔。……正说时，又听到她说道……复听到一个男子声音笑道……说到这里，那女子笑了，接上那男子也笑了，以后两人的声音，就叽叽咕咕说起来，隔壁却听不清楚"。在这里，由于运用限知叙述，人物听到的也就有限，不可能把他人的话了解得一清二楚。第二十一回，乌泰然去严守贞家，由于太早，严家人都没起床，他一个人无聊，把报纸上所有信息都看完，可是"不知严守贞有什么事耽误了，始终不曾出来"。这里同样运用的是限知视角。第二十四回，梁寒山到了一个洋气冲天的地方，小说用大段文字描写他的所见所闻所感，因为是来到一个陌生之地，他对此处的人和事不了解，所以有的地方看后不知所以，就用了猜测和联想。

除了运用限知视角，小说还通过叙述者化身为作品主人翁来描写。这样，所见所闻更逼真，叙述效果更佳。第六回，梁寒山饭后去中央公园游览，看到冬日景物，展开一番联想："一朝的严肃宏壮之地，如今不过是寒日荒林，昏鸦相集，人生真是无常啊。"在这里，叙述者化身为梁寒山去看去想。又如第十六回，梁寒山与张梅仙分别，怅然若失，回家后反复阅读后者给他的书信，再接着是大段描述梁寒山对张梅仙产生的爱慕之情及对其心思的猜测，叙述者仿佛身临其境。其实是叙述者与主人公合二为一，才造成这种强烈的艺术效果。第十八回，梁寒山邂逅张梅仙后，“由水边走过来，复坐到那露椅上，只一低头，又看到了张梅仙她们留下的脚印，不过许多脚印之外，却又添了一行大些的印子。这脚印不是别处来的，正是自己的脚印，却有几处，和人家的脚印相混了。他想着，这样看来，一个人还不如一个脚印的艳福，就是这个印子，他还比我强，能够和那脚印成一个团体。”接着又是大段对景物和梁寒山单相思的描述，在这里，景与情水乳交融地结合在一起。叙述本是客观的，但因为叙述者自身已经化作作品人物，自然感同身受。第十九回，梁寒山受林一心所邀，给说大鼓书的刘贵喜、刘贵仙姊妹俩捧场，场面也是通过梁寒山的所看描写出来的。在这里，限知视角仅限于梁寒山一人，因而在一定程度上强化了抒情气氛，既能把读者引向人物的内心世界，又能够表现更为广阔的社会人生。作品就是这样在全知视角和限知视角之间反复转换，来回穿梭，兼得全知视角和限知视角二者之所长，避其所短，产生了良好的叙述效果。

二

《斯人记》的另一个突出特点是人物对话——直接引语占据了大部分篇幅。对话属于等述，即叙述时间与故事时间基本吻合，具有时间的连续性和画面的逼真性，能够形象地表达人物思想情感的波动。没有对话就无从分辨人物的思想感情，读者也无法知晓人物何以行动。有的现代小说通篇都是对话，如海明威的《杀人者》。但若没有较高的表达技巧，对话就会成为败笔，因为对话自身难以给故事带来波澜，难以给读者带来情感冲击，很可能会使文本变得不堪卒读。《斯人记》中的对话大部分是男女对话，其特点是事无巨细，人物之间不厌其烦地就一些非常细小的事情说个没完。这种烦琐的对话让我们想起冈察洛夫《奥勃洛摩夫》中那个懒汉迟缓的动作和慵懒的表情，其意义在于表现了俄罗斯民族的惰性。《斯人记》中大量的对话则表现了花花公子和无行文人的庸俗及对戏子等年轻女性的追逐。作品中男女对话越是连篇累牍，越能够表现人物灵魂的空虚。他们通过对话窥探女性心理，投其所好，送其所爱，也能激起读者想象，从而起到反讽的作用。如第四回叙述李家父子捧金飞霞，黄全德父子捧珍珠花，申志一为了捧玉月仙竟然一天之内三次花钱去她家里。第十回包月洲不惜花重金讨玉月仙做妾，但好景不长，原配妻子从上海赶来大闹，财物被玉月仙席卷一空。设若没有如此多的对话，人物的庸俗、无聊甚至无耻，就不可能表现得如此充分。

除了作为对话的直接引语，间接引语在《斯人记》中也有着特定的作用。作为一种特殊的话语，叙述者往往把自己的意图置入人物语言中，也就是说，叙述者在转述人物语言时会融入自己的理解，曲折地表达对人物和故事的态度。第四回，贾叔遥收到金飞霞的礼物，展开一番联想；黄全德在为珍珠花演出叫好时，珍珠花为了面子向黄全德看了一眼，惹得黄全德浮想联翩。第八回，百了和尚禁不住花花世界的诱惑，对能否成佛、成佛的意义何在思虑再三。第十回何乐有为了捧戏子井兰芬，弄得一无所有，井兰芬过意不去，就送了他一点钱，何乐有收钱后内心感受复杂。第二十四回，梁寒山带了一部书稿回家去看，“觉得有八个字可以包括，乃是金钱事多，男女道苦。偌大的北京，这虽不能包括一切，但是这一角落，就很可以反映民国十年以后的北京，只是饮食男女而已”。从上述几例可知，间接引语既能够表现负面人物，又能够表达正面人物的内心世界。在表现负面人物的内心世界时，读者能够冷静地观察和评价负面人物的言谈举止；在表现正面人物的内心世界时，叙述者的观点，又能够与正面人物的看法重合。它产生了直接引语不能够起到的作用。

三

《斯人记》在叙述频率方面也是耐人寻味的，它不厌其烦地叙述士人对年轻女性的追逐。这些士人的出身、阅历、年龄、职业、性格各个不同，使用的手法各尽其妙：有的买座叫好，有的登门拜访，有的花言巧语，有的设宴款待，有的一掷千金，还有的因此穷困潦倒而不改初衷。不管使用何种手法，其目的相同。故事就这样发生无数次，叙述无数次，循环往复。米克·巴尔总结道："另一种可能性是一个事件更为频繁地发生，并且也同样频繁地得到描述。这样，就有两个层次上的重复，以至于我们可以再次真正把这称做单一陈述。"【3】

重复中尽管有种种变异，但隐喻的都是这种人生的单调、乏味、无意义，因此故事故意制造无波澜、无新奇的情境，没有开端、发展、高潮与结局，在不经意中带出另一人物，此人和女性周旋一阵后走下台去，被其他人物所取代。这种叙述尽管承自《儒林外史》，但和20世纪80年代中期产生的新写实主义手法却十分相近，即故事琐碎，人物卑微，所以没有必要出现高潮，一切都是平铺直叙。

一般来说，小说最怕的就是写成流水账——每回人物与情节大致相似、一览无余，因为这样产生不了视觉的冲击力，不能够吸引读者眼球，但《斯人记》要的就是这样的效果，因为它所隐喻的主题就是"金钱事多，男女道苦"。正如该书所言："大部分士，只是捧戏子逛窑子酒食征逐。上焉者，也不过逛公园喝茶，弄弄风月文艺，而娼家大鼓娘之类，却成了社会趣味的中心，在这一个角度去看政治，那真是中国不亡，是无天理。"【4】

伴随这种叙述的是环境的周而复始。由于人物和情节大体相同，围绕它们的环境也大同小异，主人公无非就是在宾馆、饭店、商场、戏院、公园里打转转。如果作品缺少一个贯穿始终的主人公，所有的人物都不过是匆匆过客，且没有独特的性格，那么，从叙述接受者的眼光来看，这些人物与宾馆、饭店、商场、戏院、公园已经融为一体，也成为环境的一部分。环境包括自然现象、社会背景和物质产品，《斯人记》的环境无疑侧重于社会背景。"社会背景指由人际关系构成的社会活动。它既包括人物活动的时代背景、风俗人情，也包括人与人之间的争斗、联合、分离等具体关系。不具备身份和情节功能的龙套人物也属于社会背景的范围。”[5]

在《春明外史》中，环境占据主导地位，杨杏园与李冬青的爱情线索贯穿其中。而梁寒山和张梅仙的爱情线索在《斯人记》中却是草蛇灰线，时有时无，作品写到四分之一时，两位爱情主角才出现。《斯人记》中环境处于突出地位，人物和情节反居其次，人物和情节存在的价值似乎就是为了展示具体的社会环境。“中国古代小说绝大部分以故事情节为结构中心，而几乎找不到以人物心理或背景氛围为结构中心的，这无疑大大妨碍了作家审美理想的表现及小说抒情功能的发挥。”[6]直到晚清才出现以表现环境为主的谴责小说。明了此理，读者对《斯人记》的人物塑造与情节设置何以与《金粉世家》《啼笑因缘》大相径庭，甚至感到与之相比简直是一种败笔，就会释然了。正如焦玉莲所说：

如果从一般小说的叙事结构来看，这部分内容芜杂松散，是叙事者的败笔。但如果把《斯人记》理解为“环境小说”，这些非行动性插曲的存在就有其必要性与合理性。因为它们体现了叙事者“全景式展示”的雄心，也大大拓展了环境的广度与深度，在一个更广阔的社会层面上反映了特定时代的社会环境气氛。……这是一个处于过渡时期的环境，人物从属于情节，而大量的情节（以故事或插曲的形式出现）则用于阐明特定的社会环境。[7]

《斯人记》还有一个鲜明的特点，那就是人物塑造运用了双极律。具体做法是，每当叙述一个或几个追逐女性的情节后，必定叙述一个展示人间真情的情节。譬如，第三回叙述张景文父子捧戏子梅少卿；第四回叙述贾叔遥、西门重、李大胖父子捧金飞霞，郭步徐和黄全德父子捧珍珠花；第五、六回叙述珍珠花与林喜万师长调情受辱；但第七回便叙述梁寒山与张梅仙的文字之交和情感交流。概括地说，《斯人记》从欲望写到感情，从感情又回到欲望。它在情节布局上似乎随意写来，实则是让情节在感情与欲望的纠葛中向前发展。在读者的欣赏心理上，双极律一会儿激起人的欲望，一会儿又抑制这一欲望，激起读者的真情实感。这样，小说俗中有雅，既拥有大量读者，又提升了人的精神境界，产生雅俗共赏之效。

四

《斯人记》在叙述策略上成功的根源，大致有以下几方面。

1. 借鉴前人小说

作者“自序”：

这种社会章回小说，从最远说，应该是以《儒林外史》为始祖。满清末年，这类作品，风行一时，直到“五·四”前后，其风未戢，我必须承认，是受了这个影响，并承袭了这个作风。[8]

就叙述方式来看，它与《儒林外史》、晚清谴责小说以及《广陵潮》《歇浦潮》等小说是一脉相承的——这些作品写完一回，引出一个人物，下一回就以此人为主人公，等到此回结束时，又引出一个人物，再下一回又以其人为主人公，故事可以这样一直写下去。

陈平原对1902—1927年中国小说叙事模式的演变进行过统计和分析：

在1902—1917年新文学发生之前，运用第三人称限制叙事的小说还微乎其微，以背景为中心的小说还没有出现；而在1917—1927年，运用第三人称限制叙事的小说和以背景（环境）为中心的小说都已占有一定比例，尽管这些小说多为短篇。这些新文学作家多是受到西方小说的影响，才开始这种创作的。[9]

张恨水曾自述：

名家小说给我印象最大的，第一要算是林琴南先生的译品，虽然他不懂外国文，有时与原本不符，然而他古文描写的力量是那样干净利落，是大可取法的。[10]

由此观之，《斯人记》确实受到林琴南和新文学作家的影响。

2. 借鉴戏剧和电影特点

张恨水自言：

我喜欢研究戏剧，并且爱看电影，在这上面，描写人物个性发展，以及全部文字章法的剪裁，我得到了莫大的帮助。关于许多暗示的办法，我简直是取法一班名导演。[11]

张恨水酷爱戏剧，是有名的戏迷。他1924年到北京后，经常挤出时间看戏。他曾经为了看戏，把仅有的一块钱用来买戏票，结果饿着肚子睡觉。他的很多作品中都出现大量的看戏场面——有的小说直接以戏剧演员作为主人公，如《银汉双星》；而把舞台演员和卖唱艺人作为次要人物的作品就更多了。他自己年少时曾到武汉等地演戏，抗战期间，他和妻子周南还曾在重庆街头同台演出，可知戏剧对其影响何其深远。

《斯人记》中景物描写少，行动描写、对话描写及场面描写无疑都带有表演性。张恨水也常常看电影，还写过一些影评。不难看出，小说中人物简单的心理描写与那时无声电影中人物心理靠字幕体现出来，人物迅速登场与下场，以及场面转换的突兀，与电影蒙太奇技巧都是相通的。

3. 时代因素

《斯人记》产生于中国社会大变革时代，这种变革表现为：

人类从盲目的自信转向为有益的困惑，认为世界是不可解释的一种存在，人的理性大可怀疑，表明现代人类对变化太快的世界不适应的惶惑心态。这种惶惑使得叙事人谦虚谨慎，他只叙述他所认识到的世界，而且不认为自己能提供一种合理的解释。……张恨水的小说文体形态的生成其实是作者、读者、文化等诸方面因素综合而成的历史合力的结果。既是个别主体（作者、读者个人）的选择，也是时代的选择，但最重要的则是文化的选择。张恨水的小说的文体形态正是这样一个被历史的合力所选择的小说文体形式。[12]

《斯人记》全知叙述与限知叙述的相互转换非一般作家所能，间接引语的引入见出作者的语言功底，叙述频率与双极律的精心设置体现出作家驾驭情节的能力。

注释：

【1】【4】【8】张恨水：《斯人记·自序》，北岳文艺出版社，1993，第3页、第3页、第1页。

【2】【10】【11】张恨水：《写作生涯回忆》，北岳文艺出版社，1993。

【3】【荷兰】米克·巴尔：《叙述学：叙事理论导论》，谭君强译，中国社会科学出版社，1995，第88页。

【5】胡亚敏：《叙事学》，华中师范大学出版社，2004，第159页。

【6】【9】陈平原：《中国小说叙事模式的转变》，北京大学出版社，2003，第148页、第8—11页。

【7】焦玉莲：《张恨水长篇小说〈斯人记〉的叙事结构》，载徐继达主编《张恨水研究论文集》（三），国际文化出版公司，1997，第350页。

【12】焦玉莲：《论张恨水的小说文体形态蕴含的文化意味》，载《太原大学学报》，2009年第38期，第86页。

历史在这里凝固

——张恨水小说中抗日军人形象的崇高美

张恨水在其庞大的小说群中塑造了各色各样的人物形象，其中直接塑造抗日军人形象且有较为重要价值和影响的小说虽然仅有几部，但足以构成一个完整的系列，它们分别从不同角度表现了抗日军人的崇高。

一

张恨水在20世纪30年代以前的作品，如《春明外史》《春明新史》《银汉双星》《啼笑因缘》和《满城风雨》中，对当时的军阀一般是采取贬低态度的。在这些作品中，作家大多采用漫画式手法，描绘出军阀兵痞语言粗俗、行为粗野，搜刮民财、一掷千金，飞扬跋扈、草菅人命的丑恶面目。这种态度的形成有其明显的社会原因。20世纪一二十年代，军阀混战，民不聊生，政治黑暗，官场腐败，而作者早年因生活所迫，曾辗转各地求生，饱尝人间苦难。譬如1917年，他与好友郝耕仁曾计划一道北游江苏、山东，直抵北京，浪迹燕赵，考察风俗民情，可由于遇到军阀混战，只好半途而归，张恨水还为此写了一篇小说《半途记》作为纪念。也许就此他对军阀产生恶感。1919年他到北京从事新闻工作，了解到战争使人民流离失所，生灵涂炭，自然加深了他对军阀的痛恨。

然而在《太平花》中，这一态度有了较为明显的转变。小说前七回描写军阀战争给人民带来深重的灾难，有着鲜明的反战思想，恰逢九一八事变，便从第七回起改写为抗敌御侮。《弯弓集》是这一转变最明显的标志。该书写于九一八事变后不久，其中的小说、诗歌和笔记等全是以宣传抗日为主题。作家大声疾呼，慷慨激昂，描写英雄事迹，抒发抗日豪情。但真正深入主人公内心世界、描绘其丰富的人情美和人性美的应该是始于1933年的《东北四连长》（又名《杨柳青青》）。作家不是正面抒写抗日战场上可歌可泣的英雄事迹，而是借英雄走上战场乃至牺牲后家人的生活困境和极度悲伤来渲染日寇侵略给中国人民带来的深重灾难，从而激发人民的抗日热情。由此看来，这一转变是时代的要求使然。

二

张恨水的抗日小说洋溢着抗日军人形象的崇高美，首要体现为人格世界的理性美。这不是说他的这类小说不写人的情感，恰恰相反，他总是把情感和理性结合起来，写出抗日军人在情与理的冲突中艰难的抉择。它大体表现为两个方面。

1. 欲与理的冲突

小说《大江东去》的主人公孙志坚奉命参加南京保卫战，把爱妻薛冰如托付给挚友江洪照料。江洪尽心尽责，一路呵护薛冰如，经历千辛万苦，辗转来到大后方重庆，冰如爱上江洪，且不顾家人反对，毅然与志坚离婚。但江洪作为军人，终没有受制于情欲，而是以友谊和国家利益为重。小说结尾，江洪与志坚抛开儿女私情，并肩走上抗日前线。冰如的感情有其自然发展的过程，有可以理解的一面，可作为军人的江洪，理性战胜了情欲，其崇高的人格世界得到突显。《大江东去》无疑印证了这样一个真理。

“人还能战胜自身内部的自然。人是自然的产物，是自然的一部分，必然带有自然属性，这就是人的动物性的本质和欲望，即饮食男女之类。

人类在以精神力量战胜自身内部的原始冲动，战胜动物性的欲望时，就能产生一种自豪感，迸发出某种形而上的理性冲动和激情，把自己从其他造物分离出来……”[1]

正如黑格尔所说，人的生命的原欲与理性交织，构成世界历史的“大地毯”，但二者相比，理性更重要。“理性是世界的灵魂，理性居住在世界中，理性构成世界的内在的、固有的、深邃的本性，或者说理性是世界的本性。”[2]

2. 情与理的矛盾

《东北四连长》中杨桂枝与赵连长结为夫妇，产下婴儿不久，丈夫在前方牺牲。小说描绘了桂枝内心的巨大痛苦以及公公将要面临的凄惨晚年。在极力渲染这种悲苦气氛时，小说引发出一个沉重的话题：赵连长生前难道没有想到过，假若自己会有这么一天战死？小说没有正面描写英雄的心理活动以及牺牲的壮烈，然而这种侧面描写却起到了正面描述所无法达到的效果，它通过英雄家人痛苦心理的渲染，烘托出英雄的人格世界。

三

张恨水的小说中，抗日军人形象的崇高美还体现在生与死的抉择中生命达到极限时的壮烈美。当然，上述情感、本能与理性的冲突也能够表现出一种壮美，但这还不是在生命面临最严峻考验的时刻。在生死抉择的关头，才最能够显现出英雄气概。正如康德所言：“每种具有英勇性质的激情（也就是激发我们意识到自己克服一切阻力的力量的激情（animi strenui），在审美上都是崇高的”。[3]这种壮烈美表现为两个方面。

1. 在一个人的生命力到达极致时的所作所为

《大江东去》第十四回描写中国军人在血肉横飞的南京保卫战中前仆后继、视死如归的壮烈场面；第十五回描写了南京失守后日军屠城，血流成河、尸骨如山的惨状。这是当时一部正面描写南京大屠杀的抗战小说。在对历史几近真实的记录中，张恨水也尽情抒写了主人公孙志坚在缺衣少食、体能几乎耗尽的情况下，从尸骨堆中挣扎着逃出虎口的惊险场面。不管是描写生者还是死者，小说都让我们感受到一股弥漫于天地间宁为玉碎、不为瓦全的浩然正气，它不会因生命的毁灭而消失，反而在生命结束后让后人更加感受到死的伟大，这正是中华民族生生不息的力量之源。

2. 一个战斗群体在面临生死存亡时所表现的生命极致之美

《虎贲万岁》作为一部纪实小说，写的是湖南常德保卫战这一史实。国民党第五十七师在师长余程万率领下，奉命保卫常德。在数万日军的围攻下，全师八千多人苦战几昼夜，打退日军多次疯狂进攻，终于完成了上级交给的任务。最后常德城被炸成一片废墟，全师仅生还八十三人，而日军付出的代价更大。如果说，个体生命所表现的壮烈美已足以让我们感受到生命的强力和庄严，那么群体生命的共同毁灭则意味着一个不可战胜的民族内在的磅礴气势和潜在的威慑力。如果说张恨水通过一个战士死里逃生抒写出一曲生命的颂歌，那么他通过一个战斗集体的视死如归把那段历史凝固起来，雕成巨大的塑像群，显示出强力之美。在点与面的结合中，张恨水完成了对英雄崇高美的多视角和多层次的塑造。

四

康德说："真正的崇高不能包含在任何感性的形式中，而只针对理性的理念：这些理念虽然不可能有与之相适合的任何表现，却正是通过这种可以在感性上表现出来的不适合而被激发起来、并召唤到内心中来的。"[4]在张恨水所塑造的抗日军人形象系列中，无疑有着可以称为深层的"理性的理念"的东西，这就是具有文化底蕴的深度美，它反映了作家对现实社会和本民族文化的严肃思考。

首先，对上层社会进行了批判和反思。在过去的创作中，作家从来都是把讽刺的矛头指向这一社会阶层，指出政治黑暗、官场腐败、是非颠倒的根源就在于其昏庸无能和腐朽堕落。在其抗战小说中，这一主题得到深化。他生动地描绘出抗战旷日持久的原因所在。《巷战之夜》（又名《冲锋》《天津卫》）最精彩处是英雄回到大后方，和朋友在小巷中夜行时，听到哗啦哗啦的洗牌声。“隔巷对峙，夜战正酣吧？”小说结尾处写道：

竞存觉得今年今夜，虽没有前年夜间的慌乱与恐怖，也没有去年的严肃与紧张，可是精神并不安宁。他久久望了月亮，心里想着，你照见过前年今夜的巷战，照见过去年今夜的巷战，也照着今年今夜，不算巷战的巷战。一切瞒不过你，你知道人世间是怎么回事？[5]

这部小说就其思想深度应与电影《一江春水向东流》有着异曲同工之妙。它深刻地反映了抗战的艰难可能并不在于和日寇殊死搏斗，更在于本民族内部战争——不战胜自我、不克服本民族弱点、不清除自身的毒瘤，就不可能有光明的未来。

其次，在作家看来，英雄来自民众。小说《丹凤街》以车夫童老五与秀姐的爱情为主线，讲述了官僚赵次长利用金钱和权势霸占了秀姐，丹凤街上的穷弟兄为了营救秀姐，竭尽全力却无功而返，秀姐被送往上海不知所终。战事日紧，这些穷弟兄们都参加了军训，准备迎敌。作家在该书序言中称赞：“舍己救人，慷慨赴义，非士大夫阶级所不能亦所不敢者乎？友朋之难，死以赴之，国家民族之难，其必溅血洗耻，可断言也。”有全国民众的参与，“将不患与倭人一战矣”。[6]

最后，在作者看来，能否取得抗日胜利，关键在于民众的参与程度，而支撑民众抗日的根基在于杀身成仁、舍生取义的正义感。在1933年所作的《啼笑因缘续集》中，作家讴歌生活在社会最下层、行侠仗义的关氏父女毅然抛开私情，参加义勇军，在与日寇搏斗中不幸阵亡的英雄精神。

注释：

【1】曹俊峰：《康德美学引论》，天津教育出版社，2001，第261—262页。

【2】黑格尔：《小逻辑》，商务印书馆，1980，第80页。

【3】【4】康德：《判断力批判》，邓晓芒译，人民出版社，2002，第113页、第83页。

【5】张恨水：《冲锋》，北岳文艺出版社，1993，第87页。

【6】张恨水：《丹凤街·自序》，北岳文艺出版社，1993，第1—2页。

张恨水诗词的艺术风格

《剪愁集》是《张恨水全集》（北岳文艺出版社，1993）中唯一的诗词集，由《剪愁集》《茅屋诗存》《集中集》《病中吟》《闲中吟》和《何堪集》共6部诗词集组成，时间跨度为1916—1962年，共47年之久，收录诗词666首。《剪愁集》（以下简称《剪》）内容十分丰富，大体反映了张恨水诗词的艺术风格和主要成就。过去学界多注重于对张恨水的小说及散文研究，这自然是必要的。但张恨水作为诗词大家（有人估计他一生创作约2000首诗词，但散见于民国时期报纸上，尚未有人搜集；张恨水在抗战期间曾出版《留川集》和《茅檐集》两部诗词集，现已很难发现），这方面的研究却极为罕见，这无疑与旧体诗词在文学领域已被边缘化有关。作为一份丰富的文学遗产，张恨水诗词有着较高的艺术水平和研究价值，而《剪》由于横跨作者生活的各个年代，则大体能够反映其艺术风格。

一位卓有成就的诗人，必有其独特的艺术风格。《剪》中愤世嫉俗类多激愤诙谐，田园故里类多敦厚蕴藉，部分咏怀咏史类慷慨激昂，但大部分作品，无论是咏人怀旧、咏物咏史，还是抒写恋爱婚姻、离愁别恨、美景佳趣、行旅客居，大都笼罩着一层感伤忧愁的气氛或一种凄楚悲凉的感情基调。它们通过一定的艺术形式融合成独特的艺术风格，这种风格可以用“凄婉”一词来概括，大体表现为思想内容之凄与艺术形式之婉。

一

《剪》思想内容之凄表现为以下多个方面。

1. 意象之凄迷

意象是作品组成的最小单元，是构成艺术画面的基本单位，主要意象无疑体现了作品的抒情基调。在有生命的意象中，《剪》中出现最多的是柳。光是以柳为题的诗就有十九首之多。在这十九首诗中，除了三首以春柳为题外，其余十六首均以秋柳、霜柳和枯柳为题。在中国古代诗词中，春柳的轻柔摆动能够引起人们的欢快与愉悦；而秋柳的叶落和衰败，则容易使人联想起人生的漂泊不定、失去家园的痛苦和生命的衰微，这一意象由于长期反复运用而转化为一种含义稳定的符号代码。阿恩海姆曾对此分析："一棵垂柳之所以看上去是悲哀的，并不是因为它看上去是一个悲哀的人，而是因为垂柳枝条的形状、方向和柔软性本身就传递了一种被动下垂的表现性。"[1]即它所表现的力的结构与人的某种心理状态相对应，能够引起人们精神的低沉与感伤。正因如此，诗人才感受到"古城秋色倍凄凉"，想到时光易逝，"最是征人牵别绪，几多少妇惜年华"。由此，"下雨也萧萧，愁绪千条"。种种悲愁喷如泉涌。除柳外，《剪》描绘了有生命的意象，例如，南飞之雁与未归远人，秋槐黄叶与人生飘忽，屋角栖鸦与归去无家，月落乌啼与人生若梦，自然界一切衰亡的或具有此类象征意义的意象，似乎都能引起人生的种种伤感悲愁，产生心灵共鸣。

在无生命意象中，《剪》中出现较多的有月、寺、亭、殿、墓、碑、冢等静态事物。月是阴柔之美的象征，给人以清幽、微寒、朦胧之感，容易使人产生孤独、思乡、寂寞、冷凄之意，进而联想到前途渺茫和人生失意。而寺、亭、殿多建于冷僻幽暗处，多属于佛教建筑物，易使人产生出世之感，是身心交瘁者的精神栖息之地。这些意象出现在诗词中，自然让人顿生感触，产生无限的怅惘和莫名的悲哀。碑、墓、冢更是直接与人生的最大悲哀——死亡联系起来。必须指出的是，每一作品都不可能只出现单一的意象，而是由许多意象组成意象群，它们必然加重某种气氛，使人的感伤情绪呈递增态势，作品的终结也就使这种情绪上升到最高点，令其在读者心中久化不开。《浪淘沙·登陶然亭吊香冢》由古郭夕阳、落霞暮烟、江亭无客、芦花满地，写到“断碑荒冢接寒沙”和与明月做伴的昏鸦，不写此时主人公的心境，然而一个前途暗淡且对人世灰心已极的游子形象已跃然纸上。《悼亡吟·凄风筛树》由塌冷、遗花、春梦破灭写到哭倒坟旁的主人公，一系列令人心碎的意象与已经心碎的主人公融为一体，构成一幅不忍卒读的艺术画面。

在关于时段和时令的意象中，《剪》常常选择暮晚、夜间、暮春等比较阴暗、萧疏，容易使人产生凄凉伤感的时间作为抒写对象。自然，在这样的时间内出现的景物大多令人感到萧条冷落、寂寞孤独，在此时间内发生的事也大都是别离、相思、伤春、惜时、思乡、怀旧以及对前途、命运的隐忧，抒发无限的人生感慨。《青玉案·杨枝还作凌波态》描绘一幅暮春晚景：风雨楼边，落红如海，卷帘人充满无限伤感与怅惘无奈。作于1916年的《月下·秋风疏柳瘦》则勾勒出一幅秋夜月光下形单影只的“游子思乡图”。《剪》中这类作品可谓比比皆是。

总之，《剪》中意象与蓝天白云、绿水青山、早春初晴、鸟语花香等色彩艳丽的意象形成强烈对比和反差，其共同特点是昏暗、清幽、迷蒙和凄凉，呈现一种静态的凄迷之美。

2. 题材之凄怆

如果说意象给人一种模糊不清的凄迷之感，那么题材给人的就是比较明显的凄怆之情了，这是因为意象仅是构成作品艺术画面的零件或元素，意象的组合可以影响作品的整体氛围，却没有明确的意向性。而题材则相反，它作为诗题的中心环节，能够使意象的组合意向更明确，因而其营构的情感态度也更鲜明、突出和浓烈。此时情绪不再迷离空蒙，而是在题材作用下表现得哀婉动人。

《剪》的题材大体可分三类。

一是抒发个人伤时之感、身世之叹以及怀旧之作。这类题材在中国古代源远流长。《楚辞·远游》就发出“惟天地之无穷兮，哀人生之长勤”的喟叹，东汉《古诗十九首》频频出现“人生天地间，忽如远行客”之类的叹息，以后一直不绝于耳。在时间长河里，每个人的生命都是极为短促的，这是与生俱来的悲剧，也是不同时代文学的共同话题，然而没有人能够从哲学层面深入探讨。张爱玲说：“一个一个中国人看见花落水流，于是临风洒泪，对月长吁，感到生命之短暂，但是他们就到这里为止，不往前想了。”[2]《剪》中部分作品也是如此。但诗歌作为文学，也许正如形式主义者所说，它的价值不在于体现多么深刻的思想，而在于其艺术感染力。如《夜坐小忆·隔墙榆柳最知秋》渗透了佛教意蕴，抒发了人生易老、世事悠悠的慨叹，韵味深长。其中“叶落阶荒平谷冷，潮过月白大江流”等句，显受唐代张若虚《春江花月夜》影响，类似佳句颇多。

怀旧作为一种传统题材，至今仍有许多名篇佳作为人传诵，也许就在于其传达了一种普遍的人生体验，即“对人生悲剧命运的深刻体认与深沉感伤”。[3]张恨水作于1926年12月6日《夜坐偶忆》（三首）、1928年8月31日《怀旧》（二首）和1929年5月12日《怀往事》（三首）却没有做到这一点，这也许与诗人当时的文化视野有关。比较他作于同一时期的长篇小说《春明外史》，其主人公杨杏园、李冬青常常以诗传情，但其诗终未能产生强烈的艺术感染力，其因概出于此。总的来说，他的这类诗词相当一部分有“为赋新诗强说愁”之嫌。时隔二十年，作于1947年3月27日的《巴山杂忆》（十首）却意味深长。“茅屋亲题北望斋”“云天西望立寒阶”，一个与民族命运共沉浮的志士形象跃然在目。作于20世纪60年代初的《忆江南》（十阕）抒写“日寇西来，举家南京乡居”的一段人生历程。其中第六阕美丽的风光与动乱的年代相交织，凄怆中蕴含着民族雄风。在第七阕，民族危机与个人感受通过雨夜江南之景构成一幅凄怆的意境，实现了情与景的巧妙融合。

二是表现亲情友谊、爱情婚姻的题材。在这些纯粹的个人情感领域，最能见出诗人性情之真。作于1926年的《摊破浣溪沙》（二阕）为“某君出京，怆然有感”之作，词的艺术技巧娴熟，复以真情贯注，意境优美，虽有沿用古诗词套语之嫌，仍不失为送别之佳作。《慈辰七旬纪事》组诗八首，记述诗人写作缘起："晨起，此心怦然动。"诗中回忆当初别离老母，只身赴渝的时刻，"狂行十里怕回头"；在渝八年，"一听鹃啼一黯然"；回乡短时相聚，又不得不匆匆离去，"终思老母牵衣道，岂为家人负友生"。该诗把天伦之乐、骨肉之情与悲壮的民族情感融合起来，表现诗人情感发展的历程，增加了感情密度，浓烈而深沉。

张恨水长于刻画恋爱中的女性心理，这不但在其小说中，且在其诗词中也得到完美的表现。作于1928年7月21日的《蝶恋花》（三阕）写女主人公"纵是无言心已许"，然而刚刚定情便匆匆离别。"不道多情，正是多情侣"，表现热恋中人柔情千种。作于同年1月21日的《调寄忆江南》（三阕）描绘两个当初被迫分手的情人重逢时的无限感伤："俯首拈衣无一语，销魂同立夕阳边。"诗中的芳草落花象征着将要逝去的一段刻骨铭心的爱情。而作于1947年5月8日的《水晶帘》（三阕）则把屈原的缠绵哀怨与庄子的旷达情怀互渗，在无限相思中暗示主人公以后凄苦的人生，意境凄绵而旷远。关于悼亡题材的诗在《剪》中有数十首之多，表现诗人对亡妻的无限怀念与悲痛。其中不少诗由于诗人仍未从巨大的痛苦中解脱出来，没能来得及形成感情的积淀与一定的心理距离，这使情感自身未能找到更为恰当的表达方式，缺乏深厚的底蕴。但也不乏佳作，如作于1959年12月3日的《悼亡吟》（二十六首）之十，《浣溪沙·忆妻词》（三阕）之一，以及《南歌子·悼亡》（二阕）均属上乘。说不出的悲哀才是最大的悲哀。上述诗作通过对物是人非的感触，以及对阴阳相隔、梦中空忆的描述，抒发了诗人的无语之悲。其实，无论是分离还是悼亡，抒发的都是主人公感情失去依托，即因对象的远离或消失而产生间阻之慨。感情交流本是相互的，可如今感情只有单向度投射；爱与被爱本来构成感情世界的两极，可如今这种平衡关系被打破，爱不能得到实现与发展，悲剧也就由此产生。

三是关于抒写世事、国事的题材。这类题材风格不一，但仍以凄怆为主。作于1932年的《健儿词》（七首）和《弯弓集》（补白诗）慷慨悲歌，豪气干云；而分别作于1929年12月22日的《读史杂感》（三首）、1932年《弯弓集》中的《咏史》（四首）和1939年的《12月13日——感怀金陵怆然有作》（八首），则写出两个不同朝代惊人的相似：统治者荒淫误国。它力图反映的是现代国民普遍堕落，国难当头，贪图安逸，不思进取。作于1947年8月10日的《枕上作》（六首）写战争结束，诗人痛定思痛后的深刻反思和对前景的无限忧虑。张恨水还有一些诗词，如《卢沟桥感怀》（七首）和《卢沟晚唱·水调歌头》均作于1946年7月7日，既抒写抗战胜利后的民族自豪感，又有对战争残酷的伤怀，境界阔大，情感与思想力度得到强化。

3. 意境之凄凉

如果说意象与题材是构成作品的基本单元和重要环节，那么意境则是作品整体美学效应的体现，反映作者最高的美学追求。宗白华说："艺术意境的创构，是使客观景物作我主观情思的象征。"[4]所以，对于诗词作品来说，意象和题材自身还不是最重要的，最重要的是以什么样的审美情趣和审美理念去观照它们，从而建构一个独特的艺术世界。譬如，同是写秋景，杜甫的《登高》与曹操的《观沧海》，意境大为不同；同是咏春，张若虚的《春江花月夜》与杜甫的《春望》，意境也大为不同。张恨水诗词的意境主要表现为凄凉，这种凄凉的意境主要由两个层次组成：一是作者心境之凄，对人间万物的看法充满着悲观和感伤；二是作品浸润着佛、道文化意蕴。

心境之凄从作者对意象和题材的选择上体现得很清楚。没有悲凄的心境，就不可能选择如此凄迷的意象和如此凄怆的题材，而这些意象和题材一经选择，在作者感伤情绪的作用下，又体现为一种浓郁的感伤基调，成为建构作品意境的重要方面。

宗白华说："禅是中国人接触佛教大乘义后体认到自己心灵的深处而灿烂地发挥到哲学境界与艺术境界。静穆的观照和飞跃的生命构成艺术的两元，也是构成'禅'的心灵状态。"又说，"中国艺术意境的创成，既须得屈原的缠绵悱恻，又须得庄子的超旷空灵。缠绵悱恻，才能一往情深，深入万物的核心，所谓‘得其环中’。超旷空灵，才能如镜中花，水中月，羚羊挂角，无迹可寻，所谓‘超以象外’”。[5]

在张恨水的部分诗词中，诗人的情感与佛教文化得到比较完美的融合，透过一个个空灵剔透、清凉如水的艺术天地，我们不难体验到诗人凄婉的心境。这是因为，在艺术天地中，通篇弥漫着人生的虚无与无尽的寒意，如《水晶帘》（三阕）和《临江仙·寂寞书窗无别物》。在另一些作品中，作者凄婉的感情在与道家文化的结合中似已淡化，作品常展现出一种超越现实、虚无缥缈的仙境。然而这种艺术世界在抒写作者对道家文化的体悟时，又时时笼罩着那种挥洒不去的感伤与悲凉。主人公仿佛站在遥远的天际看这红尘世界：在一片烟水迷离、山色空蒙中，人世间的一切悲欢离合似乎都已远去。

景色是美的，可这种美景与人生已经无关。这种凄凉与无奈不源于一时一事，而是来自一种与生俱来的、更深刻、更普通的原因。它们又可分为两类：一类是题画诗，如《题画·野藕花开水也香》《题画·有生莫恨水东流》；另一类表现闲适题材，如《静坐·新萝才上柴扉》《踏莎行·夜深独涉》《踏莎行·落日如图》和《今日陶然亭》（六首）。总的来说，张恨水的诗词虽因受佛、道文化浸润而表现出不同的艺术景观，但其意境凄凉是相同的。

二

如果说《剪》的主要内容可用“凄”字概括，其艺术形式则可用“婉”字来形容。也就是说，其思想感情主要不是靠直接抒发，而是通过一定的艺术手段委婉地表达出来。“词之妙莫妙于以不言言之，非不言也，寄言也。”[6]其艺术形式大体分为三种。

1. 寓此于彼

寓此于彼就是把所要抒发的思想感情蕴含在对彼事物的描绘上，使人们通过对彼事物的感受与体验联想到此事物，从而调动读者的想象力，增强诗词的艺术感染力。它又包括三种情况。

第一，寓抽象的哲理于生动的艺术形象中。作于1958年《北海闲步》（三首），其一希图借动态的夏景表现对生命永恒的追索。作于1953年的《采桑子·家住深巷无人到》、作于1958年的《南歌子·嫩草春绵地》和《南歌子·高歌风烟隐》，于诗情画意中传达出无以言表的象外之旨与佛教文化所追求的无我之境的融合，深得陶渊明和司空图诗作的真谛。

第二，借古喻今。作于1942年6月8日的《临江仙》（二阕）以史为鉴，表现出诗人对"佳人正薄醉，好梦半模糊"的感伤。而作于1939年2月24日的《读史十绝》（十首）之五、六则分别借历史上奸相贾似道所居半闲堂，隐喻当时的"孔公馆"，借淝水之战隐喻当时的抗战。借古喻今自然有对现实事件不便于直说的客观原因，但也反映了诗人驾驭题材的艺术功力。这种方法的成功运用使作品削去一定的功利性，代之以对民族命运在不同时代惊人相似的深刻反思，艺术表现力大为增强。

第三，寓某种人生理想或曲折人生于咏物中。作于1955年的《梦中得句·百样春花看一周》，借咏花歌颂对爱情的坚贞与执着；作于1958年的《临江仙·晚香玉》则寄托了对古典美的倾慕；而作于1947年11月30日的《霜柳》（四首）更是借咏柳抒写坎坷人生。对比诗人前期的咏物诗，不难看到由于生活阅历的日渐丰富等原因，他对社会、人生的体验也变得十分深刻，且尤艺术雕琢的痕迹了。

2. 情景交融

借景抒情，情以景生，使情景交融互渗，一切景语皆情语，是中国旧体诗词追求的美学目标之一。如果直接抒发思想感情，那就很容易造成形象苍白无力；同时，语言因其自身局限性很难直接表达丰富复杂的思想感情，其最佳方式之一便是借景抒情。景物所构成的形象画面与某种意蕴是通过象征和联想等手法暗示出来的，形象画面本身的多意象、多侧面、多角度与主体思想感情的丰富复杂性作用的结果，就使得作品内涵更为丰富复杂。表面上是静的画面，读者在鉴赏时由自己所体验到的主观之情入景，又由景返回到情，这种互动作用便可以无限延伸下去，对诗词内涵的阐释也就没有止境，诗词意境也就由此产生。

宗白华说：“在一个艺术表现里情和景交融互渗，因而发掘出最深的情，一层比一层更深的情，同时也透入了最深的景，一层比一层更晶莹的景；景中全是情，情具象而为景，因而涌现了一个独特的宇宙，崭新的意象，为人类增加了丰富的想象，替世界开辟了新境。”【7】这便是情景交融之妙。

在张恨水的诗词中，上述《忆江南》（十阙，即《忆江南·江南忆·十里蓼花沟》等）和《巴山杂忆》（十首），就是这方面的范例。作品几乎无一句抒情，却感到句句都在抒情。这样，作品虽短，却意味深长：既像在抒发对大自然的热爱，又像在表现对历史的悠长回忆；既有对人生的深长感慨，又似在体验道家文化特有的仙风道骨，可谓余味无穷。

3. 虚实相生

这主要体现在结尾时。老子曰：“卅辐同一毂，当其无有，车之用也。然埴而为器，当其无有，埴器之用也。凿户牖，当其无有，室之用也。故有之以有利，无之以为用。”【8】有无相生与理论相结合对我国文艺创作产生了深远的影响。抟虚成实，以有限表现无限，是中国古代文学家很高的艺术追求。绘画中，“虚实相生，无画处皆成妙境”；音乐中，“此时无声胜有声”；表现在诗词结尾时，则是“含不尽之意见于言外”。诗尾本可给出一个答案，但只以描绘一个朦胧的景物或意象结束，给读者以无限的想象空间。张恨水精通中国画，曾办过美术专科学校，这就有助于他在诗词创作中驾轻就熟，结尾时给人以万语千言尽付不言中之感。如《枕上作·当年蜀鸟劝东归》中的“每遇城西笳鼓后，凭栏无语立斜晖”，又如《忆江南·不能寐》中的“寒风送客柳丝黄，梦入水云乡”，都给人以无限悠长又无以言表的人生感慨。而《采桑子·家住深巷无人到》和《采桑子·文章自赏成珠玉》，由于渗入道家文化底蕴，结尾时表现出似实似虚的幻觉之美，加之缺少了人情味，其意境也显得凄凉。

三

张恨水诗词风格的形成有多方面的原因，主要表现在以下三个方面。

1. 地域文化影响

张恨水的家乡安徽潜山县在古代为古皖国，县境内皖河流贯全境；潜山又名天柱山、皖山，汉代时为五岳之一。佛、道文化自然深深地影响了张恨水的诗词创作。潜山靠近楚地，受楚文化影响亦深，张恨水受《离骚》缠绵哀怨的诗风的熏陶和长篇叙事诗《孔雀东南飞》（诞生在潜山县）的影响，1956 年把后者改编成中篇小说，可见故乡对其创作影响之大。

2. 个人经历

张恨水早年主要靠自学打下坚实的国文功底，青年时代养成了“名士气”，一心把自己塑造成文人雅士。弗洛伊德说：“生活正如我们发现的那样，对我们来说是太艰难了；它常常给我们那么多痛苦、失望和难以完成的工作。为了忍受生活，我们不能没有缓冲的措施……防范痛苦的另一种方式是我们心理结构所容许的‘里（力）比多’的转移……本能的升华借助于这一改变。”而艺术则是实现本能升华的最佳方式之一。[9]张恨水早年婚姻生活不幸，感情备受压抑，他希望在文学创作中宣泄感情，因此其早年表现爱情题材的诗词充满凄怆感。

就张恨水早年的知识结构和人生目标来说，他实在是“生不逢时”。当他走上文坛时，五四新文化早已深入人心，然而，他的知识结构还未注入较多的新质，其人生目标——做传统意义上的名士——已经陈旧。所以，在诗词创作中，他常常处于一种无所适从的状态：一方面对旧体诗词十分偏爱，却又感到这种观念已经过时；另一方面希望赶上时代，做一个新青年，却又不知从何做起。这使其诗词难免呈现出扑朔迷离的色彩。

3. 博采众长

对张恨水诗词创作影响较大的一是《花月痕》，二是李煜词，三是纳兰词。

《花月痕》是一部产生于19世纪末的小说，穿插大量诗词，辞藻华美；抒写男女爱情，缠绵哀怨；但内容空洞，有无病呻吟之嫌。张恨水回忆："《花月痕》的故事，对我没有什么影响，而它上面的诗词小品，以至于小说回目，我却被陶醉了。"【10】《剪》中作于20世纪一二十年代的作品，就多有为文造情的雕琢之痕。

李煜词往往把家国之痛与伤时之恨统一在一篇作品中，抒写生命的大悲大痛，形成缠绵凄怆的词风。张恨水早年也有不少诗篇抒发其对人生苦短的感慨，但对国破家亡的抒写却极为罕见，因为他没有这方面的人生体验。李煜词对张恨水诗词的影响主要不是在题材方面，而是在风格上，这是因为风格的形成固然与题材有关，但一种风格一旦形成，就可以渗透到题材中，如张恨水的爱情、咏物、咏史、别离、惜春之作都是如此。如果细加比较和分析，人们不难发现张恨水有对李煜词活用的痕迹。如，其《青玉案·杨枝还作凌波态》中"风雨楼边总无奈"与李煜《相见欢》（其一）中"无奈朝来寒雨晚来风"，其《采桑子·因缘千古无凭据》中"流水空山，天上人间，为道相逢一字难"与李煜《浪淘沙·帘外雨潺潺》中"别时容易见时难。流水落花春去也，天上人间"。

张恨水曾言："清朝四大词家，吾最推崇纳兰性德。读其小令，不仅轻倩流利，声调铿锵，但觉神行于空，一唱三叹，诗馀能达此妙境者，并南唐二主，千年来唯此三人而已。往日旅行，舟车之间，带书数卷，而《饮水》《侧帽》合订一小册，必加其中，自觉生平偶作韵语，受其影响不浅，中心叹服，不待宣言矣。"【11】

在《二十三年冬由北平南下过南京感而赋此》（上）中，他由衷地感叹："船山律句纳兰词，二十年来向往之。"【12】

在其他词序中，他也常常谈到对《饮水词》的偏爱。如《浣溪沙》序中所言，"怀古（四首），仿《饮水集》"。【13】又如《浣溪沙》（五阕）序中所言，"风雾凄迷，忽焉岁阑，山居善怀，夜坐不寐，闲吟《饮水词》自遣"。【14】

那么，纳兰词对张恨水诗词创作的影响表现在哪些方面呢？二人虽然出生时代和社会地位不同，但均是性情中人。纳兰性德虽出身相府，感情却十分纯真，他先后娶卢氏、官氏为妻，与二者皆感情甚笃，毫无狎邪之事；他属满族正黄旗人，自己又是进士出身，皇帝近臣，却一无民族偏见，二无门第观念，“身在高门广厦，常有山泽鱼鸟之思”。[15]若无真挚的感情和高洁的人品，纳兰性德在大器早成后是很难和许多布衣结成挚友的。张恨水对朋友以诚相待，被尊称为“老大哥”，有着强烈的正义感，他虽然生活在20世纪，却保持着传统文人的人格。另外，纳兰性德对黑暗的官场深恶痛绝，自己却置身其中，无法摆脱，在三十岁时抑郁而终。张恨水则对他所生活的那个时代世风日下痛心疾首，却无能为力。二者的个性才情、人格世界和知识结构如此相近，这就难怪张恨水受其影响很大了。二是题材方面。纳兰性德笔下的爱情词多属悼亡、相思和别离的主题，写得“哀感顽艳”，荡气回肠，几令人不忍卒读；友情词抒写与朋友交往，情真意切，感人肺腑；其咏物、咏史词多有寄托，借以抒写兴亡之叹或其志趣；杂感词内容丰富，包括身世之感、志趣抱负、田园之乐、题词书画和兴会戏笔等。这些题材在张恨水诗词中也占有很大比重。另外，二者都喜欢写梦幻和回忆，描写凄迷的意象和塑造苍茫朦胧的形象，以传达其丰富而复杂的情感。

张恨水的诗词与纳兰词风格相近但非相同，如果细加分析，仍有较为明显的差异。纳兰性德生活在1655—1685年，当时满汉文化还没有真正融合。康熙至乾隆年间，已有一些满族作家运用汉语写作小说，而在汉语诗词创作方面，纳兰性德可算是满族第一位大家。但博大精深的汉文化，尤其是以儒、道、佛为代表的古老的中国哲学还不可能很快被其接受。纳兰词表现出扑朔迷离的意象，情真意切、凄怆哀婉的调子和苍茫幽暗的意境，却少有佛、道文化的意蕴；它令人感慨涕零甚至伤心欲绝，却很少能引起人们绵长的沉思；它令人心魂震荡，但很少能令人回味无穷；它才气超绝，却少有文化底蕴；它令人大悲大痛，但并未远离红尘。张恨水早期诗词的一些形象画面似已脱离尘世，有极度空寂之感，令人联想到佛、道文化追求的理想世界，如作于1928年9月28日的《今夜月》（四首）中“望到半天月，凉露满衣襟”“明年今夜月，知是与谁看”“愿邀湖海客，酌酒看吴钩”。

所以，张恨水诗词之凄除了表现人生的痛楚外，还有很多对人生意义的追问，有一种对生命大悲大痛的醒悟。无疑，这是佛教文化浸染的结果。另外，他后期的一些诗词，如《采桑子·家住深巷无人到》《采桑子·文章自赏成珠玉》《南歌子·嫩草春绵地》《南歌子·高阔风烟隐》等描绘了一幅幅超凡脱尘的优美意境，令人在流连美景之余，又感到无限怅惘与凄伤，显系道家文化影响所致。这是纳兰词难以达到的。张恨水后期诗词有的凄怆而不令人消沉，似乎融入了儒家文化坚韧、执着和不屈的进取精种，如《枕上作·当年蜀鸟劝冬归》结语：“每遇城西笳鼓后，凭栏无语立斜晖。”在对历史的回顾中表现出生命的抗争力量，难能可贵。这时佛教文化的影响便越来越小了。

张恨水诗词也有缺陷，那就是有些作品观念陈旧，阻碍了内容的深化，导致优美的形式没能表现出更强的艺术感染力。读张恨水诗词，一些抒情主人公似乎仍是古代才子佳人形象：古装古语，以及古老的价值观念和思维方式。美则美矣，却不合时宜。它没有充分表现人的现代意识，也就限制了诗词本身的艺术成就。其后期一些作品中的现代文化含量显然增多了，但其风格大变，与此前相比，艺术水准反而有所降低。

注释：

【1】[美国]鲁道夫·阿恩海姆:《艺术与视知觉》，中国社会科学出版社，1984，第624页。

【2】张爱玲：《中国人的宗教》，载张爱玲《余韵》，花城出版社，1993，第8页。

【3】刘学锴：《李商隐诗歌研究》，安徽大学出版社，1998，第56页。

【4】【5】【7】宗白华:《美学散步》，上海人民出版社，1981，第72页、

第 76—77 页、第 72 页。

【6】刘熙载：《艺概》，上海古籍出版社，1978，第 121 页。

【8】老聃：《道德经》，山西古籍出版社，2000，第 21 页。

【9】蒋孔阳主编:《二十世纪西方美学名著选》(上)，复旦大学出版社，1987，第 395 页。

【10】张恨水：《写作生涯回忆》，北岳文艺出版社，1993，第 16 页。

【11】张恨水：《明珠乃有此儿》，载张恨水《上下古今谈》（上），北岳文艺出版社，1993，第 14 页。

【12】张恨水：《二十三年冬由北平南下过南京感而赋此》（上），载张恨水《剪愁集》，北岳文艺出版社，1993，第 120 页。

【13】【14】张恨水:《浣溪沙》，载张恨水《剪愁集》，北岳文艺出版社，1993，第 238 在页、第 242 页。

【15】韩菼：《通议大夫一等侍卫进士纳兰君神道碑铭》，载张草纫《纳兰词笺注》（修订本），上海古籍出版社，2003，第 421 页。

张恨水

读 者 论

对于一位作家来说，如果他的作品能够在同时代的读者中引起轰动，我们完全可以把他作为一种文化现象来研究。如果他在时隔几十年之后仍然拥有众多读者，我们在考察其作品生命力时，不妨从更为复杂的社会历史背景和民族心理方面去找寻原因。

对读者负责

张恨水的创作态度最根本的一点，就是对读者负责。

对读者负责，首先要熟悉自己的读者。每个作家都拥有自己的读者群，张恨水的读者群主要是普通市民。他熟悉他们卑微的社会地位、恶劣的生存环境、苦闷压抑的心态及思维与行为方式，他知道他们由于文化水平较低而难以接受新的文法组织和描写技巧，因此张恨水便大胆地改良了章回小说，使其成为适于表现现代生活的文学样式，让读者在阅读中开怀大笑，借以排遣内心的惆怅与烦恼。正因为张恨水对自己的读者有如此深刻的理解，他们才能实现双向交流并互相促进。

对读者负责，作品就要真实、生动。如《啼笑因缘》中的北京天桥，《秦淮世家》中的南京秦淮河、夫子庙，《玉交枝》中的皖南农村，都令读者如身临其境。对于作品的怀春少女、多情少年、说书人、小商贩、小手工业者、大中学生、穷教书匠以及封建遗老、花花公子、军阀恶棍等各色人物，作者信手拈来，描写栩栩如生。多难而丰富的生活阅历、敏锐的观察力与博闻强记的能力，使他对主人公的言谈举止和各种社会环境一清二楚。张恨水在北京生活时，有一次到市场买菜，小贩不知道张恨水的心思，不好先说哪一种菜更好，就说："你自己挑！"张恨水听到后哈哈大笑，为小贩的机智所倾倒，深感民间语言真的是充满智慧，生动之极。

对于不熟悉的人和物，他一定要深入观察和体验，否则，宁可不写。20世纪30年代，国民政府倡导开发大西北，但真正身体力行者并不多。为了让人们真正认识西北，张恨水自费去那里考察了一个多月，之后据实写成《燕归来》和《小西天》。在日常写作时，作者为了让主人公的动作与神态惟妙惟肖，就在自家一面大镜子前自我表演，直到满意为止，然后据此描写。所以，他小说里的主人公让人感觉如见其面，如闻其声，丝毫没有矫揉造作。

对读者负责不等于媚俗，不是为了刺激人的感官、迎合一些人卑下的欣赏口味而去赚取高额稿费，而是要有利于读者的精神健康。张恨水多次声称，他从来不作淫书，也不写侠客口吐白光、飞剑斩人头的事。在创作《啼笑因缘》时，报业老板出于商业方面考虑，一再要求他插进一些武打的场面，以吸引读者，他应允写了关氏父女两位武林中人，插入关秀姑山寺锄奸一段。他笔下的义士侠客都是些感情丰富的普通人，不过武艺高强些，绝不是神鬼莫测、呼风唤雨、好似不食人间烟火的天外来客，增强了现实性和真实感。

张恨水经常应其他报纸邀请同时写几部小说，时间紧，工作量大，不可能每一部都是精品，他自己也说有的作品是为了应付催稿而匆匆写成的。这是不是不注意作品质量、不对读者负责呢？当然不是。在现代社会，各种大众传媒源源不断地传播着各类文学的、艺术的或其他方面的信息，用于娱乐、消磨时光的精神产品令人目不暇接。然而，文学作品有认识、教育、审美、娱乐等多种功能，各种功能都有其存在的根据，无须把纯文学作品与其他作品作比，更没有理由对其大加挞伐或说三道四。随着大众文化的广泛传播，它将变得日益突出。张恨水创作了多部言情小说，形成言情为经、社会为纬的创作模式，如果不是抗战发生，此类言情小说势必还将继续下去。无独有偶，几十年后出现的琼瑶言情小说，形成三角恋或四角恋爱的创作模式，营造热烈、浪漫的气氛，受女学生热捧。按照这一模式，琼瑶不断抒写各种大同小异的爱情神话，持续多年，之后，这些小说被拍成电影。金庸、古龙的武侠小说也各自形成自己的创作模式。武侠小说，作为成年人的童话，其作者在其中灌注了中国传统文化意蕴，抒写了现代人的真情实感和心理体验。

创作是一项异常艰苦的事业。对读者负责就是要克服困难，保证有尽可能多的作品问世。张恨水在这方面表现出了惊人的毅力，排除了无数来自物质上和精神上的巨大障碍。他的成名巨著《春明外史》创作时间长达五十七个月，书中回目对仗极工，人物达数百个，结构上比《儒林外史》有所改进，确为刻意之作，凝聚了很多心血。作者感慨万千地说，一切事业都是日积月累而成于渐的。

> 自十三年以至于今日，除一集结束间，停顿经月外，余则非万不得已，或有要务之羁绊，与夫愁病之延搁，未尝一日而辍笔不书。[1]

《春明外史》在创作中，《金粉世家》就在报纸上连载了。这部被称为“民国红楼梦”的巨著头绪纷繁，结构严谨，创作时间达五年之久。小说快要结束时，作者的幼女康儿因病夭折，他陷入极大的痛苦中，但仅仅停止一天的写作，次日又赶忙向读者表示歉意并解释原因；不到二十天，他做该书序文时，长女慰儿染病夭亡。试问，谁读到这里不为之动容？世上能找到这样负责的作家吗？真是事业几人就，甘苦只自知。在重庆八年，条件极为艰苦，“回想到那八年所度过的生活，就没有能写出这些文字的理由”。[2]但他仍能平均每天写出三千字左右的作品，正如他自己所言，这些作品是“榨出来的油”。

让创作跟上时代发展，这是张恨水向读者负责的又一重要表现。九一八事变后，他很快把创作重点从社会言情小说转移到国难小说上。激励前方将士浴血奋战，揭露大后方不利于抗战的人、事和反映民生疾苦，成为他创作的崇高使命。

正确的创作态度能够把创作引向全面丰收和进步。单从小说方面来说，他的成就足以让世人惊叹不已，一百二十部左右的中长篇小说，字数多达两千万，包括言情、武侠、讽刺、历史和国难等多种题材。1924—1949年，他每一时期的作品都在进步，都具有强烈的时代气息。他的创作深受鸳鸯蝴蝶派影响，最终却与它分道扬镳。同自己的历史告别，同自己所钟情的事物告别，寻找新的创作理念，这创作难度非常高，需要极大的勇气。一般人做不到这一点，张恨水却做到了，并在新的创作理念支配下创造了新的辉煌。

对读者高度负责必然赢得读者欢迎。20 世纪 20—40 年代，张恨水的小说成为普通民众珍视的精神食粮。他的《春明外史》和《金粉世家》分别在《世界晚报》和《世界日报》连载时，不少人提前在报馆门口排队买报，为的是先睹为快。《啼笑因缘》在《新闻报》连载不久，该报销量大增；许多广告客户要求把自己的广告登在靠近张恨水作品的地方；北京、天津、南京、上海的女学生为它疯狂一时；为争得它的电影摄制权，两家电影公司还打起官司。

作为一位对读者高度负责的作家，张恨水拥有广泛的读者，并跨越时空，获得新一代读者的认可。张恨水在重庆时，其作品就传到交通闭塞的大西北。延安、上海以及香港等地不断有张恨水的小说流传，可见其影响之广。难怪老舍先生评价张恨水是“国内唯一的妇孺皆知的老作家”“真正的职业写家”。[3]进入 21 世纪，张恨水的多部小说先后被拍成电视连续剧或电影，他跨越了许多作家经历一代人之后惨遭淘汰的命运，仍然是家喻户晓的作家。

注释：

【1】张恨水：《春明外史·后序》，载张占国、魏守忠编《张恨水研究资料》，知识产权出版社，2009，第 186 页。

【2】张恨水：《写作生涯回忆》，北岳文艺出版社，1993，第 90 页。

【3】老舍：《一点点认识》，载张占国、魏守忠编《张恨水研究资料》，知识产权出版社，2009，第 175 页。

20 世纪二三十年代的张恨水现象

在文学史上，我们常可以看到这种情况，即对任何作家都不可能盖棺论定。有些作家的影响经久不衰，如李白、杜甫、白居易，但其作品在不同时代被理解的角度和深度则各不相同；有的作家生前默默无闻，死后也很快被人忘却，而其文学功底并非不高；有的作家生前不被读者重视，死后很久却声名大噪，如陶渊明；有的作家生前名噪一时，死后却很快被时间淘汰，如“大历十才子”；当然，还有一些作家，生前曾经享有盛誉，后来似乎被读者忘记，但若干年后又东山再起，如李商隐、张恨水、张爱玲、沈从文、钱钟书。该如何理解这种现象？以前的文学理论常从作家或作品本身找原因，缺乏足够的说服力；有的偏重从社会或时代方面找原因，常常流于空泛，似是而非。假如我们承认文学是一个从作家到作品再到读者的流程，我们就无法否认读者在作品的传播过程中至高无上的地位。假如没有读者的阅读、创造、交流和反馈，任何作品都只能是一堆印着黑色符号的印刷品，它只具有潜在的文学意义。所以，任何作家、作品的影响范围大小以及褒贬程度深浅，都主要取决于读者的评判。

读者作为生活于具体社会环境中的阅读个体，其欣赏心理和欣赏能力有别，大多按自己的需要去寻求相应的文学作品，因而，每个作家都拥有自己特定的读者群。那些伟大的作家例外，他们可以跨越时空，千百年来赢得读者的喜爱，而许多作家没有属于自己的读者群，自然也不能影响其他读者群，最终被人遗忘。

在 20 世纪二三十年代，如果单从阶级属性上划分，中国现代文学可分为工人阶级文学、资产阶级文学、小资产阶级文学、地主阶级文学和农民文学。小资产阶级成员复杂，主要是市民，他们有一定的文学欣赏能力、闲暇时间和经济收入，是一个人数众多的读者群，但他们没有得到新文学作家的重视。就在这种情况下，张恨水的作品获得了他们的广泛喜爱，这一种已衰落的文学样式再度勃兴，成为万众瞩目、持续二十多年的张恨水现象。阅读是作品与读者思想感情上的双向交流。一部作品之所以能够获得读者的喜爱，首先就在于它符合读者的欣赏心理，使读者在心灵上产生共鸣。在张恨水的作品中，主人公有情操高尚、生不逢时的知识分子，有为争取婚姻自主而斗争的青年男女，有收入微薄、古道热肠的小手工业者、小本商人，有生存无计、被金钱权势所奴役的灵魂。张恨水不像新文学作家那样站在时代高度剖析社会、人生，没有给主人公指出一条光明大道，而是描写他们生存的艰难，反映他们善良而美好的愿望、对正义与进步的追求和对黑暗势力的反抗。

新文学作家需要用文学唤醒民众，反抗社会黑暗，有很强的使命感和战斗性，但对文学寓教于乐的功能认识不足，故其作品说教味太重。鲁迅曾对此批评道："说到'趣味'，那是现在确已算一种罪名了，但无论人类底也罢，阶级底也罢，我还希望总有一日驰禁，讲文艺不必定要'没趣味'。"[1]但这一观点并未引起许多新文学作家重视。

张恨水则与之不同，他认为趣味为事业之母，作品没有趣味就没有人看。所以，他有意迎合其读者的欣赏情趣。首先，他的小说语言生动活泼、诙谐幽默，口语化部分色彩很强，有的伴有强烈的喜剧性，读来轻松自如、妙趣横生。其次，他能够成功地烘托出各种生活氛围，主人公的心理活动、语言乃至行动非常切合自己的身份、心态和性格。譬如，写市侩就用市侩的心理度己度人、说话做事，由于其人格卑贱、愚昧和势利而导致一系列荒谬可笑的举动，读来令人捧腹。

张恨水的作品切合读者的欣赏情趣，主要得力于他对章回小说的改良。他所拥有的读者群，习惯于欣赏章回小说，而对引进的欧化小说则难以接受。

但章回小说无论在艺术形式还是在思想内容上都明显落伍，该如何处理这种矛盾呢？张恨水认为不应抛弃这样一个庞大的读者群，但也不应完全迁就他们，应该适当提高其欣赏能力。张恨水逐渐摒弃了章回小说穿插韵文的形式而改用纯白话语言，摒弃了粗线条勾勒人物形象和白描式叙述方法而对人物形象精雕细刻并穿插其大量的心理活动，以景物描写暗示人物命运；他吸收了电影、戏曲塑造人物形象的长处并把它们糅合在自己的小说中；他对各地风土人情的描述，使小说的艺术性更为清晰，也增强了人物的立体感和作品的历史感。如此一来，改良后的小说除了部分回目用双句对仗外，其他方面已面目全非了，它是融汇了中西小说和其他艺术门类之长的现代章回小说，从而赢得了众多读者。所以，当《啼笑因缘》一版再版、风靡全国时，新文学作家中有人惊呼：章回小说又死灰复燃了。

一种文学样式有无存在的根据，关键在于其读者状况。时至今日，章回小说仍然读者甚众，这足以说明，它作为小说艺术的一个门类，符合读者大众的欣赏习惯，应有其一席之地，就像在诗歌领域一样，五四时期就已提倡新诗，可时隔几十年之后，旧体诗词仍旧拥有众多群体。在许多读者还无法接受当时世界上最先进的思想和小说样式时，张恨水在改良章回小说的同时也提高了这些读者的精神境界和文学欣赏水平。

注释：

【1】鲁迅：《编校后记》，载于《奔流》，1928。

为有源头活水来

——张恨水对读者状况的调查分析与创作转向

在我国现代灿若群星的作家群中，张恨水是一个十分独特的文化现象：他深受传统文化熏陶，可自青年时代起，就向往并逐渐接受新文化；他从旧作家群中艰难地走出，却又被一些新文学作家所排斥，成为作家中的难以归类者；他带着鸳鸯蝴蝶派的风格走上文坛，可后来他又抛弃了使他得以成名的创作模式，转向国难小说创作，成为一位真正的现实主义作家。这其中的原因自然很多，譬如其强烈的正义感、对国家前途的忧患意识和对劳苦大众的深切同情，以及按生活本来的样子及其发展的内在逻辑去创作。随着时间的推移和创作上的发展，他“要赶上时代”的心情也与日俱增，丰富的阅历使他愈发了解到平民百姓生存的艰难、痛苦的心境与可怜的希冀。但仅了解他们的经济状况和生活状态是不够的，还要了解他们的教育水平，以及对文学作品的欣赏能力、阅读状况与需求。不了解这些，作品与读者仍是分离的，这样的作品是描写劳苦大众的，却不是给劳苦大众看的。

新文学运动开始时，一大批反映劳苦大众不幸命运的作品纷纷问世，可读者只限于新文学作家和进步青年这个很小的圈子，这无疑与其欧化现象有关。于是，早年成为众矢之的的旧形式又引起一些有识之士关注。鲁迅曾提出要有浅显易懂的作品问世，要有纯文学和通俗文学两种样式存在以应不同程度的读者之需；冯雪峰、瞿秋白提出利用旧形式。一向从事章回小说创作的张恨水对利用旧形式的作用理解得更早：“在‘五四’的时候，几个知己的朋友，曾以我写章回小说感到不快，劝我改写新体，我未加深辩。”[1]

这种理解来自他对读者大众的欣赏能力与阅读习惯的分析。

有人说，中国旧章回小说，浩如烟海，尽够这班人享受的了，何劳你再去多事？但这里有个问题，那浩如烟海的东西，它不是现代的反映，那班人需要一点写现代事物的小说，他们从何觅取呢？大家若都鄙弃章回小说而不为，让这班人永远去看侠客口中吐白光，才子中状元，佳人后花园私订终身的故事，拿笔杆的人，似乎要负一点责任……而旧章回小说，可以改良的办法，也不妨试一试。[2]

上述这段话写于1944年，但这种思想的产生至迟也在20世纪30年代初《啼笑因缘》发表时。此后，张恨水对文学语言与艺术形式的探索一直没有停止过。他除了付诸创作实践外，还从读者大众接受的角度出发，对当时文坛上流行的欧化语言提出批评：

现在又有许多人在讨论通俗文字运动。我以为文人不能把欧化这个成见牺牲，无论如何运动，这条路是走不通的……假如欧化文字，民众能接受的话，就欧化好了，文艺有什么一定的型式，为什么硬要汉化？可是，无如这欧化文字，却是普通民众接受知识的一道铁关。他们宁可设法花钱买文语相杂的《三国演义》看，而不看白送的欧化名著。[3]

可见，张恨水创作时心中始终有一个“隐形读者”存在，这就是市民。对他们的阅读状况十分熟悉并设身处地为其创作，是张恨水创作成功的关键所在。张恨水的分析是合乎实际的，这是因为他比谁都更注意对读者大众阅读状况的调查。

据我所知，汉口，广州，长沙，西安，重庆……这些都市里，每个卖杂

> 志的店中，是终日里挤满了人，在那里搜寻战时读物。将这些人加以分析，学生为大多数。此外是公务员、军人、记者、少数商人。农工可以说是没有。
>
> 由此，可以证明以下三点：(一)学生如何需要战时知识，而缺这项教育。(二)文字宣传，还不能到农工里面去。(三)知识分子，抗战情绪相当浓厚。[4]

除了书摊调查，张恨水还亲自下乡赶场，调查农民的阅读状况。1944 年，他在《赶场的文章》一文中记述了他所调查的情况：

> 我们试到郊外去赶两回场，就可以看见那书摊子上，或背竹架挂着卖的，百分之八十还是那些木刻小唱本。此外是三百千、六言杂字、玉匣记（一种查星宿的迷信书）、四书、增广贤文，如是而已。至多带上一两部《三国演义》或《水浒传》、《征东》、《征西》等章回小说，那已经是伟大的书摊子了。如此供应着，可以知道乡下人在弄什么文艺。[5]

在对读者大众阅读状况全面了解的基础上，张恨水的创作进一步回到生活、回到读者大众，这时他已五十岁。在生活环境极为艰苦的情况下，他仍然创作了大量作品，他仅有的两部乡土小说《玉交枝》和《北雁南飞》以及揭露时弊的巨著《牛马走》《纸醉金迷》和《五子登科》都是在这时完成的。在此基础上，他的创作观在思想内容方面，反映劳苦大众的生活与心态，揭露时弊，促进抗战，反对脱离实际；在形式方面，反对欧化语言，探索生活中活泼生动的话语。他把经过改造的现代章回小说奉献给读者大众，提高了他们的欣赏品位和文化素养。

1944 年 5 月 16 日，张恨水五十寿辰时，《新华日报》曾撰文评价他的作品“和旧型的章回小说之间显然有一个分水界，那就是他的现实主义的道路”。与许多新文学作家不同，他们首先接受了先进的现实主义创作理论，再用之于创作实践。由于缺乏深厚的生活基础，对读者状况知之甚少，其作品往往枯燥生涩，不受社会的欢迎。张恨水正好相反，他经过多年的探索与追求，最终走向现实主义道路，这与他熟悉读者、设身处地为他们创作无疑有着十分明显的因果关系。张恨水对读者状况的调查分析深刻地启示后人：作家只有对读者状况全面了解，才能长期拥有众多的读者，他的作品才能在读者中引起共鸣。

注释：

【1】张恨水：《总答谢》，载张恨水《写作生涯回忆》，北岳文艺出版社，1993，第 102 页。

【2】张恨水：《总答谢》，载张恨水《写作生涯回忆》，北岳文艺出版社，1993，第 102—103 页。

【3】张恨水：《通俗文的一道铁关》，载张恨水《上下古今谈》（上），北岳文艺出版社，1993，第 201 页。

【4】张恨水：《在书摊上想起》，载张恨水《最后关头》（上），北岳文艺出版社，1993，第 15 页。

【5】张恨水：《赶场的文章》，载张恨水《上下古今谈》（下），北岳文艺出版社，1993，第 395 页。

两次张恨水热

——从宗教到历史

一切文学现象都属于人类社会的精神范畴。一部文学作品的产生诚然是作家个人劳动的产物，但它被传播和遗忘的过程却始终不过是读者思想与情绪的表现。所以，我们与其就作品自身进行分析、论证，倒不如把它与读者联系起来研究更为科学。对两次张恨水热（20 世纪二三十年代和新时期）的解释只有从读者那里才能得出较为满意的答案。虽然作家或作品本身没有变化，然而由于时代变了，读者发生了变化并对作品产生了理解上的差异，两次张恨水热也呈现出截然不同的特点。

张恨水在创作鼎盛期正值盛年，然而由于婚姻不如意及家庭生活重负，同时受佛、道思想影响较深以至于对现实社会悲观失望，使其作品呈现出程度不同的宗教意蕴。宗教意蕴虽然不是其此期作品的主要内涵，但也是不可忽视的一个方面：它让那个时代的读者痛苦的心灵得到慰藉、凝结的愁绪得以排遣、濒临崩溃的精神有了依托，表现为以下三点。

一是虚无主义人生观。张恨水塑造许多血肉丰满的形象，编织一幕幕爱情与社会的悲喜剧，从中寄托自己的情感体验与审美理想，结尾却大同小异：《春明外史》中杨杏园自挽“大梦醒来原是客”后圆寂而死；《金粉世家》中总理金铨暴死后，其家族顷刻风流云散，金太太遁入佛门；《春明新史》中刘自安由贫暴富，感叹人生无常，遂看破红尘，削发为僧。在真善美与假恶丑的对立中，在文明与野蛮、高尚与卑劣的错位中，那些原本丰满的性格扭曲或毁灭了，那些肆虐一时的恶魔也停止了喧嚣，一切都归于沉寂，如同梦幻一般走向虚无。这种夜阑人静、曲终人散的弦外之音使人顿感一切都如过眼云烟，活生生的东西随时都会化为乌有。这种结尾的处理方式无疑在当时的读者心中引起了共鸣。他们不禁回首自己在人生旅程的艰难跋涉中，在生与死、血与泪的交织中那番坎坷不平的经历。然而宗教虚无主义的人生观告诉读者：过去的事情如梦一场，似真似幻，因此也就不必那么认真。无疑，这使读者久被压抑的愁绪、郁积的苦闷以及那绝望的心境都在与作品的对话中消歇了，对作品产生认同。

二是顺其自然的处世观。张恨水在《金粉世家·自序》中感叹："嗟夫！人生宇宙间，岂非一玄妙不可捉摸之悲剧乎？"又举人生之聚散、光阴之迅疾、生死之无常为例议论，"吾深感人生不过如是，富贵何为？名利何为？作和尚之念，又滋深也"。诚然，感慨由其两个女儿相继夭折引发，然其深层原因还在于他对社会、人生的变化无从把握。在《春明外史》《春明新史》《金粉世家》《京尘幻影录》和《啼笑因缘》等作品中，人物像走马灯一样川流不息，其升迁沉浮、贫贱富贵，都如同过眼烟云，转瞬即逝。该如何面对这些纷纭复杂的人事，作者只有"作庄子达观而已矣"。即争名夺利，毫无意义；人事变易，不可勉强；唯一可行的办法就是顺其自然。

三是自我解脱的避世观。20世纪二三十年代，中国处于社会机能紊乱的状态，旧的价值观念日渐解体，新的行为准则远未确立。在社会与道德的裂变中，如果不能面对现实，那就只有逃避现实，以保留自己心中的那一块净土。于是，佛、道两家共有的避世思想便成了这一时期读者的期待之一。在张恨水的创作鼎盛期，许多作品的主人公非死即隐，他们摆脱了世俗生活的烦恼、苦痛和种种羁绊，去追求人格的独立和道德的自我完善。他们冷眼看这物欲、人欲横流的红尘世界，不沉沦，不颓废，更没有堕落，穷困而不潦倒，出淤泥而不染，以清白自许，以高节自律。这种超然物外的宗教情怀与超功利、超世俗的人文精神息息相通。

张恨水的可贵就在于他没有沉溺于宗教意蕴，而是跟上了时代的脚步：他摒弃了虚无主义的人生观，转而利用有限的人生去完成对事业的追求；他跳出了人生不可知论的个人小天地，投身到救亡图存的民族斗争中去；他抛开了消极的避世思想，一变而为人类灵魂的守夜人。这使他在创作高峰期（20世纪三四十年代）的创作中迈上新的思想台阶。

那么，时隔数十年后，到了改革开放的新时期，为什么再次出现了张恨水热呢？捷克美学家莫卡洛夫斯基的学生伏迪卡曾经这样论述道："当作品为观赏者接受的时间、地点或社会条件、环境发生变化时，整个作品的结构就会具有新的特点。"这就从传统的对作品自身的研究转向对观赏者所处的外部环境的研究。而20世纪五六十年代法国文学社会学家罗贝尔·埃斯卡皮则对作家的文学生命现象进行了总结：

作家死后10年、20年或30年，总要到忘却那儿去报到。如果某个作家跨越了这条可怕的门槛，那他就踏进了文学人口的圈子，几乎就能流芳百世……还有蔚为奇观的'回收'现象，即一位长久被遗忘或被忽视多年的作家'东山再起'了，但最常见的情况是没有完全被忘却；对此，与其说是重新发现，倒不如说是重新评价。[1]

一位作家连同他的作品本身是个客观实体，没有任何变化，为什么有的死后被遗忘，有的却流芳百世呢？这就不能单纯地从作家或他的作品中去找原因了。罗贝尔·埃斯卡皮在分析了大量的阅读现象后指出：

文学总是在阅读的一系列自由行为中寻找一种无法完美的完美，所以全部是一种偶然性。每一本书本身就是出版社的一项新事业，同样，每一个读者本身就是一部新的文学史。[2]

20世纪六七十年代在联邦德国兴起的接受美学，从上述理论中得到启示，把文学看作是一个从作家到作品再到读者的动态流程，认为作品相对于读者而存在，文学价值就存在于作品与读者的关系中；作家或作品是不变因素，读者则是可变因素，从根本上说，是读者最终决定了作家和作品的文学生命。理论的发展说明，再次兴起的张恨水热必须从读者那里找原因，才具有说服力。

对于当代读者来说，随着文化水平的普遍提高和社会环境的巨大变化，张恨水小说中的宗教意蕴已经淡化，而它所展现的那个永不复返的社会却给他们带来了陌生感或新奇感。上一代读者所亲身经历的事情对他们来说是一段陌生的历史。于是，张恨水的小说在两代读者中实现了从宗教向历史的转化，有着很大的认识作用，主要表现在史学价值和民俗学价值两方面。

1. 史学价值

一些作家或因缺乏生活基础，或因受某种僵化的意识形态束缚，其作品往往只突出社会的某个侧面，只描写一类或几类苍白的人物形象。张恨水的小说却把一个纷纭万象的社会及其流变过程凸现出来，具有很强的认识意义。张恨水的老友左笑鸿在《春明外史》重版代序中说：

> 《春明外史》中的很多故事，够上年纪的人一读就能联想到当时的社会，不管怎么说，这部小说的确是“野史”，而并非只谈男女关系等。其所以能够流传久远，道理即在此。

《金粉世家》则把笔触伸到贵族豪门的家庭生活中去，被誉为“民国《红楼梦》”。再如《京尘幻影录》对官场内部钩心斗角、糜烂生活的描写，《春明新史》对战乱年代人生沉浮的描绘等，都具有很强的史学价值。主人公是小说的核心所在。读者通过对主人公坎坷、悲惨的人生历程的追踪，能了解到那一代人的生存状态、行为方式及其对爱情、对人生、对社会的基本态度，从而进一步加深了对那个社会的认识。

2. 民俗学价值

张恨水早年四处漂泊，后来从事新闻工作，使他对许多地方的风俗民情极为熟悉。张友鸾在《章回小说大家张恨水》一文中说：

《啼笑因缘》却写的是北京，把北京的风物，介绍得活了。描画天桥，特别生动，直到今天，还有读过这部小说的南方人，到北京来必访天桥。再如《燕归来》和《小西天》两部长篇，把当时西北地区的风土习俗、各色人等，尤其是平民百姓的赤贫生活描写得十分逼真、详尽，在我国现代小说中实属罕见。[3]

阅读张恨水的小说，不光是认识到了什么，更重要的是通过它感受到了什么。在洞悉了那个社会的方方面面及那些生灵的遭际、沉浮后，读者会发现那些主人公走了多远的路程，文明经过怎样曲折的路程才延伸到自己脚下，感受到人类在超越那段悲壮历史后所产生的崇高，从而在把握这些审美客体后也实现了对自身的把握。

如果对张恨水的小说的理解到此为止，那人们还没有完全读懂它。历史所走过的每一步都有自己的独特价值，所以，当文明发生断裂时，人们就会心理失衡，向往对历史的复归——重温被当代社会所埋葬的那段美好的回忆。张恨水的小说所展示的那个社会固然已经渐行渐远，但生活于其中的主人公所表现的真诚、善良、脉脉温情、对爱情和美好生活的执着追求以及人际关系的和谐、民风的淳朴会令当代读者倍感亲切。我们生活在一个日益现代化的时代进程中，户外活动的减少、生存空间的狭小、亲情关系的疏远以及竞争活动的加剧使人类越来越趋于理性化，这些都使人与人之间缺少那种互相理解、关怀和帮助的情感氛围，甚至有些人的爱情失去了圣洁的光辉，社会精英日益变得世俗化。在这样的岁月里，回到张恨水的小说，我们不是可以领悟到一种全新的文化内涵吗？

注释：

【1】【2】[法]罗贝尔·埃斯卡皮：《文学社会学》，浙江人民出版社，1987，第16—17页，第170页。

【3】张友鸾：《章回小说大家张恨水》，载《新文学史料》，1982年第1期。

张恨水

比较论

若要准确地了解一位作家，比较至少是一种可行的研究方法。把张恨水与他同时代的文学大师相比较、与他同时代和不同时代的通俗文学大家相比较，我们也许会纠正自己过去的某些偏见，同时会发现自己离真理又近了一步。

《广陵潮》与《春明外史》

在20世纪我国通俗文学史上，李涵秋的《广陵潮》与张恨水的《春明外史》可算是两朵奇葩，二者同属于社会言情小说，都是以主人公的爱情经历为线索，并穿插许多社会内容。探析和比较这两部小说，对于了解张恨水与鸳鸯蝴蝶派文学的关系以及该时期我国通俗小说的嬗变与发展脉络，无疑有着重要意义。

一

《广陵潮》作于1914年，比《春明外史》早十年，故事发生在扬州。其主人公云麟是个遗腹子，家产被父亲的恶友田焕挤占，寡母秦氏带着他和姐姐绣春艰苦度日。他长得清秀脱俗，从小聪悟过人，十几岁便中了秀才，在当地引为佳话。他和表妹伍淑仪本是两家长辈指腹为亲，自小青梅竹马，感情甚笃。可一个算命先生无意中说他命中克妇，伍家遂把淑仪改配给贵妇人卜玉贞之子富玉鸾。后来淑仪新婚守寡，对云麟始终情意绵绵，又为封建礼教束缚，不能与之结合，终于抑郁成疾，不治而死。云麟受母命，与缺乏感情基础且相貌不佳的柳氏结为夫妇，后因敬其才而生爱心。其第二个妻子红珠本是妓女，与云麟一见钟情，对他有两次救命之恩。两人历尽坎坷，终结秦晋之好。小说通过云麟与柳氏起初没有爱情的婚姻，与淑仪没有婚姻的爱情，与红珠由真诚相爱到幸福结合，表现了作者的婚恋观——只有情与肉相结合的婚姻才是幸福的，反之，缺少任何一方都是不幸的。

云麟的姨父伍晋芳的婚恋遭际与之相似。他十几岁起便与小翠子相爱，因囿于封建礼教，不敢公开这一秘密，所以当父母令其与缺乏感情基础的三姑娘结婚时，他与小翠子只得听从命运的摆布。小翠子后为歹人所迫而失身，仍对晋芳一往情深，幸被卜玉贞搭救并亲自送给晋芳做妾，才成就了一段美满姻缘。在妻妾矛盾中，她幻想以忍让来息事宁人，却被晋芳的二夫人朱二小姐以怨报德、诬陷，最终含冤而死。真相大白后，晋芳伤心至极，对朱二小姐亦貌合神离。他的婚恋历程同样说明：只有情与肉相结合的婚姻才是幸福的。

一个社会到了行将灭亡的时候，总要在某些方面有所表现。老一代人辛苦创业，可后人偏偏背道而驰，于是，单纯追求感官享受就成为他们的唯一目的。如果这些人迅速增多，那就是社会的不祥之兆。《广陵潮》中的田福恩无论在何处出现，总是对其父骂不绝口，咒其快死，以便继承遗产任意挥霍，而这种行为竟然得不到舆论的丝毫谴责。刘祖翼、杨靖、乔家运等人为了发财也都挖空心思，不择手段。在这伙人中，柳春、明似珠夫妇可算是别具一格。他们俨然以文明青年自居，然而其行为则大相径庭。柳春对其父柳克堂以兄弟相称，明似珠在大庭广众之下公然与陌生人接吻，他们先以办学校为名招摇撞骗，后又勾结官府，对柳克堂勒索诈骗。最后，明似珠竟主动做了匪巢压寨夫人。

《广陵潮》中一批腐儒的形象栩栩如生。何其甫、严大成、龚学礼、古慕孔、汪圣民终生梦想靠科举成名，挤入官场，可直到中年仍是一无所成。当他们得知废除科举、提倡白话文的消息时，惶惶不可终日，便自发组织了所谓的文言统一研究会，幻想用文言统一人们的日常生活用语，结果弄出很多笑话。作者用许多笔墨描写了何其甫的所作所为。他生性吝啬，无论在什么场合，从不肯花费自己分文；他以道学家自居，而私下里淫荡至极；他发起组织一个所谓敬惜字纸的学会，会上净谈些龌龊之事；他平时不耐寂寞，喜欢无事生非或搞些小名堂以引人注意，但偏又因行为不合时宜而闹出笑话。结果，他随着张勋复辟失败而一病不起。

此外，小说还对女性寄予了深切的同情。她们多么希望有一个如意郎君陪伴终生，然而父母之命不能不从。除了伍淑仪外，美娘十五岁嫁给已被称作“老人家”的腐儒何其甫，生下孩子不久便守寡；云麟之姊绣春嫁给满头癞痢的二流子田福恩，受尽公婆欺凌。小说第十二回绘声绘色地描写了裹脚给少女带来的苦痛：

秦氏早把春儿两只脚上的裹布一一卸净，五个指头，已都全全的（地）压在脚心底下，每个指头上总有一块豆子大的鸡眼，嵌在肉里。秦氏手才碰一碰，春儿更哭得喊起来。再看看她脚面上，早破了一层血皮，里面隐隐露着脓血。秦氏只顾将春儿的脚放在水里，用手替她拂拭。春儿深恐母亲碰着她痛处，只管弯着腰用两只小手狠命地夺她母亲的手。秦氏见她碍手碍脚，已有些生气，好容易敷衍洗过了，便将她一只脚搁在自己腿上，拿着一根针，想带她来挑鸡眼，春儿哭得好不利（厉）害，母亲才握住她的脚，她又缩回去，只管哀哀求告……秦氏十分焦怒，顺手在地下将春儿脱下来的鞋子拿过来，只顾往春儿脚上打，又把脚面上血皮打破，脓血淋漓。春儿疼得要晕过去……

历史的延伸有它的必然逻辑。新文学的诞生也必然与它先前的文学有着割不断的联系。五四新文学的诞生诚然主要来自当时西方先进思想与文学的传入，但我们又怎能否认《广陵潮》对封建礼教鲜血淋漓的描写与新文学没有潜在的传承关系呢？

《广陵潮》还成功地刻画了革命青年富玉鸾的形象。他胸襟豁达，当听说自己的未婚妻曾许配给云麟，且二人又情投意合时，便诚心诚意地想成全他们。他的民主思想非其母所愿，后者因此气极而死。玉鸾倾尽家财救济贫民，结婚三日便离开娇妻，参加到推翻清政府的革命中去，后被恩将仇报的林雨生出卖，献出年轻的生命。他短暂而辉煌的一生就像一颗流星划破沉睡的夜空。玉鸾是革命的先行者，他的言行不被同时代人，包括其亲属所理解。

当敌人到处搜捕他时，他所组织的革命力量还很弱小，不足以与敌人抗衡，失败是必然的。但历史进程是任何力量都阻挡不了的。玉鸾死后数年，清廷葬身于革命的烈火中。

人、事的驳杂构成本书的一大“奇观”：不可一世的总督、不学无术的“新式”青年、庸俗无聊的无业游民、寡廉鲜耻的虔婆、穷凶极恶的江洋大盗、一毛不拔的奸商、忘恩负义的小人、见钱眼开的衙役，以及淑女、官吏、医生、寡妇、师爷、门房、仆人、乞丐、流氓、骗子、市井无赖、斗方名士、伪君子等跃然纸上；从恋爱、结婚生子、求医算卦、妻妾争风、赌场较量、敲诈勒索、慷慨助人、闺房私情、生离死别等市井见闻到公车上书、推翻帝制、建立民国、洪宪称帝、张勋复辟等国家大事，如潮水涌动，洪波迭起。

二

《春明外史》中杏园与梨云、冬青之恋仍属于才子佳人式的爱情，与云麟、伍晋芳等不同的是，他们思想深处的封建礼教成分已大为减少。他们虽没有现代男女青年热恋时的接吻拥抱，但也没有旧式儿女靠父母之命、媒妁之言一锤定音的婚约，男女授受不亲的旧规已经不起作用，他们可以自由交往、谈心，决定自己的终身大事。《春明外史》所表现的同样也是情肉合一的婚恋观。杏园虽没有像云麟与红珠、晋芳与小翠子那样与梨云、冬青结为夫妇，但他无时无刻不希求这样。梨云死前，杏园与她相互交换腰带。梨云死后，杏园要她睡过的枕头，并拿起一枝梅花对其遗体说：“戴了梅花，就有人替我们做媒了。板上睡着可冷啦，我扶着你上床睡罢。哈哈，你已经嫁给我了，她管得着吗……”随后昏迷过去。第五十二回，杏园与冬青参观菊展后梦见他与冬青结婚的情景。无疑，这是潜意识的自然流露。

杏园与云麟同属于受儒家思想熏陶的知识青年。云麟胸无大志，在与三教九流的纠葛中逐渐习惯了浑浑噩噩的平民生活，杏园置身于污浊的世界则洁身自好，追求道德的自我完善，最后钻入佛学以寻求心灵的自我慰藉。云麟逐渐变通，成了那个社会的一员；杏园则调节不了自己的心理与行为方式，无法适应那个社会，最终成了那个社会多余的人。云麟所生活的社会，传统观念正失去感召力，社会肌体正在腐烂；杏园所生活的社会，传统观念已经不合时宜，社会运行已经处于紊乱无序的状态。当旧的人物、旧的社会形态要离开这个世界时，新的人物、新的社会形态就会应运而生。从这个意义上说，《春明外史》是《广陵潮》自然发展的结果。

张恨水在《广陵潮·序》中说：

我们可以认为李先生在当年下笔，对社会现状有很好的反映。写出来，虽然是中国一个角落，那也可以看出当时的社会是个什么状态。他虽没有强调革命的意识，但在许多方面他是反封建的。当年除了《二十年目睹之怪现状》和《官场现形记》，没有第三部书能够这样对旧社会猛加抨击，而且以上二书，有些地方夸张过甚，倒不如《广陵潮》写一角落，还比较能把握现实。

这段话用来评价《春明外史》同样是很合适的。它描写了北京城广阔的社会场景，如议会、官府、公馆、饭店、名胜、庙宇、会馆、公寓、街巷、学校、剧场、大杂院；人物也是三教九流，无所不包，如政客、军阀、议员、作家、记者、和尚、学生、车夫、乞丐、门房、遗老等。20世纪20年代，北洋军阀手握重兵，骄奢淫逸，为所欲为。而那些以“正人君子”面目出现的封建遗老既滑稽可笑，又令人作呕。

《春明外史》中许多情节都有真人真事作为背景，如魏大帅、鲁大昌影射段祺瑞、张宗昌，军阀姚慕唐弟兄四人影射张敬尧一家“四虎”，教育总长金士章办《古道杂志》影射章士钊恢复《甲寅》杂志，校长贾维新镇压学生运动影射杨荫榆压制女师大学潮等。李涵秋和张恨水都不是时代的弄潮儿，但他们有着鲜明的正义感，敢于把假、恶、丑的东西暴露出来，尤其是后者，不怕触怒当时权贵，表现他疾恶如仇的性格。

三

《春明外史》和《广陵潮》在结构上都属于串珠法。略有不同的是，后者插入追叙法，其经历和结局都有完整的交代，一些次要人物如林雨生、朱成谦、明似珠等人多次出现，且性格丰满。

《广陵潮》用的是平民语言。它幽默风趣，夹有俚语、俗语，不乏插科打诨之处，带有鲜明的通俗文学的语言特色，其中一些讽刺性人物的语言更是各具情态。如第七十二回腐儒何其甫向小贩买菜的一段对话：

何先生向那汉子问道："其价几何？"那汉子翻了一阵白眼，像是不懂的意思。

何先生急道："其价几何者，问汝之价目几何几何也。"那汉子益发不懂，只管摇头不住。……（何其甫）依旧几何几何的，向那汉子辩论。

雅俗相间，文白相生，言者郑重其事，读来煞是有趣。

《春明外史》大多用的是比较纯正的书面语言，其中穿插七十多首旧体诗词和部分文言书信，多为杨杏园与李冬青互酬之作。这些语言使文章俗中偏雅，又加重了小说忧郁、凄凉的情感基调。特别是史科莲拒绝与杨杏园的婚事，后者病情加剧直到病逝，感伤气氛尤为浓烈。但作者毕竟是大手笔，他不可能让读者一味压抑自己的情感。所以，每当离开杏园等几位主角而写其他人、事，语气就舒缓得多，其中也不乏诙谐、揶揄的语句。如第 70 回、第 71 回写戏子虞美珠周旋于冉久衡父子之间，巧施美人计，盗取老冉的珠宝银钱以供小冉挥霍，充满戏剧性。

在《广陵潮》与《春明外史》中，我们不难看出作者如何巧妙地编织一对对矛盾，又如何让矛盾双方在一轮轮排列组合、一次次消长起伏中推动情节发展，比较突出的有庄与谐、美与丑、善与恶、情与肉、生与死、新与旧、哀与乐等。

1. 善与恶

《广陵潮》第四十九回、第五十回描写伍氏家庭纠纷时，把小翠子心地纯真、秉性善良与朱二小姐心胸褊狭、阴险狡诈，把主子伍晋芳淳厚正直与仆人林雨生奸诈淫邪，相对照来写。虽是家庭琐事，亦显得触目惊心，其是非善恶，了然分明。后来小翠子被朱二小姐和林雨生设计陷害而死，似乎恶战胜了善，可后来伍晋芳弄清了事情的原委，更加怀念小翠子，与朱二小姐关系更为疏远。从这一方面来说，小翠子始终享有晋芳的爱，而朱二小姐本想独占晋芳的爱，反而适得其反，善又战胜了恶。在《春明外史》中，与世无争、洁身自好的文人与穷奢极欲、毫无廉耻的封建遗老，青楼卖笑、受尽欺凌的妓女与为所欲为、不可一世的军阀、政客，形成鲜明对照。第十二回描写杨杏园的恬淡及杨剑尘的钟情。一个叫胡三老的人对杏园说："我常说，在会馆里住的人，只有你一个人干净，没有一点官味，其余都狗窟里钻一下，猪圈里钻一下，什么老爷？什么先生？"可见官场里的污浊与杏园等人的清白对比分明。

2. 哀与乐

在《广陵潮》第九十八回，朱成谦在医生考试中夺魁，生意突然好了起来。可乐极生悲，他因此被土匪劫持、欺诈，幸得堂兄朱六奇相救，才得以化险为夷。第九十九回先写淑仪之死，重笔渲染死之悲切。第一百回又极力描写云麟得子之福，天伦之乐。哀与乐的转换使读者的情绪适度转移，增强了艺术感染力。在《春明外史》第二十二回，梨云病死，杏园痛不欲生，大病了一场。接着在第二十三回，新年将临，家家忙着贴春联，一派喜庆景象，杏园的病也慢慢好了，又与李冬青由文字之交发展成为莫逆之交，于是，悲去乐来。该书最后一回，杏园临终自挽，冬青哀不自胜。然后笔锋一转，写冬青与好友梅双修来京完婚，于是，哀婉之气一扫而空，可冬青触景生情，更觉痛苦，便不辞而别。接着出现吴碧波、朱韵桐一对恋人到何剑尘家做客，凭空又添了一阵热闹。最后，他们突然收到李冬青离京之信，信中极尽离恨伤别之痛并以冬青一首自哀诗作结。在这一回，由于哀与乐几番转换，读者的情绪也随之转移：哀到极致，人亡花落，生离死别；乐到顶点，月圆花好，春风一度。

应该强调的是，这多对矛盾往往互相交叉描述，如庄与谐中插入生，生与死中插入哀，哀与乐又被情或肉隔开等，因为社会运行本身就是在无序中呈现出规律性，非此不能显现出社会的恢宏与复杂。如果将这些矛盾人为地有序排列，那只会使小说结构简单化并导致其情节的推进失去活力。

我国古代小说一般注重对人物动作和行为的描写，除了《红楼梦》外，很少有对人物心理进行细腻刻画和深刻挖掘的。《广陵潮》与《春明外史》则继承了《红楼梦》这一优秀的描写方法，它们描写正面人物的心理活动，融景入情，一波三折；而对讽刺对象的描写则多用漫画式白描法，分明与《官场现形记》等一脉相承。

在《广陵潮》第八十回，淑仪先是回忆幼时的欢乐，接着联想到她与云麟本倾心相爱却被祖母移花接木，嫁给玉鸾，成为终生遗恨，新婚三日，偏又夫死守寡，真是雪上加霜。这时她与云麟，一个嫁人，一个娶妻，咫尺天涯，于是新愁旧怨，日日萦绕，又苦于内心愁闷无人理解。这一大段心理活动把淑仪的痴情及难以启齿的哀怨写得如泣如诉。

在第七十六回，作者从晋芳喷出的烟云写到云麟对自己手中瓜子的联想：瓜子的色彩就像淑仪和红珠的发色与面容，由联想进入幻觉，以至忘怀物外，如痴如呆。晋芳看在眼里，由同情进入对自身的联想活动。小说由景生情，把一人之情传递给另一个人并引发同样的感情。不难想象，这种感情必定会传递给读者，让其在对自己身世的回忆中加深这种情感体验。

在第七十九回，柳春、明似珠夫妇企图向柳克堂勒索钱财，于是出现这样一段有趣的对话：

这个当儿，明似珠更忍耐不住，扬着喉咙喊道："死没用的奴才！你不趁这时候问一问他，我们添补衣服，同每月的零用，究竟交代我们多少？"

柳春刚待开口，柳克堂忙抢着说道："不怕老兄多心，委实因为目前兵乱荒荒，小店生意淡薄，每月开支，入不敷出，至于月钱这一项，万分没处去筹划。老兄若是不嫌鄙兄弟呢，在舍间暂住几时不妨。否则，即请挈同那位小姐随便在什么地方安住都好！兄弟却不敢过问！”

读之如观漫画。

类似的例子在《春明外史》中也有很多。第二十二回，梨云葬后，杏园因悲痛过甚而卧病在床，书中描写：

这里杨杏园一觉醒来，夜已过半。睁眼一看，桌子上的煤油灯，点着小小的灯头，屋子里昏暗不明。隔屋的煤炉子火也灭了，屋子里的冷气阴阴的。在枕上听着院子里的风，一阵一阵呼呼地响，接着纸窗上就是一阵声音，好像人在院子里抓了一把沙，对着屋子里撒。他心里猜着，这一定是檐下的雪，被风吹下来了。想起檐下那梨树，在那风雪之中，那几根枯干，如何经得起，不知到明年可还能开花？再想起上年梨花如雪之时，正和梨云相逢，如今满窗残雪，和梨花狼藉一样。为时几何？美人已归黄土。想到这里，记得枕头底下，还有梨云一张小照，不禁拿起来看，只见梨云含睇浅笑，呼之欲出，看着不忍释手。恰好灯油已尽，那灯头慢慢缩小，屋子里也就慢慢昏暗，好像有个人影子。背后看，绝似梨云坐在床面前，自己身体飘飘荡荡，也好像和梨云在一处。明知道梨云死了，心想我也到黄泉路上来了吗？

这一段情因景生，打破了时间流动的一维性，把去年、今日与明年横向排列，进入联想，接着又由现实进入幻觉，把杏园对梨云的思念之情写得痛入骨髓。

第三十二回写李冬青由看四季海棠出神到照镜自怜，书中描写：

镜子反面，嵌的是一张四寸相片，一个瘦小身材的女子，梳着辫子，站在一树花架下，手上拈着一朵花，凑在鼻子上嗅，这正是四五年前自己的像，现在判若两人了。看到这里，一只手拿着镜子，一只手放在桌上捧在耳边，又想呆了。手拿着那面镜子，只是抚弄不已。心想，早几年的事，就在眼前。转一下眼，又是几年，这一生就算了。想到这里，长叹了一口气。

寥寥数语，把她追忆年华时怅惘、无奈的心绪刻画得曲折幽微。这也正是作者感同身受的结果。

在第三十五回，对遗老周西坡的描写则是另一种风格：

他两只手抱着烟袋，一边作揖，一边走了进来……说时，把一只手捧着烟袋，缩一只手到大衫袖里面去，摸索了半天，摸出一方叠着的毛绒毛巾，将鼻子底下的胡子，抹了几下，然后又在左右嘴角上抹了几下。

滑稽、丑陋、腐朽、昏聩的封建遗老的形象惟妙惟肖。

李涵秋与张恨水同属于旧派作家，他们拿不出新的思想武器去批判他们所生活的那个时代，只是以平民的眼光去观察和指写那个时代的种种现象。《广陵潮》写三教九流各色人等呼之欲出，而对革命者富玉鸾的描写显然有些牵强、生疏，对整个社会流变的解释显得底气不足。《春明外史》对新生事物，如白话诗、文明戏、跳舞，有过多的嘲笑与讥讽；对社会现状也处处流露出迷惘与恐惧感。

在艺术处理上，《广陵潮》的结尾坠入大团圆的俗套，如田福恩改过自新，朱成谦成了技术高明的好医生，特别是对云麟与伍晋芳各自喜得贵子、家庭和睦的描写显得庸俗。《春明外史》结尾时杏园圆寂与冬青归隐，平添了一种人生如梦、曲终人散的虚无感。从《广陵潮》与《春明外史》的比较中，我们不难看出二者是一种既一脉相承又发展嬗变的关系。

《夜深沉》《骆驼祥子》及其作者

我国现代文学史上有两位比较接近的作家，那就是张恨水与老舍。他们生前关系甚密，都是典型的京味作家，注重展示北京风俗人情与市井生活。同作于1936年的两部长篇小说，张恨水的《夜深沉》与老舍的《骆驼祥子》思想内容颇为相近，其文学史地位却大为悬殊。

一

在《夜深沉》中，诚实、正直、善良的车夫丁二和意外地帮助一位饱受欺凌的卖唱姑娘杨月容逃离虎口。杨月容无亲无靠，只好暂借丁家安身。为了帮助她谋生，丁二和多方奔走，让她重新拜师学艺，结果一举成名，而丁、杨二人的感情也由友谊发展到爱情。

谁知好景不长，涉世未深的月容经不住富家子弟宋信生的利诱，和他私奔。二和到处寻找，始终不得音讯。之后宋信生将月容卖给军阀郎司令。她誓死不从，跳楼装死，幸被人所救才逃出虎口。但月容自觉无颜再见二和，只好重操旧业，又被居心不良的资本家刘经理捧场，再度走红。为了生计，月容不得不敷衍他，为防止被他侮辱，找到其妻认干妈，以寻求保护。可这无济于事，刘经理用金钱收买了周围的人为他效劳，月容为生计所迫，终没能逃脱刘经理设下的罗网。同时，二和不得已与已怀孕的刘经理的姘妇田二姑娘结了婚。为了继续笼络田二姑娘，刘经理给二和安排了工作。可当他知道二和与月容以前的关系后，为了霸占月容时不碍手碍脚，他又解雇了二和，并以重新安排工作为名，想把他赶出北京。田二姑娘去找刘经理说理，被他推倒在地，流产而死。二和的老母也气病住院，生命垂危。为了病中的母亲，二和眼睁睁地看着自己昔日的恋人投入刘经理的怀抱而无可奈何。

《骆驼祥子》的主人公祥子是个勤劳善良的人力车夫。他最大的愿望是有一辆属于自己的车子，这样，他凭自己的力气吃饭，就不受车主剥削了。然而，他的努力一次次失败了：他第一次买的车子被乱兵抢了去；第二次攒下的买车钱被孙侦探勒索了；第三次用妻子的私房钱买的车又因妻子难产死去而被迫卖掉以料理丧事。他深深地爱着小福子，可小福子上有穷困潦倒的酒鬼父亲，下有两个未成年弟弟，为了生活，她被迫卖淫。待到祥子去下等妓院看她时，为时已晚，她在对生活完全绝望中自尽了。祥子的妻子虎妞是车主刘四的独生女儿，是个近四十岁的老姑娘，他们结成的是一种畸形的夫妻关系。因为经济上受制于虎妞，祥子感到特别被动和软弱，虎妞因难产暴死后，祥子重新变得一无所有。遭遇一连串的打击，祥子堕落了，他感情蜕变，灵魂麻木，抽烟酗酒，打架嫖妓，无所不为。

这两部小说同是描述主人公堕落的历程。《夜深沉》中的女主人公月容本是一个天真善良、聪明美丽、感情丰富的少女，可美妙的嗓音和美丽的面容没能为她带来幸福，反而使她屡遭不幸。她唱得越红，受到的侮辱就越大。前两次反抗使她侥幸逃出魔掌，然而第三次她已无力反抗，自甘堕落，献出自己的青春和肉体、人格和尊严，得到的却是精神麻醉和空虚。祥子在小说开头出现时“像棵树，坚壮，沉默而又有生气”，他下定决心，“一千天，一万天，他得买车”。在遭受第一次打击后，他还是“像一只饿疯的野兽”，起早睡晚，不顾疲劳，和同行抢座，拉着车子奔跑。他对着那只盛钱的瓦罐真诚地祝愿：“多多的吃，多多的吃，伙计！你吃够了我也就行了！”然而，在被孙侦探敲诈后，他意识到自己的灾难不是出于偶然的原因，在那样的社会环境里，他不可能实现自己的愿望，他将永无出头之日。

他好像是死了心，什么也不想，给他个混一天是一天。有吃就吃，有喝就喝，有活儿就做，手脚不闲着，几转就是一天，自己顶好学拉磨的驴，一问全不知，只会拉着磨走。

看到同伴们悲惨的生活，晚年“像条狗似的死在街头”，他开始还觉得“自己与他们并不能相提并论”。在小说结尾，他的精神崩溃了，他的美德、意志和对生活的憧憬统统毁灭了。

体面的，要强的，好梦想的，利己的，个人的，健壮的，伟大的，祥子，不知陪着人家送了多少回殡；不知道何时何地会埋起他自己来，埋起这堕落的，自私的，不幸的，社会病胎里的产儿，个人主义的末路鬼！

面对黑暗的社会、邪恶的势力，月容也曾挣扎过，甚至以死抗争过，可抗争的结果只能使她逃出狼穴又入虎口。二和及其朋友王傻子眼见月容就要落入魔掌，只想小小地报复一下——在月容唱戏时叫“倒好”或者戳破刘经理的汽车轮胎。可他们还未能进入剧院，已被泼了一身冷水，还差点儿遭到毒打。一个叫宋子豪的帮闲警告二和说：“我告诉你，军警督察处处长和刘经理是把子，今天也在这里听戏。你先在园子后门口藏藏躲躲，没有把你捆起来，就算便宜了你，你还敢来？”倘若二和真的要报仇，其下场可想而知。而老舍笔下的祥子曾向孙侦探挥动过拳头，曾把坐车的大人先生的细胳膊捏得生疼并在他们昂贵的西服上留下几个黑手印，也曾把车主刘四赶下车来；然而一次次的打击终于磨光了他的棱角，使他自暴自弃，成了一具失去灵魂的躯壳。

《夜深沉》最后一段描写：

二和站在雪雾里，叹了口长气，不知不觉，将刀插入怀里，两脚踏了积雪，也离开俱乐部大门。这时除他自己之外，没有第二个人，冷巷长长的，寒夜沉沉的。抬头一看，大雪的洁白遮盖了世上一切，夜深深的，夜沉沉的。

社会就像这沉沉寒夜，压迫着每个善良百姓，二和与祥子单凭一腔热血，单枪匹马地反抗，非但不能动摇这个社会的一根毫毛，反而使自身遭受更为惨重的失败。这两部小说通过对主人公悲惨命运的生动写照，表现了它们的作者对同一个社会愤怒的谴责与深深的绝望。

二

然而，这两部小说虽在思想内容方面有惊人的相近性，却并没有给它们带来同等的声誉。无论在哪一部现代文学史著还是在批评家的论文中，人们对《骆驼祥子》颇多溢美之词，认为它是一部现实主义力作，祥子的命运是旧社会劳动人民命运的真实写照等，而对《夜深沉》却很少提及，更不用说有很高的评价了。原因何在？是《夜深沉》的艺术水平低劣吗？当然不是。它与《骆驼祥子》的艺术成就应该不相上下。是其言情成分太多，以至冲淡了思想内容吗？也不是。它与《骆驼祥子》一样仅有适度的言情成分，其主要内容都在于暴露那个社会的黑暗。其实，《夜深沉》声誉较低的原因不在作品本身，而是受到作者“牵连”。

张恨水早期是一个“礼拜六派的胚子”，被视为该派后期大将。然而九一八事变后，他成为从事国难小说创作最早且最多的作家之一。他在1932年3月《弯弓集·自序》中一反往日消遣主义创作观：“今国难临头，必以语言文字，唤醒国人……则虽烽烟满目，山河破碎，固不嫌其为之者矣。”此外，西北人民赤贫的惨况震撼了他的灵魂。这两件事促使他的创作观发生根本性变化，他成为一位忧国忧民的现实主义作家。然而，一些人对张恨水的巨大转变视而不见，以先入之见对其作品乱批乱骂。

1944年5月16日，《新华日报》所发表的短评对张恨水的创作道路进行了客观评价：

恨水先生的作品，虽然还不离章回小说的范畴，但我们可以看到和旧型的章回小说之间显然有一个分水界，那就是他的现实主义道路，在主题上尽管迂回而曲折，而题材却是最接近于现实的。

然而，上述观点没被认可。1949 年后，张恨水一直顶着鸳鸯蝴蝶派的帽子备受冷落，老舍则获得“人民艺术家”的光荣称号，身兼许多要职，在文学界的地位逐步提高。由于两位作家身份地位的悬殊，《夜深沉》与《骆驼祥子》在文学史上的评价也截然不同：前者相形见绌，后者身价日增。

“一种作品的估价要针对其写作的时代，而一个作家的评价则须看他能否与时代并肩前进。”[1]从这个前提出发，对《夜深沉》就应该重新定位：它是一部现实主义的力作，其主人公的命运是那个时代劳动人民命运的真实写照，它在现代文学史上也应具有重要的地位。

注释：

【1】沙：《恨水的创作表现》，载张占国、魏守忠编《张恨水研究资料》，知识产权出版社，2009，第 270 页。

文学的两极：张恨水与鲁迅

作为我国现代文学奠基人的鲁迅在读者中的影响经久不衰；曾经被歧视、被冷遇甚至被批判的张恨水在越过那个非常年代之后，竟也享有盛誉。21 世纪以来，其有多部小说被拍成电影和电视连续剧，且有六十余种早已在哈佛大学图书馆和美国国会图书馆珍藏。这是因为二者在纯文学和通俗文学领域分别取得很高的成就，各自作为文学的一极而在现代文学史上占据不可取代的地位。因此，将二者进行比较不无意义。

一

鲁迅的小说旨在探索社会人生的出路，而张恨水的小说如同一幅市井风情画；他们都描写那些生活在社会最下层的小人物的命运，通过平民百姓的悲欢与沉浮，暴露当时社会的黑暗与不公。

鲁迅早年发表的《狂人日记》是一篇对封建社会的“宣战书”，表现了彻底的决绝与反叛。不仅如此，鲁迅还用他那犀利的笔锋无情地剖析民众的病因和劣根性，力图找出疗救的“药方”。民众的愚昧与麻木、保守与惰性、妄自尊大与自我陶醉、自欺欺人与目光短浅，以及统治阶级的虚伪与毒辣、贪婪与欺诈，在鲁迅的小说中得到淋漓尽致的刻画与描绘。对下层社会的人们，他哀其不幸、愚昧与麻木，怒其自私、冷酷与奴性，在专制政府的高压和反动文人的围剿中，鲁迅不气馁、不退缩，用自己的热血和生命为小人物写传。

在张恨水笔下，北京古老的城墙，破旧的四合院，狭窄的街道，破败、封闭的乡村，各色各样的人们就在这样的环境中生存，构成一幅幅 20 世纪二三十年代中国色彩斑驳的画卷。平民百姓的善良与真诚、热心与多情、苦难与多厄，就像在波浪滔天的大海里行驶的孤舟，随时都有被吞噬的危险。一个个小人物，连同他们的梦想与愿望、爱情与友谊、人格与情操，一齐被毁灭了；一个个小市民的性格在社会的挤压下扭曲变形了，变得吝啬刻薄、油滑势利、可怜而又可悲、可气而又可叹。这是一幅交织着多少复杂的人性、丰富的感情，多少悲欢离合、酸辣苦涩的画面啊！人物呼之欲出，如同与读者交流畅谈；故事历历在目，如同读者亲身经历。

张恨水时时让读者以平民百姓的眼光看那个社会，如同热恋中的人明知好事难成但已身陷情网而无法解脱；如同一位孝子在卧床多年、已变得絮絮叨叨、喜怒无常的老母亲面前只有感慨流泪而不愿对其有丝毫的指责；如同一位步入暮年的老人回首往事时，虽然昔日充满了屈辱与坎坷、磨难与不幸，没有些许的光荣和幸福，可那毕竟是自己的历史。面对此景此情，张恨水常常不自觉地引导读者去回顾传统社会曾经有过的辉煌岁月、曾经拥有的灿烂文明、曾经大放异彩的美好品德。张恨水不企求让当时那个社会整个进入坟墓，他要从一堆废铜烂铁中拣出珍贵的金子，他要从这一具僵尸上带走已离它而去的生动的灵魂。

在 20 世纪二三十年代，张恨水的小说无异于长歌当哭，他以满腔的悲愤痛斥那个是非颠倒的世界，同时又为真善美的被扼杀掬一把同情的眼泪、投一束芬郁的鲜花。

在 20 世纪三四十年代，他开始写问题小说、伦理小说和国难小说。传统的伦理道德标准解体了，一向温情脉脉的家庭导演出父慈子不孝的悲剧；纯真圣洁的爱情变质了，荒淫糜烂的生活方式把一个个现代青年引入歧途；国难当头，大后方竟毫无抗战气息，有的是发国难财的奸商，泡在麻将堆里、赌瘾大发的阔太太，穷困潦倒、麻木不仁的文人，带着珠光宝气的“抗战夫人”和四处兜风的无耻政客……作家企图从对历史的反思中找出答案，他的“救世处方”便是重振儒家父慈子孝、重义轻财的伦理观念，弘扬见义勇为、锄强扶弱的传统美德。

如果认为这是开历史倒车，那就失之偏颇了。人类在未来的旅程中每前进一步，都要对历史频频回顾，以印证、衡量当时的所作所为。当这一时代远去之后，人类不可能将它完全忘却或否定，总是以传承这一时期的精神遗产作为继续前进的参照物。因而，他的每一次进步都既有传承又有创新，从而丰富、完善了自身。

二

鲁迅小说力求创新，而张恨水的小说则重在对旧艺术形式的改良。

一个时代过去了，原有的艺术形式已不再适应新的时代。新的内容、新的题材、社会的快速运行、人们生活方式与心态的变异，都迫切需要新的艺术形式来表现。鲁迅精通多种语言，他对日本、俄国和北欧等国的文学有着很深的造诣。在汲取外国优秀文化的基础上，他以非凡的艺术才能，使小说以全新的表现方法和结构方式展现在读者面前。

当鲁迅为新文学的诞生与发展殚精竭虑时，张恨水苦苦思索的是另一个问题：章回小说作为中国古代小说的主要形式有没有存在的必要？如果有，该如何生存下去？作为一位通俗小说作家，他对读者大众的文化水平、欣赏能力、价值观念乃至对小说表现形式的要求比任何作家都熟悉。他清楚地意识到：在中国文坛，既要有新文学作品这样的代表文学主流的“阳春白雪”，也要有为欣赏能力十分有限的读者大众所需要的“下里巴人”。文学是属于全体人民的，不是属于少数精神贵族的，不能抛开这些人数众多的读者而创作。在重庆，他还专门做过文学阅读调查，发现在乡下，人们所能阅读的文学作品和其他读物要比城里落后多年。他要做许多新文学作家不屑于做也做不来的这一出力不讨好的工作——改良章回小说，对它进行全方位改造，使之成为现代意义上的文学体裁。从张恨水、李涵秋等发展到琼瑶、金庸，章回小说在各种新派小说此伏彼起时重新焕发生机，赢得海内外华人读者包括不少纯文学作家的喝彩。在通俗文学嬗变过程中，张恨水无疑有着承先启后的历史功绩。

三

鲁迅和张恨水分别拥有纯文学与通俗文学圈子中的众多读者。

鲁迅除了大力扶持和培养文学新秀外，主要的还是通过创作来发挥疗救时病、医治国人灵魂的劝谕功能，以此唤起一代青年的觉悟与奋起。鲁迅的作品是匕首和投枪，而不是轻音乐。有什么样的文学作品，就有什么样的读者，不少进步青年就是在阅读鲁迅著作中受到启发和鼓舞，最终走上文学道路的。

然而，对于识字不多的中国人来说，纯文学描绘的是一个个陌生的世界。作者的导向、主人公的价值观念，连同其语言和艺术表达方式，他们都难以接受。一种事物只有相对于其对象而存在才有意义，纯文学作品对于他们有着天然的障碍。这个世界为什么要打碎呢？打碎之后人们该怎么生活呢？他们无法设想，也不愿去想。他们企求这个世界恢复到它应有的状态：遇到危险时，会有义士侠客解救你；遇到困难时，会有亲朋好友来帮助你；遇到贪官、恶霸为非作歹时，会有清官为你申冤；在坏人受到惩治、好人转危为安、一切都按读者美好的意愿结束时，读者会发出会心的微笑。故事按大家熟悉的方式叙述，情节按其内在规律走向圆满，语言轻松而幽默，动作滑稽，再加上戏剧性巧合，人们在阅读中消除了身心疲劳，在阅读中得到安慰，在现实生活中失去的人格与尊严得到恢复。文学对他们来说，不需要太严肃的思考，而是满足这种消遣娱乐的要求。

他们太需要这种文学了。单从张恨水几部代表作的轰动效应就可知道。

人们每天排着长队买报纸，只是因为那上面连载着张恨水的小说。鲁迅多次寄张恨水的小说给自己的母亲，张恨水的母亲则要其子女们轮番读张恨水的小说给她听。可怜的识字不多的中国人！在那个衰败的社会氛围中，张恨水的小说是他们丰美的精神食粮，就像一个长途跋涉的旅人，在漫漫无际的沙漠中遇到一块绿洲、一泓甘泉；就像安徒生童话中卖火柴的小女孩，只有在虚幻的世界中才能得到永恒的解脱。张恨水的小说充满温馨的家庭气氛，充满儿女情长，充满古道热肠与人间深情，最适合他们阅读。读他的小说，仿佛他在和你聊家常。他作品中所描绘的人、情、景、物，与读者的所见所闻、所感所处相似，至多是浓缩了一点、集中了一点，也更有趣了一点。他大多数作品都写得优美、流畅，让人爱不释手。这也得力于他的语言功底。无论是气氛渲染，景物、动作和细节描写以及情节发展，他都能写得恰到好处，扣人心弦。他善于粗线条地勾勒一些场面和人物，又善于细腻地刻画主人公迂回曲折、一唱三叹的心理感受。

如此说来，鲁迅和张恨水站在文学的两极，分别拥有各自的读者群，分别担负起了时代赋予他们的使命，分别营造了纯文学与通俗文学的金字塔。如果把中国现代作家排成一个长长的序列，鲁迅的名字自然排在张恨水前面，而且是这一序列的首位，其原因无须赘述。但这是就总体而言的，张恨水也有诸多不可为鲁迅或其他文学大家所替代的成就和影响，他以独特的成就和贡献而享誉文坛，这也是众望所归。

在历史发展的进程中，每一位作家的定位和影响都处于不断变化之中。鲁迅生前希望后人忘掉他，然而他至今仍为人们所热爱，就在于他作品中的人物还“活着”，他所阐述的那些道理至今仍闪烁着思想的光芒。作家的文学生命在于作品。作品价值的实现在于和读者的对应关系。读者是属于特定时代的，时代的变迁使读者的各种需求发生了变化，而与之相应的文学作品的价值也就处于不断演变之中。

令人遗憾的是，仍有一些人把鲁迅与张恨水进行比较时完全抛开读者这一关键因素，单把两人的作品进行比较，而判断标准又是可质疑的，那就是纯文学标准。这样一来，张恨水就陷入最尴尬的境地：不要说和鲁迅作比，就是和新文学阵营中早已被人们忘却的、作品稀少且价值不大的二三流作家相比，也好像有一段距离。这岂非削足适履？

人生坐标点的位移
——张恨水与张资平之比较

作为中国现代文学史上两位知名作家，张恨水与张资平有相同之处。首先，他们都生于 19 世纪末期，都于五四运动前后步入文坛，卒于 20 世纪五六十年代。其次，二者都擅长言情题材的创作，都是通俗小说的高产作家。张恨水一生创作了上百部中长篇小说；张资平虽没有那么多，但在其同代作家中同样数量惊人。再者，他们都多才多艺。张恨水是一位全能报人，亦擅丹青；张资平则在岩矿学和翻译方面有所建树。

但这两位作家的起点却大相径庭。1924 年，张恨水以“礼拜六派的胚子”走上文坛时，礼拜六派已经一落千丈，这对他以后的文学创作无疑十分不利。而张资平在 1920 年就以新文学第一部长篇小说《冲积期化石》震动文坛，另外，他还是创造社的骨干人物，在东京留学时，与郭沫若、郁达夫、成仿吾等共同策划该社的创始工作。然而，到了 20 世纪三四十年代，他们的人生坐标点却发生巨大位移：张恨水成功地把旧体章回小说改造成深受读者大众欢迎的现代通俗小说的样式，成为“唯一的妇孺皆知的老作家”（老舍语）和爱国文化名人；而张资平自 1933 年作品被“腰斩”之后再也拿不出一部像样的作品来，几年后，他公然投入日寇的怀抱，成为臭名昭著的汉奸。

和张恨水同期的礼拜六派作家大都被时代潮流湮没了，其作品只能作为学者爬梳剔抉的史料，唯有张恨水的作品至今影响不衰，不但为读者所称道，还引起学界的广泛关注。相反，和张资平共事的早期创造社成员大多有很高的建树，在文化事业等方面留下一连串闪光的脚印，唯有张资平为同代人所不齿，被后世所遗忘。张恨水与张资平在时代旋涡中几经沉浮，其人生坐标点的巨大位移大概是其同时代人始料未及的。其实，这种位移并非偶然，它有着深刻的个人原因。

一

张恨水自1919年秋赴京到1924年4月，由于工作繁忙，被迫中断了小说创作，可其创作欲丝毫没有减弱。他清楚地知道新文学与识字不多的读者大众的欣赏趣味格格不入，同时也不无痛苦地意识到他多年来沉溺其中的章回体小说已经不合时宜。文学创作与读者大众相脱节，这是一种极不正常且无法回避的现象。

张恨水苦苦思索着章回小说的利弊。他曾说，旧章回小说的题材如侠客口中吐白光、才子中状元、佳人后花园私订终身已经过时，读者大众需要的是描写现代事物且与其命运息息相关的小说。他一针见血地指出其结构：

旧小说多半是“花开两朵，各表一枝”，或者是“按下不表，且说……”，可谓其笨如牛。新的小说中，另有办法。然而弄好了的也不多。[1]

但章回小说也有其长处，如语言通俗易懂。他曾举《三国演义》中的一个细节为例：“阶下一人应声曰：某愿往，视之，乃关云长也。”[2]如果改用欧化句式，那就趣味索然了。为了把章回小说改良成读者大众喜闻乐见的现代通俗小说的样式，张恨水几乎付出了毕生的精力。从《春明外史》起，他每一部代表作都有所改进、有所创新，都是对前部小说的超越。到了20世纪30年代初《啼笑因缘》诞生，各种现代描写成分几乎都已出现，特别是作品的现代意识强化了。作于20世纪三四十年代初的《夜深沉》和《丹凤街》已是标准的现代通俗小说。

首先，张恨水创作上的巨大成功得之于他严肃认真的创作态度。他非常留心读者的反应和来自正反两方面的批评，尤其对来自新文学作家的批评不置一辩，有则改之，无则加勉，从中受益匪浅。创作不仅是他谋生的手段，也是他毕生追求的事业。他说：

我是个推磨的驴子，每日总得工作。除了生病或旅行，我没有工作，就比不吃饭都难受。我是个贱命，我不欢迎假期，我也不需要长时间的休息。[3]

这一作风一直保留到晚年：为了改编历史故事梁山伯与祝英台，他事先研究了三十多种文献，连书中涉及的晋代人的衣着、用具等都进行了认真的考证。完稿后，又反复修改。

其次，张恨水创作上的巨大成功得之于其丰富的生活素材。他早年阅历丰富，进京后一直在新闻部门供职，这使他能够了解到社会的众生相。在重庆时，他经常与当地人“摆龙门阵”，从中了解到民生疾苦和许多生动的资料，有些人还慕名而来向他提供素材。他的老友周瘦鹃就曾向他讲述过自己年轻时的一段恋爱悲剧，《换巢鸾风》就据此写成。常德保卫战后，国民党八十三师的两位幸存者曾专程来访，向他详细介绍该战役的整个过程，才有纪实小说《虎贲万岁》问世。

最后，张恨水创作上的巨大成功得之于作者对通俗小说整体特征的准确把握。他不顾别人反对，坚持认为如果没有趣味，通俗小说就失去了消遣娱乐的功能，就失去了读者大众，通俗小说自身也就不复存在了。这种趣味不是空洞的文字游戏，不是流于色情描写——为迎合部分读者的低级趣味而骗取廉价的喝彩，而是在生动的情节推进中融入作者的人生体验。后来的国难小说，虽然纯文学成分增强了，但仍然是通过生动的情节展示主人公的内心世界。因此，他的小说经受了时间的考验，成为我国通俗文学史上一座丰碑。

如果说张恨水创作上的成功得之于其优秀的文品，那么，他最终成为一位爱国文化名人则得之于其高尚的人品。早年，他深受传统文化熏陶，儒家“威武不能屈、富贵不能淫、贫贱不能移”的人生态度塑造了他的传统文人人格。正直、诚实、同情弱者、舍生取义是他做人的准则，他与胡秋霞的婚姻就洋溢着人道主义的深切关怀。他赞扬梅兰芳身在沦陷区闭门留须，靠当卖度日，也不向日寇登台献艺；鄙视读破万卷书的周作人甘心充当汉奸。他奉劝老友张友鸾不可因一官半职而失去做人的气节，要像松树一样顶风傲雪。靠着高尚的文品与人品，张恨水在极端困难的抗战期间创作出高达八百万言的作品，实现其人生坐标点的巨大位移。

二

张资平的位移却是反向的。他没有随时代潮流前进，反而走到自己的反面。他曾留学日本十年（1912—1922 年），先是学习岩矿学，后又爱上文学。此时，他与其他同学一样体会到弱国子民饱受歧视的屈辱，萌发爱国之情。如 1915 年留日学生掀起罢课运动，以抗议袁世凯政府承认日本独占中国的所谓“二十一条”，张资平曾主动参加。1917—1918 年，为反对段祺瑞政府与日本签订卖国条约“西原借款”，张资平曾随一批留学生回国请愿并参加集会。他的短篇小说《银踯躅》与同时期郁达夫的《沉沦》都表达了弱国子民的屈辱感及其希望祖国强大的心愿。1920—1922 年，他相继发表短篇《约檀河之水》《双曲线与渐近线》《爱之焦点》《木马》《她怅望着祖国的天野》以及上述《冲积期化石》等。这些作品在一定程度上反映了五四青年争取个性解放、婚恋自由和人道主义思想，成为新文学的组成部分。1922 年，张资平回国去广东蕉岭矿工作，两年后，又赴武昌师范大学任教，直至 1928 年 3 月。在武汉四年，他经济拮据，生活很不稳定。他以自身经历为题材，描述穷教员的悲苦生活，在同期新文学作家的“身边小说”中占有一定位置。如《兵荒》写 V 教授在武汉反革命政变前先是惶惶不安后又随遇而安的心态，与叶圣陶《潘先生在难中》相仿。中篇《公债委员》与沙汀 20 世纪 30 年代的短篇《在其香居茶馆里》相比，不但时间早，内容也更加厚实，对社会的揭露与批判也更加深刻。《末日的受审判者》和《晒采滩畔的月夜》等表现出他早期对弱者的人道主义关怀。

张资平这一时期的婚恋小说仍然较多，但早期高歌猛进的调子已经降低，出现一种抑郁、悲观的气氛。五四运动转入低潮后，许多作家都曾有过彷徨苦闷的情绪，鲁迅诗句“荷戟独彷徨”就是这种情绪的概括。因此，不能将张资平小说的灰色心理理解为个人现象，其小说表现出越来越浓重的肉欲的气息，即试图从性的角度解释恋爱婚姻，把这一具有丰富社会文化内涵的事物等同于生物本能——性欲。短篇《性的等分线》《不平衡的偶力》《密约》和长篇《苔莉》《最后的幸福》等都不同程度地表现出这种趋向。

1920—1928 年，张资平的创作获得了巨大成功，他成为新文学阵营内的知名作家，不逊于张恨水在 20 世纪 20 年代的成功。他成功的原因当然是多方面的：时代潮流的冲击，郁达夫、成仿吾和郭沫若等人的影响，他对创作主题和素材的真切感受，他反复修改、严肃认真的创作态度。此时，张资平佳作频频问世，获得盛誉。他的言情小说对性心理的刻画比较成功，深化了对人性的挖掘，不无积极意义。但如上所述，其肉欲替代感情的婚恋观也给以后的创作蒙上了阴影。

1928 年 3 月，张资平应成仿吾之邀去上海。此后五年，张资平搞翻译、搞出版、办书店；还创作了许多言情小说，主要是中长篇，达十几部。但在这一时期，与其说他是高产作家，倒不如说他是小说制造商。他创作不是出于对文学事业的追求，而是为了赢利。在此创作目的的驱使下，张资平过去严谨的文风已不复存在，代之以粗制滥造的故事、满天飞舞的革命口号、难以卒读的文字和荒诞离奇的情节，而内容的空洞只是靠两性关系来填塞。创作出金钱，金钱促创作，张资平就是在这种恶性循环中翻滚跌爬，毫无保留地消耗着自己的光阴与才华。对于批评的逆耳忠言，他不去反思，反而十分恼火。昔日，张资平的小说创作直接来自他对生活的亲身观察与体验。现在，他整日关起门来创作，那些素材已经被他用尽了，而他又不愿费心去寻找新的素材，于是，情节雷同、主人公大同小异的情况比比皆是。

张资平这一时期创作的滑坡与其文艺观的发展也有比较重要的关系。他早年学的是自然科学，后来又接受了日本自然主义文学的影响，促使他喜欢用自然主义的观点观察问题和从事文学创作。早在日本留学时，他的创作就表现出这种倾向，不过还未占主导地位。在武汉时，他的这一倾向进一步发展，肉欲描写已经压倒精神交流。在上海时，他的自然主义文艺观已占主导地位，在同期作品中，恋爱婚姻无非就是性的角逐与宣泄。沿着这条逻辑发展，他完成了从新文学作家到言情小说家再到性爱小说家的转变。1933 年，他的长篇小说《时代与爱的歧路》在《申报》连载时，因格调低下和结构散乱被“腰斩”，其创作也就一蹶不振，很快被读者遗忘了。1941 年，他的长篇《新红 A 字》等发表，那已是地地道道的汉奸文学了。

张资平的文品之差直接来自其低下的人品，那就是极端的利己主义人生观。在他未得志时期（在日本留学和在武汉时），他的一些佳作多出自对自身遭际的感受，与新文学作家“为人生”的创作目的大相径庭。时代的潮流把他冲击到新文学作家队伍内，这只能是暂时的。鲁迅曾经英明地预见：五四青年中肯定会有一部分走到敌对阵营中去。张资平就是其中的代表。他自己回忆说，青年时期他是浑浑噩噩的，没有远大的目标，筹办创造社时他并不积极。1928 年，张资平到上海后，对该社的出版活动极为冷淡，且首先要出版社还清其稿费，这令成仿吾大失所望。张资平的声誉日渐提高，其极端利己主义的人品也日渐显露出来了。在他看来，金钱享受比什么都实惠和重要，因此，其性爱小说的泛滥就是很自然的了。

在这一思想的支配下，他堕落为汉奸也是必然的。当日寇的铁蹄践踏了大半个中国之后，全国军民都在为救亡图存而斗争，张资平却感到他升官发财的机会来了。在祖国和个人利害关系的权衡中，他选择了后者。上海沦陷后，他先是逃难到广西，想绕道越南、中国香港，之后回上海接家眷，但在中国香港便接受了日本人的宴请。到上海后，他先是为日本人办刊物，接着参加汉奸组织，最后在汪伪政府农矿部任职。在任时，张资平利用名作家的头衔，以辅导写作为幌子，把一位年轻漂亮的女职员哄骗到手并与之同居。他不以为耻，还把这一经历写进《新红 A 字》并攻击那些对此非议的人。一个曾经倡导个性解放、婚恋自主、反对封建礼教的新文学作家至此已完全改变。

张资平极端利己主义的人品导致了其文品质变、创作倒退和政治上及生活上的堕落。他和张恨水人生坐标点的反向巨大位移以及他们所留下的教训与经验值得后人永远铭记。

注释：

【1】张恨水：《小说的关节炎》，载徐永龄主编《张恨水散文》第 3 卷，安徽文艺出版社，1995，第 460 页。

【2】张恨水：《通俗文的一道铁关》，载张恨水《上下古今谈》（上），北岳文艺出版社，1993，第 201 页。

【3】张恨水：《写作生涯回忆》，北岳文艺出版社，1993，第 8 页。

叙述的魅力

——张恨水与张爱玲言情小说叙述者之比较

叙述者是作者在叙事作品中虚拟的故事讲述者。他不同于作者，在作品中，他掌握着充分的话语权，并通过不同的叙述技巧达到左右叙述接受者的目的，从而在叙述过程中形成独特的叙述风格。叙述者也不同于作品中的隐形作者，隐形作者要通过叙述者发挥作用。可以说，叙述者在作品建构中起着极为关键的作用。

虽然每一部作品的叙述者都是一个独特的创造，但由于一个作家众多作品中的叙述者均出自同一作家之手，可能会大致相同或相近，张恨水与张爱玲（以下简称二张）言情小说自然也是如此。张恨水小说的叙述者多是宽厚、多情的仁义之士，而张爱玲小说的叙述者多是冷峻、孤傲的厌世者。由于叙述者不同，二者的审美趣味大相径庭。我们可以从话语模式、叙述节奏、能指与所指的关系三方面进行解读。

一

张恨水小说中的叙述者大多运用直接引语的模式描述人物的心理活动，其特点在于意义单纯、明确，能够直接展示人物的内心世界。即使写的是具有道德缺陷的人物心理，也提高了透明度，使读者与人物心理的距离大为缩小。《金粉世家》中冷清秋在与金燕西反目后反思，认为婚姻悲剧的根源在于齐大非偶和遇人不淑，嫁给纨绔子弟，结果自寻其辱，突出了冷清秋孤傲、清高的人格和对情感的心灰意冷。《啼笑因缘》中沈凤喜在军阀刘德柱的追求面前，对恋人樊家树的感情动摇了。第十一回写她在樊家树的相片前感到良心有愧，可睡觉时又想到若嫁给刘德柱将要享受的荣华富贵，金钱最终战胜了爱情。主人公浮想联翩，心理活动一波三折，细致入微。

张爱玲小说中的叙述者大多运用间接引语描述人物心理活动。“在间接引语中，叙述者往往把自己的主体意识置入人物语言之中，用自己的风格对人物语言加以解释和改造，因此，间接引语是一种特殊的叙述者话语。”【1】《金锁记》中曹七巧在儿媳芝寿病死，绢姑娘自杀，女儿长安断了结婚念头后，叙述者转入对七巧心理的一段描述：“她知道她儿子女儿恨毒了她，她婆家的人恨她，她娘家的人恨她。”【2】一个简短的排比句既写出七巧与家人极度紧张的关系，也表现出叙述者对整个社会的绝望情绪——世上没有任何真正的爱情、亲情和友情可言，人与人之间的感情始终是冷酷的,甚至是敌对的。这种情况并非个别，《倾城之恋》中叙述者把范柳原与白流苏描写成对爱情三心二意的人，一个要诱其上钩，一个疑心重重。当弄清范柳原的真实意图时，“流苏吃惊地朝他望望，蓦地里悟到他这人多么恶毒。他有意的当着人做出亲狎的神气，使她没法可证明他们没有发生关系”。【3】这段简短的心理活动既表现出流苏对对方情感世界的判断，同时又层层深入地凸显叙述者人性恶的观念。

诚然，张恨水小说中的叙述者也运用间接引语，但与张爱玲小说中间接引语的作用大为不同。在张恨水的小说中，间接引语所起的作用多属于人物不便明说而仅仅在心中表露自己的看法，帮助读者充分了解人物的真实意图。《啼笑因缘》中的黄鹤声卖艺出身，发迹当了副官，为军阀物色姨太太，知道过去的街坊沈三玄有个侄女凤喜，就假意和沈三玄套近乎，借机观察其侄女相貌。“黄鹤声就近一看凤喜，心想这孩子修饰得干净，的确比小时候俊秀得多。——怪不怪，老鸦窠里真钻出一个凤凰来了！”【4】黄鹤声先前对沈三玄感情的真假在此一语道破。《夜深沉》中卖艺少女杨月容对车夫丁二和由感恩到敬重再到相爱，成了红角后被花花公子宋信生始乱终弃，想回到二和身边，又怕二和不理她。第二十二回叙述月容在去二和家的路上反复揣测、犹豫不决和悔恨的心情。如果换上直接引语，月容的心理活动便不会写得如此一波三折。间接引语的使用就这样凸显了张恨水小说中人物内心世界的丰富多彩。

值得注意的是，张爱玲小说中的叙述者有时还使用自由间接引语。这种话语模式“在叙述上最基本的特征是包容了叙述者和人物，是两种声音的并存，换句话说，叙述者与人物的融合是自由间接引语这一模式的实质。……叙述者承担了人物的话语，或者说人物通过叙述者之口讲话，两个主体融为一体”。【5】

在《沉香屑——第二炉香》中，“我”和克荔门婷对话之后，小说这样写道：“一个脏的故事，可是人总是脏的；沾着人就沾着脏。在这图书馆里的昏黄的一角，堆着几百年的书——都是人的故事，可是没有人的气味。悠长的年月，给它们熏上了书卷的寒香；这里是感情的冷藏室。”【6】这段对图书的议论，也是对整个世界的评价，是出自主人公“我”还是克荔门婷，抑或是叙述者的话语？应该是主人公与叙述者话语的重合。

《花凋》中，主人公川嫦身患绝症，在街上行走。“到处有人用骇异的眼光望着她，仿佛她是个怪物。她所要的死是诗意的，动人的死，可是人们的眼睛里没有悲悯……只要是戏剧化的，虚假的悲哀，他们都能接受。可是真遇着了一身病痛的人，他们只睁大了眼睛说：‘这女人瘦来！怕来！’”【7】这是川嫦所见所感，还是叙述者感同身受？应该是叙述者根据自身的感受代主人公言说。

由于话语模式不同，二张小说描述人物心理活动的长度也不同。在张恨水的小说中，主人公多属于正面人物或意志不坚定的年轻女性，叙述者不惜花大量笔墨揭示主人公的心理发展历程，而对其反面人物心理活动的描述则用语很少。显然，叙述者对正面人物更知情，对反面人物仅限于对其外在行动的把握及对其心理活动的揣测上，这就凸显了叙述者的情感倾向及其与人物的心理距离。在张爱玲小说中，人物很难用正反面来衡量，他们大都是城市没落贵族或破落户子弟，属于思想过时的人物，叙述者对其心理活动的描述一般很短。按照常识，由于短，人物对某些问题的看法及其整个思想倾向才直截了当、十分明确。但在张爱玲小说中，他们恰恰是些没有思想、薄情寡义的人，虽然活着，但已是行尸走肉，他们关注的只是对财富的攫取与享受。叙述者大概唯恐接受者不明白故事的意义，在对人物的心理进行描述后，有时使用干预性文字，表达对人生世事的看法。

在《沉香屑——第一炉香》中，叙述者插话："香港有一句流行的英文俗谚：'香港的天气，香港的女孩子。'两般两列，因为那海岛上的女孩子，与那阴霾炎毒的气候一样的反复无常，不可捉摸。"【8】

又如在《倾城之恋》结尾，叙述者评论："香港的陷落成全了她，但是在这不可理喻的世界里，谁知道什么是因，什么是果？谁知道呢，也许就因为要成全她，一个大都市倾覆了。成千上万的人死去，成千上万的人痛苦着，跟着是惊天动地的大改革……"【9】对乱世婚姻的看法跃然纸上。

当然，张爱玲小说使用的干预性文字很少，不少篇幅是对日常琐事的罗列，而读张恨水的小说则像是听一位知心朋友在谈心，谈恋爱婚姻这些平民百姓的人生大事，细致入微又兴致勃勃，让人不能不意醉神迷。二张小说话语模式的根本不同在于：张恨水的小说大体上属于"讲述"，而张爱玲小说则多属于"展示"。讲述者充满对生活的热爱与期待，向叙述接受者倾诉衷肠，二者零距离接触，仿佛在促膝谈心；而展示者则对生活心灰意冷，把自己的情感冷冻起来，以零度情感把自己的所见所闻所感展示给一个陌生人。

二

二张小说叙述者形象的不同还表现在对情节设置的差异上。张恨水自言，其小说情节模式以言情为经，社会为纬。也就是说，在男女主人公的感情发展历程中，时时把社会因素插入进来，或是把言情与社会生活作为两条并行发展的线索；它们时而分开，时而重合；就在言情与社会生活的扭结中，小说孕育了深刻的社会意义。相反，张爱玲小说中的男女主人公好像故意回避社会生活的影响，专心谈婚论嫁，情节在男女主人公的感情纠葛中向前发展。这种情节设置的差异导致前者以长篇为主，后者则以短篇取胜，同时也直接导致各自叙述节奏有别。主要表现在以下三个方面。

1. 省略

米克·巴尔说："被略去的部分——省略的内容，不见得是不重要的；相反，未置一词的事件可能是由于令人如此痛苦，以至于恰恰就为了这一原因被略去了。或者事件是难以形于言表从而宁愿对它保持沉默。"【10】显然，内容该不该被省略，与叙述人的情感倾向和关注点有着极为密切的关系。

在二张小说中，有一个奇特的地方，那就是在张恨水的小说中被突出的，在张爱玲小说中便有可能被省略；反之亦然。张恨水的言情小说重在言情，对男女肉体接触没有只言片语的描绘。

譬如《金粉世家》中冷清秋与金燕西在北京郊外贪玩，误了回城时间，只得在郊外别墅同居。作品第三十七回开头只写道："这晚上人间天上，一宿情形，按下不表。却说次日清晨，清秋便醒了。"从后来冷清秋未婚先孕不难看出，就是这一次同居一室使他们发生了性关系并导致冷清秋怀孕。

又如《落霞孤鹜》中落霞与江秋鹜新婚之夜，冯玉如被纨绔子弟陆伯清所困并被迫与之同居，其过程一概省略。张恨水的言情小说几乎每一部都要写热恋中的女人，从与男性相识到相恋，从内心世界到外在行为，每一次的描写都不会重复，而且恋爱及婚姻的悲剧都来自外部势力的干扰。省略性爱情节而专写男女情爱并突出时代因素对情爱的影响，构成了张恨水小说的基本内涵和内在张力。

张爱玲小说则从不写热恋，恋爱中的双方永远都不可能坠入爱河，恋爱过程几乎是省略的；恋人之间只有日常琐事说来说去，只有对金钱的反复衡量以及对对方的猜测与戒备。恋爱过程的省略是叙述者有意为之，因为只有这样省略，才能凸显人世的冷漠。

由此来看，二张小说一个根本的不同在于，社会因素在张恨水的小说中占有很重要的地位，因为其创作目的之一就在于批判社会的黑暗。而张爱玲的小说恰恰相反，其大多数小说发表于抗战时期的上海，当时上海被日本侵略军占领，可是除了短篇《色·戒》外，读者几乎看不到这个时代的不幸。譬如《封锁》，本来是写日本人对上海封锁，可读者竟然看不到封锁期间上海市民的反抗情绪和日本侵略者的凶残面目，这些本应该在作品中至少作为背景出现，应该占有一定比例的文字，却被叙述者有意省略了。在这个非常时期，公交车上的人谁都没有表现出对侵略者的不满情绪，而且两个素不相识的男女主人公吕宗桢和翠远反倒津津有味地谈起恋爱来了。

2. 概述

它介于省略与等述之间，即叙述时间少于故事时间。这是小说常用的手法，因为小说多是在等述与概述之间交互运动。概述一般用于作品的非重点之处。但在有的作品中被认为是重点，应该详述的，在另外一部小说中，就可能被认为属于非重点而加以概述。二张小说也是如此。

《色·戒》在张爱玲小说中是个例外，有意凸显抗日内容。王佳芝受命引诱汉奸易先生去商场，然后由抗日分子一举除掉他。后来王佳芝临时改变主意，放走了易先生。“他一脱险马上一个电话打去，把那一带都封锁起来，一网打尽，不到晚上十点钟统统枪毙了。”[11]正因为是概述，所以能够突出汉奸毫不犹豫地背叛情人和对抗日分子痛下杀手的情景。

概述在张恨水的小说中作为一种艺术技巧被运用的例子比比皆是，如《春明外史》中杨杏园与史科莲的交往。杨、史的交往属于友谊，不属于爱情，用概述的方式来写更能够反衬杨杏园与李冬青爱情的纯贞与圣洁。

3. 扩述

扩述与概述相反，它延续了故事的正常进程，或制造悬念，或使接受者对情节的发展产生期盼心理，使其在焦急中等待事件发展的结果，最后感到拨云见日之妙。

《春明外史》中杨杏园临死前自写挽联，似乎故意拖延时间，叙述接受者期盼其去世前能够见到李冬青；待李冬青来到，杨杏园早已停止了呼吸。这一扩述让叙述接受者为杨杏园临终没能见上李冬青而深感遗憾。如果不运用扩述，就不能产生这么强烈的艺术效果。

张爱玲小说中的扩述主要是在主人公的对话过程中穿插其心理活动与景物描写，以突出对话双方心口不一的矛盾性格以及人与人之间关系的冷酷。《金锁记》中季泽来找七巧，假意表示对七巧旧情不忘，小说展开对七巧心理的描写："七巧低着头，沐浴在光辉里，细细的音乐，细细的喜悦……这些年了，她跟他捉迷藏似的，只是近不得身，原来还有今天！"【12】然而七巧又担心季泽来骗她的钱，经过试探，果然如此，震怒之下将其赶走了。接着叙述者又展开对七巧失魂落魄的表情、眼看季泽远去的场景和悔恨交加的心理活动描述，淋漓尽致地展现了七巧在金钱与爱情的搏斗中最终选择了金钱的心路历程。这一段故事时间其实很短，但叙述者反复插入复杂的心理活动，使叙述得以延长。

三

二张小说叙述者形象的不同还表现在作品内部能指与所指的关系上。大体上说，张恨水的小说中能指与所指的关系是基本吻合的，而在张爱玲小说中二者在很多情况下是对立的。（在这里，能指既可以指作品中的意象，也可以指一句话、一段话或一件事。）这里仅以社会意象"家"和自然意象"月"为例。

1. 社会意象"家"

对于小说来说，"家"无疑是最重要的生活环境了。一般来说，它象征温馨的处所、心灵的港湾和情感的归宿。张恨水《春明外史》中的李冬青在经历了爱情波折后，选择了归隐——回到南方家中。《金粉世家》中的冷清秋嫁到豪门后受到妯娌轻视，特别怀念与母亲相处时家庭的温暖。《夜深沉》中的杨月容在受到花花公子和军阀玩弄后又很想回到虽然贫困却充满亲情的丁家。在《天河配》中，王玉和失业后一筹莫展，不得已回到老家安庆乡下。小说在叙述哥哥玉成送给玉和一千块钱的场面时，用了满满四页纸，详加铺叙手足之情。

张爱玲小说中“家”给人的感觉完全相反。《金锁记》一开头便通过姜公馆下房里凤萧与小双的议论点出七巧在姜家受歧视的地位，接着通过姜家人向老太太请安进一步描写七巧在姜家的尴尬处境，中间写老太太去世，姜家分家时七巧被欺负的场面。这样，“家”在七巧那里几乎成了“活地狱”的代名词——她没有自由，没有尊严，没有情爱，孤独而又寂寞。《倾城之恋》对白流苏家的叙述更为阴森恐怖：

白公馆有这么一点像神仙的洞府：这里悠悠忽忽过了一天，世上已经过了一千年。可是这里过了一千年，也同一天差不多，因为每天都是一样的单调与无聊。流苏交叉着胳膊，抱住她自己的颈项。七八年一眨眼就过去了。你年轻么？不要紧，过两年就老了，这里，青春是不稀罕的，他们有得是青春——孩子一个个地被生出来，新的明亮的眼睛，新的红嫩的嘴，新的智慧。一年又一年的磨下来，眼睛钝了，人钝了，下一代又生出来了。这一代便被吸到朱红洒金的辉煌的背景里去，一点一点的淡金便是从前的人怯怯的眼睛。[13]

这里，“家”象征的是生命的无聊、精神的空虚和情感的荒芜。

《沉香屑——第一炉香》中通过主人公葛薇龙的眼睛看到姑妈家豪华的别墅，又看到姑妈家女仆们相互斗嘴，接着叙述她初见姑妈时的尴尬场面，丰裕的物质生活与紧张的人际关系形成鲜明的对比。“人们相互亲热、敷衍，仿佛人情味十足，但内心的想法可能完全是另一回事，仇恨、嫉妒、鄙视、猜忌，掩饰在冠冕的言辞之下。”[14]

米克·巴尔分析："'内部'与'外部'之间的对照通常是相互关联的，内部可以带有防护，外部则带有危险的意思。这些意思并非恒定不变地与这样的对立关系联系在一起；同样可能的是，'内部'表示严密的限制。'外部'表示自由。"[15]在二张的小说中，叙述者通过对"家"的描述表达自己的性格特征与情感倾向。

2. 自然意象"月"

"月"在文学作品中一般被赋予明亮、圣洁、神秘、温馨的情感色彩。张恨水的小说即如此。

《啼笑因缘》中侠女关秀姑为了成全他人，主动摆脱三角恋爱的纷争，选择离京回山东原籍，临行前还以鲜花赠予情人和情敌。小说描写道："（家树）连忙向窗外看时，大雪初停，月亮照在积雪上，白茫茫一片乾坤，皓洁无痕，哪里有什么人影？"[16]圣洁的月光与秀姑美丽的心灵相互映衬。

《北雁南飞》中李小秋因为自由恋爱，为固守封建伦理规范的严父所不容，被迫离家出走，后因思念恋人姚春华，希望回家见她一面，但又怕父亲责打，在村口犹豫不决。小说里这样描写：

（小秋）抬头看着岸上，那座字纸炉的小塔，配上一带长堤里的树林，半轮月亮，还有那行人稀少的一条人行路，真觉得这地方是一幅画图。这就联想到第一次在这里遇到春华的情形，以及第二次退学回家，在这里追想春华的往事。[17]

月光的温馨与神秘既衬托出小秋对恋人一往情深，也暗示小秋对未来命运捉摸不定。月光在这里既是小秋内心世界的映照，又成为一种朦胧之美的原型。

《满江红》开头，画家于水村与意中人月下萍水相逢，小说中这样描写：

东头一轮盆大的月亮，拦住了江流，悬在上下一片白的中间，那月亮虽然不动，江中的白浪，在月下流动着，现出一道银光，只管一闪一闪，好看极了。[18]

月亮明亮且富有诗意，这分明隐喻着男女主人公将会产生一段浪漫的情缘。

然而在张爱玲的小说中，月的传统意义被解构了，被赋予残忍、狰狞、恐怖和凄惨的内涵。

《金锁记》中的描述最为醒目：

天就快亮了。那扁扁的下弦月，低一点，低一点，大一点，像赤金的脸盆，沉了下去。[19]

接着通过别人的议论得知，七巧出场前已经抽上了鸦片。在描述七巧产生变态心理时，对月亮的叙述又有所不同：

隔着玻璃窗望出去，影影绰绰乌云里有个月亮，一搭黑，一搭白，像个戏剧化的狰狞的脸谱。一点，一点，月亮缓缓的从云里出来了，黑云底下透出一线炯炯的光，是面具底下的眼睛。天是无底洞的深青色。[20]

芝寿自杀前，月亮在她眼中是如此狞厉恐怖：

今天晚上的月亮比哪一天都好，高高的一轮满月，万里无云，像是漆黑的天上一个白太阳。遍地的蓝影子，帐顶上也是蓝影子，她的一双脚也在那死寂的蓝影子里。……窗外还是那使人汗毛凛凛的反常的明月——漆黑的天上一个灼灼的小而白的太阳。……月光里，她的脚没有一点血色——青，绿，紫，冷去的尸身的颜色。她想死，她想死。她怕这月亮光，又不敢开灯。[21]

月亮隐喻着人物的性格与命运，也表现了叙述者极度悲观的厌世心理。

《倾城之恋》中对月亮的描述同样与人物身世联系在一起："泪眼中的月亮大而模糊，银色的，有着绿的光棱。"【22】通过看月，表达流苏内心对婚姻的茫然。同时，自然景观映照着叙述者的心态，凸显其对人生的悲观绝望。

注释：

【1】【5】胡亚敏：《叙事学》，华中师范大学出版社，2004，第 92—93 页、第 100 页。

【2】【12】【19】【20】【21】张爱玲：《金锁记》，载张爱玲《倾城之恋》，花城出版社，1997，第 121 页、第 89 页、第 66 页、第 102 页、第 104—105 页。

【3】【9】【13】【22】张爱玲：《倾城之恋》，花城出版社，1997，第 43 页、第 60 页、第 13—14 页、第 42 页。

【4】【16】张恨水：《啼笑因缘》，北岳文艺出版社，1993，第 148 页、第 364 页。

【6】张爱玲：《沉香屑——第二炉香》，载张爱玲《第一炉香》，花城出版社，1997，第 72 页。

【7】张爱玲：《花凋》，载张爱玲《第一炉香》，花城出版社，1997，第 272 页。

【8】张爱玲：《沉香屑——第一炉香》，载张爱玲《第一炉香》，花城出版社，1997，第 49 页。

【10】【15】［荷兰］米克·巴尔：《叙述学：叙事理论导论》，谭君强译，中国社会科学出版社，1995，第 80—81 页、第 49 页。

【11】张爱玲：《色·戒》，载张爱玲《惘然记》，花城出版社，1997，第 80 页。

【14】费勇：《倾城之恋·前言》，花城出版社，1997，第 3 页。

【17】张恨水：《北雁南飞》，北岳文艺出版社，1993，第 482 页。

【18】张恨水：《满江红》，北岳文艺出版社，1993，第 3 页。

张恨水

附　录

附录一

当代张恨水研究成果述评

每个作家都拥有自己的读者，都因其作品在读者中的影响程度不同而享有不同的声誉。因此，当这个时代的读者走过了阅读高峰期，迈进老年以至消失后，这些作家及其作品就很有可能到忘却那里去报到并将被新的作家与作品所取代。经过时间的检验和时代的筛选，侥幸在文学史上留下一笔的已是凤毛麟角。张恨水先生则不然，他的作品一直在我国港台地区和东南亚一些地区享有盛名，他被我国内地文学史“遗忘”了三十多年后又东山再起，其作品不断被重印或再版，以至引起文学史家的注意，张恨水得以跻身于我国现代著名作家中。

在此情况下，对张恨水的研究也逐渐开展起来。这一研究大致可分为三个阶段。

第一阶段为资料初步搜集和整理阶段，其代表作为张占国、魏守忠先生编写的《张恨水研究资料》（天津人民出版社）。这部五十万字的资料集耗费了俩人两年多的心血，其中甘苦可想而知。这本书分生平与文学道路、文学主张与创作自述、评论文章选录和资料目录索引四部分。第一部分收录张恨水小传（编者对张恨水生平的简略介绍）、写作生涯回忆、我的写作与生活（节录）、他人的回忆文章，以及张恨水年谱（对张恨水一生的重要事迹、著作及其时代背景进行了较详细的介绍）。第二部分多是张恨水给自己作品写的序和跋，有创作回忆，也有文学主张。第三部分是他人对张恨水及其几部影响较大的作品的论述以及对所谓“鸳鸯蝴蝶派”和“礼拜六派”的评论，也是较重要的研究成果。最后一部分收录了张恨水著作单行本目录，以及评论文章方面的资料索引。通读全书，虽然有些地方仍欠翔实，但张恨水被埋没多年，资料散失太多，编者能够整理出洋洋五十万字的资料，实为不易。

还有一部是张恨水先生的女儿张明明写的《回忆我的父亲张恨水》（百花文艺出版社 1984 年版），全书 16.7 万字，也是一部研究张恨水不可多得的资料。这部书虽然出版于《张恨水研究资料》前两年，但张占国、魏守忠先生的作品于 1983 年就已完成了，所以张明明的这部回忆录未能收入《张恨水研究资料》中。

第二阶段是为张恨水立传并对其著作开始较系统的评论，以 1987 年黄山书社出版的董康成、徐传礼先生的《闲话张恨水》和 1988 年湖南文艺出版社出版的袁进先生的《张恨水评传》为代表。前者把传和评分开来写，而后者则是把传和评结合起来写，有的章节侧重于传，有的章节侧重于评，深浅自如，理论深度与资料翔实度达到有机统一。《闲话张恨水》共十九万字，分两部分，第一部分二十一节，对张恨水的生平进行了笼统的描绘，写出张恨水一生不同阶段、成长背景、性格、才华以及主要作品。由于分节较细，读者比较容易把握。第二部分则是对张恨水的一些著名作品及张恨水本人的生平、创作道路、艺术风格等进行评述。该书可读性强，是研究张恨水的第一部传记和评论集。袁进先生的《张恨水评传》共二十五万字，分二十二章。书后还附有张恨水中长篇小说发表简目，录有张恨水中长篇小说发表和出版的年代及刊物、出版社，是研究张恨水小说较为珍贵的参考资料。

第三阶段是对张恨水及其作品进行系统和深入探讨的阶段。这一阶段的代表作有《张恨水研究论文集》（安徽文艺出版社 1990 年版），共十七万字左右，它是 1988 年 10 月国内首次张恨水学术研讨会的成果，随后又于 1990 年 5 月成立安徽省张恨水研究会。它既有对张恨水本人的宏观把握，又有对其作品的微观分析。由于是集体成果，风格不同，思路各异：既有对张恨水与其他作家的比较，又有对张恨水文学观、创作道路及所属文学流派的分析；既有思想内容方面的研究，又有艺术形式、技巧方面的探讨；既有对张恨水作品的横向剖析，又有对张恨水在通俗文学史上地位和作用的纵向切入。总之，横切面宽，历史跨度大，虽然还存在一些浅薄的介绍、武断的结论、僵化的思维模式和简单的条块分割，但研究水平还是有很大提高。其中徐传礼先生《关于张恨水研究的两大问题》的资料和学术价值尤为突出。

综上所述，张恨水研究在逐步扩大和深入。随着研究的发展，成果更为丰硕。今后，研究可从两方面进行：一是基础性与系统性，要抓紧资料搜集和整理工作，譬如出版张恨水年谱和张恨水全集。二是全面性与深入性，张恨水作品内涵丰富，包括民俗、历史等许多方面，可分门别类地加以研究；而思路的拓宽和参照系的扩大，则是把研究引向深入的必要条件。

附录二

第二次张恨水学术研讨会综述

由中华文学基金会、安徽省社会科学院、上海新民晚报社等二十四家单位发起和主办的第二次张恨水学术研讨会于1994年10月16日至18日在张恨水故乡安徽省潜山县召开，与会代表就张恨水重新定位与总体评价、作品探微、研究方法等方面展开了深入讨论。

1. 重新定位与总体评价

张恨水是否属于鸳鸯蝴蝶派作家，多数代表对此持否定态度。理由是：从时间上看，张恨水以小说成名时，鸳鸯蝴蝶派已经退出文学舞台，其末流礼拜六派也已成强弩之末；从空间上看，张恨水从20世纪20年代开始一直在北京从事文学创作，除了《啼笑因缘》应邀在上海报纸连载外，其他作品主要在北京发表，而礼拜六派作家的活动区域在南方，其大本营在上海，二者几乎没有联系；从作品来说，张恨水言情小说代表作《春明外史》《金粉世家》和《啼笑因缘》的社会性、批判性确实远远高于鸳鸯蝴蝶派作品。

另一种观点与之相反，其根据是：张恨水本人就自称早期是个“礼拜六派的胚子”，此时礼拜六派已被新文学作家批得体无完肤，他不可能无中生有给自己这样下断语；文学流派有松散型的，作家们当时互相联系不多，由于创作路子不约而同，后人将其归为一个流派是常见的现象；张恨水的言情小说并非他本人所称以“社会为经，言情为纬”，而是相反。所以，说张恨水属于鸳鸯蝴蝶派作家不无理由。

张民权等认为，鸳鸯蝴蝶派伴随着20世纪初工商业的繁荣而兴起，以消遣娱乐为创作目的，以城市市民为阅读对象。一些作品有一定的反封建意义，对于旧文学向新文学过渡起到桥梁作用。

张恨水是否属于通俗文学大家？一些代表认为，张恨水20世纪30年代以前主要从事通俗文学创作，但九一八事变后他主要以抗日为其创作题材。娱乐消遣逐步为叙述人生所取代，小说体裁后来只分章节而无回目，艺术风格也为之大变。因而，仅标之以通俗作家已不合其创作实际。汪应果认为，张恨水后期作品在向纯文学转化，但其影响最大、艺术成就最高的作品仍在前期。

应当如何评价张恨水？徐传礼认为，张恨水是一位章回小说大家、平民小说大师、精进不已的文艺通才、著名的全能报人和爱国文化名人。与会代表大多同意这一观点。

对张恨水的上述评价，部分代表持不同观点。陈国诚认为，张恨水是一位充满矛盾、文化历程异常复杂的作家。他的家庭、生存环境以及所受的教育使他与传统文化结下不解之缘，并使其形成依傍传统的心理定式。他要跟随时代潮流，但其社会理想是空泛的，其价值判断遵循的仍是儒家学说与行为准则，仅停留在情感与伦理道德表层，很少深入对政治和社会价值的评判。他既追求人的觉醒又倾心于道德的自我完善，贯穿其作品始终的是抨击强权、同情弱小的责任感，表现其人道主义和民主主义思想以及对国人灵魂的探索与思考，这些又反映了他对传统文化的超越。另外，他的创作历程同样也包含着新旧两种文化的碰撞，主要表现为现实主义与趣味主义这两种文学观念的冲突。他前期创作以消遣娱乐为目的，也有现实主义成分；后期转变为以现实主义为主，但仍未摆脱趣味主义影响。

2. 作品探微

本次会议对张恨水的作品探微侧重其小说，对其诗文、新闻等亦有论及。

张民权把《金粉世家》与巴金的《家》进行比较，指出前者提前四年多问世，这四年中国民主思想发展很快。两书所描写的金、高两个家族的文化与社会背景有很大差异，金铨作为青年时代留学国外且做过一番事业以至当上国务总理的政治家，思想比较开明、民主是顺理成章的，说张恨水美化、歌颂这一封建官僚是毫无根据的。

余昌谷从结构上对《金粉世家》与《红楼梦》进行比较，发现二者整体性艺术结构都是“织锦”式的，即用结构主线分出经纬，形成许多网眼后再用生活的彩线来回织补，最后形成五彩斑斓的艺术巨锦，同时始终围绕着人物形象的塑造去组织生活和安排情节，又调动多种表现手法，如散点透视、人物穿插和前呼后应等。

杜丽秋指出，20 世纪二三十年代，在反封建潮流的激荡下，凡写父子矛盾的作品几乎都是青年代表革命、进步，老年代表顽固、落后，且形成一种思维定式。张恨水在《现代青年》中提出新的父子矛盾格局：父亲周世良勤劳、正直、慈爱，对儿子尽心尽意，却没有得到善意的回报；儿子周计春腐化堕落，耽于享受，不图上进，却以现代青年自居。作品通过儒家伦理道德崩解而引发家庭悲剧的描述，表现了作者独特的见解。

鲁安娜对《天河配》的分析可谓独具慧眼。红伶白桂英放弃自己的地位、收入和事业去屈就婚姻，一旦嫁人便自认是男人的奴隶，最后当在家当奴隶与在外卖艺不能兼顾时，连奴隶的地位也失去了。作家深刻剖析了妇女低下的社会地位问题，从而拉开中国女权主义文学的序幕。

张正认为，张恨水的散文以关注社会为突出特征，由感情的血脉贯通其中，以崇尚自然为其美学追求，注意神韵美和图画美。她还对张恨水的文艺理论进行了梳理，包括小说创作论、小说批评与鉴赏、小说史论、创作风格与艺术感觉论、诗论、文学语言与民族特色等几方面。

徐永龄对《山窗小品》的评析是近年来研究张恨水散文的力作。他认为，《山窗小品》多角度地表现了作家的精神风貌和心灵世界，同时在写作水平上也达到其散文艺术的极致，体现了作家鲜明的社会意识，朴素的平民意识以及崇尚自然美、诗情美、绘画美和意趣美的情怀。

宣奉华把张恨水的诗词创作分为两个时期：1931 年以前，其诗作大抵表现青年女性怀春悲秋、伤离恨别、惆怅前程、愤世嫉俗的思绪，在纯熟华丽的艺术形式中自抒性灵，酝酿新的突破和拓展；九一八事变后，由轻灵怨婉变为慷慨激昂，由记述身边琐事、个人幽思到描写时代的大波澜以及大众与民族的大忧患、大奋起。如果与作家本人的小说创作相参照，可以看出，他这两种体裁作品的风格与内容之变是同步的。

汪青松、汪植培对张恨水的新闻实践进行了初步探讨，认为张恨水办报的总体思想倾向是与我国人民的前进步履相一致的，那就是反帝反封建，反对国民党的腐败政治；他在长期的办报生涯中始终怀有对新闻事业的热爱和读者至上的意识，深入生活，注意客观报道，反映读者的呼声并带头自撰作品，努力提高报纸副刊的可读性并积极拓宽稿源，以丰富多彩的内容吸引广大读者。

3. 研究方法

首先，要摆正张恨水在现代文学研究中的位置。范伯群认为，通俗文学是文学的一翼，对现代通俗文学史的研究离不开对张恨水的研究，而现代通俗文学的理论建设也要参考和借鉴张恨水创作的规律性。

用何种标准来研究张恨水？范伯群、张民权认为，通俗文学与纯文学有若干共同的准则，在共同准则之外，还有它独特的运行规律和审美标准。所以，要在一定的意义上，用通俗文学的规范和审美标准去衡量和评价张恨水，要从已经习惯了的唯纯文学独尊的思维定式中解脱出来，因为通俗文学与纯文学所面对的读者对象不同，如果要使通俗文学具有纯文学那样的思想性和意识锋芒，就必然会失去其特定的读者群。

如何深化张恨水研究？袁进提出，以往的研究偏重于对张恨水的历史定位，这就决定了宏观研究多、微观研究少。但他作为现代文学史上的重要作家，现已得到广泛认同，如果继续进行单纯的、粗线条的宏观研究就显得不足，需要有细致扎实的微观研究。

徐传礼把今后研究的主要内容和任务大致分为四个方面：总体研究（关于张恨水及其全部作品的整体研究）、分体研究（关于张恨水生平与创作的分类或专题研究）、现实研究（关于张恨水其人其作现实意义的研究）和比较研究（运用文学比较和比较文学方法对张恨水及其作品的特殊研究）。

附录三
张恨水与中国通俗文学研讨会综述

张恨水与中国通俗文学研讨会由中国社会科学院文学研究所、中国作家协会创研部、中华文学基金会、安徽省张恨水研究会、上海新民晚报社和张恨水先生的故乡——安庆市人民政府等单位联合主办，由中国龙文化协会和安徽省潜山县人民政府等协办，于1997年11月26日至27日在新落成的中国作家活动中心隆重召开。钱谷融、吴祖光、张锲、邓友梅、张炯、徐乃翔、陈建功、杨义、刘扬体等来自上海、江苏、安徽、江西、河南、河北、黑龙江等地的多位专家、学者和作家参加了会议，会议收到论文40多篇。中国现代文学研究会会长严家炎、上海通俗文学研究会会长贾植芳等发来贺信。新华社、中央电视台及《中国文化报》《文艺报》《安徽日报》《安庆日报》等许多新闻媒体对本会进行了专题报道，社会反响热烈，标志着对张恨水的研究跨入一个新阶段。

老作家吴祖光首先回顾了他与张恨水在重庆新民报社共事时的亲密交往，对张恨水的为人及其当年的创作情况进行了生动的介绍。张恨水的侄辈张一莉、张一龙也撰文回忆张恨水与北华美术专门学校的关系及其与一些民主人士的交往，披露一些鲜为人知的史料。

在对通俗文学的总体评价上，钱谷融认为，小说来自民间，本来走的就是通俗一路，它以满足人们消遣娱乐的需求为首要目的，这是必须肯定的。通俗不等于庸俗。我们应该抛弃历来轻视和鄙视通俗文学的偏见，以积极的态度看待今天通俗文学的发展，帮助通俗文学克服种种缺点，使之在人们心目中的地位得到提高，从而在人民生活和社会发展中发挥更大作用。邓友梅认为，纯文学与通俗文学是两种不同的文体，二者没有高低优劣之分。

对于张恨水与中国通俗文学的关系，邓友梅指出，张恨水的一个重要贡献就是，他一直追求一种高品位的通俗小说，提高读者大众的文学情趣。陈金泉、万兴华按审美功能和审美接受的标准把文学分为三类，即为社会起净化作用和为社会主流思想起推波助澜作用的载道文学，以士人自娱、自恋为宗旨的纯美文学，以及起源于民间、流传民间、为民间所接受的通俗文学。他们认为，在近一个世纪里，经过历史反复而又深刻的检验，证明张恨水的小说不仅深植于中华民族审美基因的底层，对文学审美本性有着深度把握，而且对中华民族传统艺术成规进行恰到好处的、卓有成效的同化更新。它不仅在中国现代文学史上有足够的美学力量问鼎于五四载道文学和五四纯美文学，而且在中国现当代通俗文学中一枝独秀，其他不能与之比肩，因而，张恨水的小说理所当然地成为中国通俗小说的方向。

在对张恨水的整体评价方面，杨义认为，张恨水的读者很多，但真正的知音很少。他是名副其实的热闹中的寂寞，他在中国现代文学史上是作为一个悖论而存在的，他可以被视为 20 世纪中国文学由传统向现代转型的一个典型。不研究张恨水，就很难真正理解中国小说在 20 世纪转型过程中沉重的失落感，以及突破旧程式的艰难步伐，对他的研究最终将深入为对一种文化现象的探讨。张恨水建构了一个新旧交杂、雅俗共赏、与时共进的文学世界。他在文学史上的存在价值，大约可分为三个方面：（1）代表 20 世纪 20—40 年代通俗小说的最高成就；（2）代表着对传统文学智慧的继承以及对新文学智慧某种程度的借鉴和吸收，可以和新文学相比较；（3）他以特殊的方式展示了 20 世纪 20—40 年代中国社会的奇闻异事、风俗习惯、民间疾苦、民族情绪和政治、经济热点，尤其对当时北京、江淮地区和重庆普通民众的描写，不无独到之处。

孔庆东认为，张恨水与新文学的关系，在今天看来，恐怕要比他的作品本身更富有学术价值，因为它集中体现了现代通俗小说和新文学小说互动发展的轨迹，以及张恨水在其间举足轻重的历史地位。张恨水通俗小说理论的特点在于：一是强调“服务对象”，他愿为“习惯读中国书、说中国话的普通民众”工作；二是强调“现代”，为他的服务对象提供“现代事物”。张恨水要在“新派小说”和“旧章回体小说”之间踏出一条改良的新路，他是最为自觉也最为成功的章回体小说改良作家。

对张恨水及其作品的研究是本次会议讨论的重点之一。谢昭新对张恨水的社会理想进行了比较深入的探讨。他认为，朴素务实与怀恋传统构成张恨水社会理想的两个侧面。这种理想渗透到其作品的人物身上，交相发展，形成四类人物形象的基本系列：（1）军阀、政客、恶棍、为富不仁者；（2）理想化的国民楷模、侠客义士；（3）被损害、被侮辱的女性；（4）富有“旧才子气”和正义感的平民知识分子。他追求的是平等的、平均的、平和的社会。张恨水形成了以传统文化为本位的心理定式，因此在他所描绘的人物形象、社会理想中儒家文化占据重要位置，佛、道文化也是其表达社会理想的重要因素。

张正对张恨水小说的语言风格进行了较为准确的把握。她认为，张恨水在创作实践中逐步认识到文学创作要具有民族特征，他的小说以独特的语言风格成为独领风骚的一派。这表现在：（1）张恨水强调流畅的语气与合乎民族传统的文法。他很懂得作者与读者之间的默契，既要有稳定性又要有变动性，所以采用中国读者能接受的方式对传统小说的对白形式进行改造。（2）在描写手法方面，他成功的景物描写得力于中国文学富于诗意的抒情传统以及读者对意境的倾心；其人物描写仍保持着汉语音句的铺排，形式则是基于汉语的句子脉络与句子节奏浑然一体的特点；其人物的动作描写常采用连动式的结构或者短句形式，避免长修饰语。（3）他小说中的社会方言使人物富有个性和生命力；歇后语、俗语、民谚的使用使文章诙谐、幽默；各色人物的行话、术语、土话、黑话不仅生动地描绘了民风民俗，也是语言学的研究材料。（4）俗中有雅、雅俗共赏的文风也是其重要特色，它表现在辞藻华丽、回目典雅、文言词语的活用等方面。汪启明对张恨水小说民族风格的研究、俞乃菝对张恨水诗的语言艺术的探讨，林斗山、葛便南对张恨水对于楹联文化贡献的分析也都较为深入。

在对张恨水作品探微的诸多论文中，焦玉莲对《斯人记》的分析可谓独具只眼。她认为，在追求多变的叙事方法方面，该书呈现出典型的“环境小说”的独特叙事结构形式。它不同于情节受单一连贯故事支配的“单一情节小说”，而是以一些彼此联系不很紧密的单个故事或插曲集合而成。这些故事或插曲看似芜杂松散，实有其必要性与合理性。它们体现了叙事者“全景式展示”的雄心，也大大拓展了环境的广度与深度，在一个更广阔的社会层面上反映了特定时代的社会环境。叙事者以“金钱操纵下的男女关系”为主题，把浮躁、世俗、糜烂、无聊、寡廉鲜耻的社会氛围描绘得栩栩如生。

芮立祥通过对《秘密谷》的分析指出，张恨水对道家思想进行较全面的过滤并以艺术的形式表达了自己独特的体认。这些体认对于我们弘扬民族传统文化和繁荣通俗小说创作提供了借鉴：（1）“拿来”与兼容的文化品格，增强了小说的理性力度；（2）雅俗共赏的通俗意识，增强了小说的可读性；（3）政治解剖力不足，留下了解题的缺憾。康书献在论及《过渡时代》的描写艺术时对其幽默含蓄的讽刺艺术、细腻准确的心理描写和俗中见雅的语言艺术也进行了颇为独到的分析。

一些学者还从比较文学角度深化了张恨水研究。徐传礼分别从张恨水与老舍、狄更斯的比较中得出结论：张恨水和老舍的作品雅俗共赏，他们都是市民文学和平民文学的大作家。张恨水的特点是以俗为主而俗中有雅，他站在通俗文学、旧体文学和传统文化、中国文化的本位立场上尽可能向对立面学习、借鉴，实现了古代和近代通俗文学向现代通俗文学的创造性转化；而老舍的特点是以雅为主而雅中有俗，站在严肃文学、新体文学和现代文化、外国文化的本位立场上尽可能向对立面学习、借鉴，实现了现代文学的民族化、大众化和通俗化。二者相反相成、互补互动，共同形成了文学史健康发展的合力。张恨水与狄更斯都是著作等身的大作家和爱国文化名人，他们的共同经验带有规律性，那就是以德为主，以识为先，以才为用，以学为资，以体为基。程仁章把张恨水与赵树理相比，认为二者都有严肃的创作动机，都有明确的为民众创作的意识，因而在题材选择、主题提炼和语言形式方面都成功地走出一条属于自己的通俗文学创作的路子。由于他们的小说由俗而真而深刻，因而他们在人物刻画和情节构成上已突破一般通俗小说的创作程式和规范，艺术效果颇佳。

与会者对如何拓宽张恨水与通俗文学研究的思路展开讨论。汪应果指出，应该从通俗文学的战略高度和文化经济学的视野认识张恨水的价值。袁进认为，张恨水周围聚集了许多矛盾，如时代潮流与作家主体的矛盾、新与旧的矛盾、雅与俗的矛盾、商品化与创作理想的矛盾，他具有特别的复杂性和非常丰富的文化内涵。很值得研究的是张恨水的魅力，是他为什么能够成为“唯一的妇孺皆知的老作家”。谢昭新认为，还可从张恨水与地域文化的关系上研究。宣奉华等指出，韩国、日本、美国、英国和东南亚一些国家都有人研究张恨水，张恨水研究队伍应该扩大，争取覆盖全国，走向国际。

附录四
张恨水生平及其创作道路

一

1. 青少年时代的生活与教育

张恨水原名张心远，祖籍安徽省潜山县。1895 年 5 月 18 日生于江西省广信府（今江西省上饶市），1967 年农历正月初七在北京逝世，享年 73 岁。

张恨水祖父张开甲，武艺高强，为人豪侠仗义，因军功晋升为清军参将。父亲张耕圃，继承张恨水祖父的武艺和性格，曾在江西省淦水县高河镇当过师爷，负责粮草事务。母亲姓戴，湖北孝感人，一生操持家务，是个典型的贤妻良母式的家庭妇女。张恨水同胞六人，他身为长子，生得头大体壮，小时候深得祖父喜爱。祖父曾教他练武，希望把武艺传给他，但在他六岁时便去世了。父亲略通文墨，深知知识重要，给张恨水取名心远（意为志向远大），送其进私塾读书，希望他日后在学问上有所造就。恨水二字是他后来从李煜词“自是人生长恨水长东”中截取的笔名，意在鞭策自己珍惜光阴。

除了家庭成员，对青少年时代的张恨水影响很大的还有两人。张恨水 15 岁时，家里请了一位先生，是徐孺子的后代。徐家世代布衣，不应科考，这种处世方式令其钦慕之极。成名后的张恨水因此终生不入政界，靠笔耕为生。张恨水还有一位挚友郝耕仁，年长他 7 岁，是一位记者。张恨水 23 岁时，他们曾从上海出发，结伴出游，一路上备尝艰辛。在那物资匮乏的日子里，他们笑傲山水，吟诗唱和。郝耕仁倜傥不羁，乐天知命。二人回到上海后，张靠郝耕仁接济，郝靠朋友接济，仍旧终日谈天作诗。成名后的张恨水像郝耕仁一样，对朋友慷慨相助，以信义为本，对人生豁达乐观，穷且弥坚。青少年时代的张恨水就这样继承了中华民族的传统美德。这些美德日后体现在他的日常生活中，也渗透在其艺术形象中，构成其作品的思想基调。但对其知识结构和人格世界影响最大的，还是他这一时期所受的教育。

少年张恨水天赋很高，多半是靠自学打下深厚的国学功底。他六岁发蒙，读《三字经》《百家姓》和《千字文》，一年内便能对简单的对子。有一次，老师曾出一个对子"九棵韭菜"，让张恨水对下联。张恨水略加思索，便回答："十个石榴"。这让老师十分高兴。因为这副对子不但要求数词、量词和名词分别相对，而且其中的"九"和"韭"、"十"和"石"皆为谐音，难度颇大。之后，他开始学习《论语》《孟子》《左传》等作品。10 岁时，除了《礼记》，张恨水已读完了五经。

除了学习我国古代文化典籍，张恨水还对古典文学产生了强烈的兴趣。10 岁那年，一个偶然的机会，他读到一本《残唐演义》，后又偷看到老师的《三国演义》，从此对小说爱不释手。他几乎把零用钱都用来买小说。由于父亲严厉禁止，他就常在夜深人静时偷读。一般小孩读小说只专注于曲折动人的情节，张恨水却留心其腾挪闪躲的艺术技巧。到了 12 岁时，他已经通读了《红楼梦》等十几部经典作品。17 岁时，已读了几百种小说，成了亲友中人人皆知的小说迷。在这些作品中，产生于近代的辞章小说《花月痕》追求小说与诗词的嫁接，以精巧工整的回目和华丽伤感的诗词风靡文坛，对张恨水影响很大。在搜览小说的同时，他还迷上了《千家诗》，对古典诗词产生强烈的兴趣。之后，他又读了一些诗律诗集等。他的《写作生涯回忆》提到早年读过的这类著作就有《白香词谱》《随园诗话》《词学全书》和《唐诗十种集》等多种著作。

对青少年时期张恨水影响至深的，还有地域文化。作者家乡安徽省潜山县在古代属于古皖国，潜山县境内的天柱山又叫潜山、皖山，一条皖河穿越县境，安徽省简称的皖就由此而来。据谢昭新《现代皖籍作家艺术论》一书分析：皖地先民具有古淮夷族刚烈果决的族风，后来继承楚人倔强坚韧的人文精神。隋炀帝平陈后，中原文化与南方文化融合，民风也从豪放刚烈向斯文道学过渡。清代，桐城文派形成，桐城古文风靡全国，潜山受其影响自然更大。这样，生活在潜山的张恨水不能不受古楚文化和桐城文化的双重影响，他养成一种名士气，温文儒雅，但内里却不畏权贵、不怕困难，对事业执着进取，有着象征屈原精神的高尚的爱国情操。而桐城文派重义法、重文章的形式美与《花月痕》等作品对张恨水的影响则表现为他非常重视回目、对联、楹联的美善工整和诗文的典雅精巧并以此为乐。

古皖山曾是佛道文化重地。佛教传入中国后，禅宗流传最广、影响最大，皖山曾是佛教禅宗二祖慧可、三祖僧璨、四祖道信的发祥地之一。道家把天下的名山洞府称作三十六洞天、七十二福地，皖山列为第十四洞天、五十七福地。道书又载：天下八天柱，中国居三，潜其一也。另外，潜山的民间文学也很丰富。我国古代长篇叙事诗《孔雀东南飞》就诞生于此。诗中主人公刘兰芝和焦仲卿生活的村庄至今犹在。潜山山川灵秀，三国时美女小乔就安葬于此。张恨水小说中的年轻女性大都秀美温柔、聪明灵巧，即使未受过教育，也通情达理，但其爱情或婚姻却多为不幸。我们从这些主人公身上多少能看到刘兰芝的影子。当然，他所描写的不幸婚姻也与其自身经历有关。他理想中的妻子应是相貌姣好、具有小鸟依人的温柔性格且能诗善词的女性。可在1913年，他却由母亲包办而和一位没有爱情基础的农村文盲姑娘徐文淑结了婚。结婚的直接原因据说是当初张母相亲时，徐家玩了一个调包计，让漂亮的二姑娘替代，结果二人婚后始终不和。

张恨水最早接触新文化、新思想是在1909年，当时他15岁。那年秋天，他进南昌市大同小学接受新式教育。当时，新文化运动还未发生。张恨水常因思想守旧而受到具有维新思想的校长周六平的讥笑。他在震撼之余，开始通过上海的报纸接触新知识。“由报纸上，我知道这世界不是四书五经上的世界，我也就另想到小说上那种风流才子不适于眼前的社会。我一跃而变为维新的少年了。”[1]其实，这时他还只是萌发了不愿落伍的意念而已，他依然爱读风花雪月式的辞章。

1910 年 7 月，16 岁的张恨水考入南昌甲种农业学校，学习代数、几何、物理和化学等科学知识和英语。他强烈地感受到新时代的气息，剪掉了辫子，其知识结构和思想意识开始发生转变。譬如，他开始接触到《小说月报》上登载的翻译小说，并细心比较中西小说各自的优劣长短，对西方小说注重景物描写和心理刻画尤为欣赏。这一阶段，他有两重人格：既向往新知识新观念，又对才子佳人式的旧小说十分钟爱；既想追随时代潮流，又无法摆脱旧文化旧观念的精神负荷；在中西文化和新旧文化之间，他徘徊而焦灼。但就西方文化和新文化与传统文化在他知识结构中所占的比重来说，传统文化仍占绝对优势。他承认，直到 30 岁以前，他的思想都和礼拜六派文人一脉相承。礼拜六派文人也并不像人们后来所批判的那么落后，他们多是些处于社会过渡期的人物。父亲原本还准备让其赴日本留学。可 1912 年，父亲暴病而死。他不仅留学不成，反而辍学了。全家失去了经济来源，不得已回到祖籍安徽省潜山县乡下，靠几亩薄田度日。在经历了一段痛苦的心灵历程后，1913 年春，他考入孙中山办的蒙藏垦殖学校，校址在环境优美的苏州阊门外。然而不久，孙中山领导的二次革命失败，学校也就被迫解散了。于是，他再次回到家乡，整天把自己关在一所后来被称为“黄土书屋”的老宅内，闭门苦读几大箱家存的古书。1914 年秋，他去汉口投奔本家叔祖张犀草，为汉口某小报当独角编辑，每天为该报补白；12 月，放弃报馆工作，参加堂兄张东野的“文明话剧团”。1915 年年初，他随该剧团到湖南常德，首次登台演出，在以后的半年内，随剧团东奔西走。1915 年 6 月份来到上海，就是在那时，他结识了郝耕仁。1915 年年底，他在贫病交加中返乡，又钻进“黄土书屋”内闭门苦读。

虽然没能出国留学，但新文化对张恨水的影响仍在不断加深。当时安徽的省会是安庆，距潜山不远。新文化运动的先驱陈独秀就出生在安庆。1902 年，陈独秀发起成立安庆藏书楼演说会；1903 年，其领导安徽拒俄运动。1904 年 3 月，他创办《安徽俗话报》，成为安徽新文化运动的前奏。该报筹建于安庆，开办于芜湖，1905 年被勒令停办。1915 年，陈独秀在上海创办《新青年》（原名《青年杂志》），每期出版后都在安庆、芜湖发行 100 本以上。除此之外，刘希平、高语罕等人都在芜湖、安庆等地积极宣传新文化、新思想，影响很大。如果说张恨水在潜山乡居时对新文化接触不多，那么到了 1918 年，情况就发生了很大变化。这一年，经挚友郝耕仁推荐，张恨水去芜湖《皖江日报》任总编辑，到 1919 年秋离开芜湖去北京，这段时间内他对新文化的认识更多。其证据有二：一是他任《皖江日报》总编辑时，曾发表过蒋光慈宣传新文化的作品；二是他 1921 年在北京工作时，曾在《皖江日报》上发表一篇 8 万字小说《皖江潮》，题材是芜湖自治运动，用的是白话章回体，作品被芜湖学生改编为话剧公演。在芜湖期间，张恨水还曾率领报馆 20 多人上街游行，抗议日本军队对中国人民的无端挑衅。1919 年秋，他变卖了所有行李，借了 10 块钱，踏上去北京的火车，想去他慕名已久的北京大学读书。这年他 25 岁。

2. 早期作品

显然，张恨水在 1919 年去北京之前的作品为早期作品，既有小说，又有诗词散文，可惜大都失传。他最早的一篇散文大概是作于 1907 年夏的《管仲论》，为文言习作；1915 年冬至 1916 年春，他写过一篇笔记体散文，内容不得而知；1918 年，他还写过一篇沉痛而又幽默的长篇游记《半途记》，叙述他和郝耕仁的那段游历。但这些作品都没有保留下来。

张恨水早期的诗词创作已知题目的有 15 首，时间跨度为 1910—1919 年。其中《秋蝶诗》四首，作于 1916—1917 年，是应《申报·自由谈》征文而作，部分被天虚我生（原名陈栩）收入《苔苓录》。他早年的诗文创作量自然不止这些。如上述他 20 岁时为汉口一家小报补白；23 岁那年他同郝耕仁出游回到上海时，也常向报馆投稿。

张恨水的小说处女作写于 1908 年，当时他 14 岁。应弟弟妹妹们的要求，他写了一篇武侠小说，题目不详，只知道其中有个侠字。小说写的是一个 14 岁少年武艺超群，手持两柄大铜锤打死猛虎的故事。作品写了两三天，讲述时仅用一小时，张恨水开始体会到创作的不易。张恨水在苏州求学期间，偶然发现《小说月报》的征文启事，就在三天内分别用文言和白话写成两个短篇《旧新娘》和《桃花劫》。前者是喜剧，是一对青年男女的婚姻笑史；后者为悲剧，写一个孀妇自杀。稿子寄去不久，就收到主编恽铁樵的回信：稿子很好，意思尤可钦佩，容缓选载。这使他大喜过望。这两篇小说虽没有发表，但这封信却对他鼓舞很大，激励他走上文学道路。

张恨水从苏州辍学回家后，在不幸的婚姻和乡邻的嘲笑中，开始了第一部长篇白话章回体小说《青衫泪》的写作。据作者回忆，该书除了苦闷的叙述和幻想的故事，还夹有不少诗词小品，完全模仿《花月痕》的写作套式。小说写了 17 回，没有完卷，因他自觉不够水准，就自动放弃了。

1915 年冬到 1916 年春，张恨水用文言写成两部中篇言情小说《未婚妻》和《紫玉成烟》。后者于 1918 年春连载于他当时任职的《皖江日报》副刊，这是他首次公开发表的小说，受到很多人称赞。张恨水于 1918 年又写了一部中篇《未婚夫》以及一部白话长篇《南国相思谱》，后者仍在《皖江日报》连载。他后来评价《南国相思谱》：题目过于艳丽，内容上专谈爱情，形式上偏重于辞藻，回目上力求工整。然而这是他发表的第一部长篇小说，也许是他早年言情小说成就最高的一部。

从《旧新娘》到《南国相思谱》，历时 6 年，作品思想内容徘徊不前，艺术形式却不断提高。另外，他的创作从文言短篇始到白话长篇止，完成了在语言运用方面的巨大转变。没有这一时期的艺术积累，就没有日后创作的成功。

1919 年，张恨水一反原先创作言情小说的路向，写了两篇讽刺小说。一是短篇《真假宝玉》，一是中篇《小说迷魂游地府记》。前者连载于 1919 年 3 月的《民国日报》，写宝玉梦游大观园，看见一些男男女女假扮自己和黛玉，却都不伦不类。后来他才知道，原来这些人都是民国初期的一些名演员。小说旨在要求演员忠于原著，真实地再现主人公的本来面目，但因是第一篇讽刺作品，作者未能驾驭讽刺艺术，在追求讽刺的喜剧效果时失之于浮泛与油滑，这显然犯了初步尝试时难以避免的幼稚病。

与此相比，《小说迷魂游地府记》艺术上则较为成熟，视野较为开阔，文化内涵也较为丰富，它比较全面地表现了张恨水早期的文学主张。小说写“我”（小说迷）在梦中来到阴间，见到已故的同学辛世茅（新时髦），在辛的帮助下，“我”游历了阴曹地府里的文化世界。在这个文化世界里，充斥着粗鄙下流的艳情、色情小说，揭人隐私、进行人身攻击的黑幕小说，荒诞不经的武侠小说，对各种风流韵事、吹牛广告和制造谣言、敲人竹杠的话无所不登的小报、书刊等文化垃圾；活跃着的是小说大家单崔游（善吹牛），有译著没原文的翻译家贾明士（假名士），靠剽窃抄袭为生的小报主笔胡棹塘（胡照誊），以及不学无术的文明骗子和靠欺骗敛财的书商、出版商。作家时时把上海文化界与阴间的文化世界相比，表现出对民族文化堕落的困惑和不安。

那么，如何拯救当时的文化堕落呢？作者借主人公小说迷和参加所谓古今小说评论大会的我国历代名家之口表达了自己的观点。

第一，描写要真实，反对脱离实际的夸张与杜撰。针对武侠小说现状，小说迷指出，“中国人做小说，就是有个不讲情理四个字，你瞧古人说的筋斗云十万八千里哪，鼻子出来两道白光能杀人哪，试问世上，可真有这么一回事？现在人做的小说，不能说有这个毛病，但是形容力量的地方，也渐渐失之于荒谬了”。指出当时武侠小说的致命弱点：失之于真实，作品艺术生命也就不可能持久。

第二，采取严厉措施，拯救拜金主义带来的文化堕落。作者借施耐庵之口说：“我们对付的法子，只有两层：一是组织一种言论机关，特地辟那邪说；二就是要求各报馆，不登那诲淫艳情小说的广告。”

第三，保存国粹，反对新诗。张恨水借作品中人议论道：“但是一国的国粹，也得保着，这国粹两个字，是巩固民心的一种团结力。”可是，“现在又有一种什么新体诗出现，不论韵叶，不论平仄，还不论长短句。”由此可见，此时张恨水的知识结构中还没有多少新质，但也较为客观地指出了新诗初创期受“作诗如说话”观点影响，打破一切形式戒律所产生的弊病。这一观点与朱光潜的观点十分相近。朱光潜认为：“我以为中国文学只有诗还可以同西方抗衡，它的范围固然比较窄狭，它的精炼深永却往往非西方诗所可及。”[2]

第四，为言情小说辩护。他借金圣叹之口说：“言情小说，是绝好的文章，不是淫书。诗三百篇，首重《关雎》，难道文王孔子都错了吗？”

然而，作为张恨水早年作品之一的《小说迷魂游地府记》，无论在艺术形式上还是在思想内容上都有明显不足。首先，作品属于用旧章回体写成的谴责小说。除了回目设置外，每回在一段情节尚未结束时突然打住，用两个对偶句式结束整回，中断了本来连贯的情节，属于旧章回体小说的通病。作品中的人名用谐音暗示其性格，其游记式情节仅为展现人物的各种劣迹丑行，给人一览无余之感，缺少进入深沉思考的广阔空间。这无疑是受清末《官场现形记》等谴责小说影响的结果。其次，作为一位正直的文人，他有改革文坛风气的强烈愿望，但他只能从传统伦理道德的层次批判文坛的丑恶现象，以恢复或重建传统文化为目的，而拿不出更新的精神武器去解释文化堕落、世风日下的深层原因。知识的陈旧限制了其理论视野和思维模式。可以想见，在新文化运动向纵深发展、新文化日益成为中国文化的主流之际，张恨水要跟上时代该是多么艰难。

二

1. 张恨水中年时坎坷的人生遭际和新闻活动

张恨水到北京后，并没有圆了自己的北大梦。由于弟弟妹妹多，家庭经济重担全压在他一人身上，他不得不四处兼职。他先是帮秦墨晒处理新闻材料，接着到《益世报》当校对。1920 年秋，因高声朗诵英文触怒了该报经理夫人，改任天津《益世报》驻京记者。后又兼任芜湖《工商日报》驻京记者。1923 年，还曾相继兼任过世界通讯社总编、上海《新闻报》和《申报》通讯员、北京《今报》编辑，参与创办联合通讯社等。从 1919 年秋到 1924 年初，他特别忙碌，成了新闻工作的苦力。也正因此，锻炼了他新闻工作的才干。他曾不无自豪地谈道：“这两三年来，天天的新闻文字，要写好几千，笔底下是写得很滑了。只要有材料，我可以把一篇通讯处理得很好，而且没有什么废话。”【3】业余时间，他还要自学英语，吟诗填词，小说创作除了上述《皖江潮》外，几乎都停止了。

1924 年对于张恨水来说，却是值得纪念的一年。这年年初，他辞去在京所有职务。4 月 16 日，他在成舍我创办的世界晚报社编新闻，同时应邀在该报副刊《夜光》连载其长篇巨著《春明外史》。该作一举轰动京城，人们每天在报社门前提前排起长队，为的是先睹为快。《世界晚报》销量猛增，《春明外史》为它带来源源不断的经济效益，张恨水成了它的摇钱树。次年，他又兼任成舍我创办的世界日报社副刊《明珠》的编辑工作。1927 年，在《春明外史》刊登期间，他的另一百万言的巨著《金粉世家》在《明珠》上开始连载，直到 1932 年刊完。就在《金粉世家》连载期间，1930 年的一天，张恨水经友人钱芥尘先生介绍，结识上海《新闻报》副刊《快活林》主编严独鹤，严独鹤也久慕张恨水大名，就请张恨水写一部长篇在《快活林》连载。就这样，他的又一代表作《啼笑因缘》问世了。连载结束不久，《啼笑因缘》就被上海文艺界改编为话剧、电影和弹曲。这使他享誉南北，妇孺皆知。为取得该作的电影摄制权，上海明星电影公司和大华电影社还打起了官司。

在其上述三部代表作的创作时期，张恨水的情感生活也发生变化，对其创作也产生一定的影响。1926 年秋，张恨水和胡秋霞结婚。胡秋霞为四川人，出身贫寒，幼年时被拐卖到北京，在一户姓杨的人家做丫头，因不堪主人凌辱，逃进社会福利院。出于同情心，他将胡秋霞赎出，并与之结婚，张恨水还以此为素材，写出长篇《落霞孤鹜》。1930 年，《啼笑因缘》风靡全国时，作品打动一位少女的心，她就是北京春明女中的学生周淑云。在她的想象中，作者一定像主人公樊家树一样温柔多情，自然心生爱慕。几经周折，二人终于喜结良缘。在此之前，他的小说描写的多是凄楚、感伤的爱情或婚姻悲剧，而在他与周淑云（后改名为周南）结婚后，其社会批判意识明显增强了。这既反映了作者思想认识的深化，也说明个人生活变化所产生的影响。

九一八事变让张恨水十分激愤。1932 年，他仅用 26 天时间就写出《弯弓集》，书名取弯弓射日之意，这是一部表现爱国抗日的作品。从此，反映国难的题材逐渐在其作品中占据主要地位。国难当头，民不聊生，1934 年他西北之行后对民间生活有了更深刻的认识，他作品内容的现实性明显增强了，其风格也由诙谐恬淡一变而为苍凉沉郁。

1935 年 9 月，张恨水去上海协助成舍我创办《立报》，约期 3 个月。期满后正欲北归，却一夜接到家人三封急电，叮嘱勿归。原来冀东已出现伪政权，他的名字被列入黑名单。北归不成，他来到南京。1936 年，在朋友张友鸾的提议下，他出资创办《南京人报》，自任社长，张友鸾任总经理。这是他一生中唯一一次自己出资办报。报纸出版第一天就发行 15000 份，这个数字在当时已是很高了。他的抗日小说《鼓角声中》和武侠小说《中原豪侠传》就在此发表。1937 年 10 月，张恨水因劳累过度而大病了一场，前往芜湖诊治，然后避难潜山。不久，《南京人报》解散。在潜山短期逗留后，张恨水辞别家人，决心赴大后方重庆。途经汉口时，遇四弟牧野及家乡人。他们拟在家乡组织抗日游击队，却未获当局有关部门批准。失望和愤慨之余，张恨水便于 1938 年 1 月到达重庆并很快被聘为重庆《新民报》主笔兼副刊主编。1938 年 3 月 27 日，中华全国文艺界抗敌协会在汉口成立，张恨水被选为理事。此后至抗战胜利，他创作了大量作品。

1946 年 2 月，张恨水应陈铭德之邀来到北京，筹办《新民报》，任该报经理兼副刊《北海》主编。在社会矛盾极为尖锐的情况下，他坚持平民立场。1948 年秋，报社内部发生矛盾，他辞去在该报的所有职务。至此，他的新闻生涯也就结束了。1949 年 6 月，张恨水高血压病突发，半身不遂。纵观在其创作的鼎盛期和高峰期，张恨水身兼报人和作家双重角色，他在这两个领域内均做出了重要贡献，尤以文学为最。

2. 小说创作

张恨水在小说、诗词、散文诸领域均取得可观的成就，其中影响最大、成就最高的自然是小说。

（1）言情小说

言情小说在张恨水的小说中占有最大比重，成就也最高。除了上述被公认为代表作的《春明外史》《金粉世家》和《啼笑因缘》外，还有《银汉双星》《落霞孤鹜》《天上人间》《满江红》《天河配》《美人恩》《欢喜冤家》《过渡时代》《北雁南飞》《如此江山》《换巢鸾凤》《夜深沉》《蜀道难》《丹凤街》《一路福星》等，总计约 450 万字。

《春明外史》以青年记者杨杏园的爱情故事为主线，描绘了一个社会转型的动荡时代，小说中各人物的命运隐喻着传统文化的失落，具有文化寓言的意义。它借杨杏园等人的行踪和视角，反映了 20 世纪一二十年代北京极为广阔的生活场景和各色人物。它漫画式地展示社会众生相，隐喻这一切不过是过眼云烟，匆匆而过。小说勾勒了一些政客的丑恶面目，联系其另一部作品《京尘幻影录》中的政界要人像走马灯一样匆匆来去，它们形象地说明：总统和议会制本是西方资产阶级民主政治的产物，可一旦运用到中国来，就会演出荒唐的闹剧。西方民主政治没有使中国走上民主，反而加剧了社会动荡，因而任何一种先进文化都是有时间、空间限制的，都是一定社会背景下的产物，是不可以简单移植的。

《金粉世家》描写的是一个豪门贵族之家的兴亡史。总理金铨的小儿子金燕西，惊羡才女冷清秋的美貌，费尽心机，二人终成眷属。但燕西是个纨绔子弟，喜新厌旧，四处买笑追欢，挥霍无度。冷清秋忍无可忍，终至夫妻反目。冷清秋闭门学佛，后在一场大火中抱子远去，从此隐姓埋名。而金家先遇金铨暴死，后遭火灾，遂土崩瓦解。但作者对金冷婚变的寓意仅是齐大非偶，对金家衰败的解释也仅是“南朝金粉之香，冠盖京华之盛，未免兼取而并进，是非青年所以自处之道也”。《金粉世家》对人物形象的塑造包括对人物心理的刻画十分成功、细腻，它细针密线地编织出一个大家族内人际关系之网和错综复杂的矛盾，描写日常琐事，却能引人入胜，颇见艺术功力。像这样一部以家为描写对象、艺术性极高的长篇巨著，在中国文学史上实为罕见。

《啼笑因缘》写的是平民化大少爷樊家树与三个女子的恋爱史。富家小姐何丽娜爱上了大学生樊家树，然而樊家树却不喜欢她花钱无度，他爱上了长相酷似何小姐的大鼓娘沈凤喜，并资助其生活和读书。他出钱为武艺高强的关寿峰治病，二人遂结为忘年交，樊家树由此也得到侠女关秀姑的爱情。樊家树南下探母期间，沈凤喜经不住军阀刘德柱的威逼利诱，遂与之结婚。樊家树回京后听闻此巨变，对沈凤喜仍一往情深，劝其私奔。但后者留恋富贵，二人绝交。何丽娜为爱心驱使，痛改前非，赢得樊家树的爱。关秀姑毅然杀死刘德柱，并自断情缘，离开京城。樊家树对爱情的取舍表现了东西方两大文化的矛盾，而何丽娜的自我重塑则意味着对传统文化的认同与回归。小说充分调动了传统的艺术手法并吸收了西方小说心理描写等技巧，设计了错中错的喜剧形式，引进一些武侠内容，迎合市民读者猎奇、扶弱锄强、追求爱情婚姻自主等社会心理，激起强烈的轰动效应。

除了上述三部，还有几部作品艺术成就也很高。

《落霞孤鹜》以作者与胡秋霞的婚恋经历为素材，表现爱情与友谊的冲突，人物的心理、神态刻画极为细腻、动人。小说塑造了出淤泥而不染、纯洁高尚的女性冯玉如，也揭露了社会的黑暗。

《天河配》中的坤伶白桂英与小公务员王玉和自由恋爱并结婚。但不久王玉和丢了差事，二人失去经济来源。夫妻俩回到王玉和老家农村，但他们不能适应农村生活，只得又返回城里。丈夫不愿妻子再当戏子，但为了生活，白桂英只得瞒着他重操旧业。王玉和得知实情后，留下一纸书信离她而去。就这样，白桂英想靠自己的劳动养活丈夫而不得。《天河配》的深刻意义在于，妇女的真正解放不仅在于其经济上能够自立，还在于男女平等的观念要日益深入人心，而这是与整个社会的进步同步的。

《北雁南飞》描写了一个村庄三对男女的爱情婚姻，通过对农村愚昧落后、封建思想根深蒂固的渲染描绘，形象地说明：没有社会的进步、经济的发展和文明程度的提高，就不可能实现真正的爱情与婚姻自由。

《夜深沉》中车夫丁二和与卖唱姑娘王月容起初相爱，却以悲剧结束。它同样形象地说明：在一个黑暗的社会里，个人力量是十分弱小的，自由爱情是不可能有圆满结局的。

《丹凤街》中车夫童老五与贫女秀姐原本相爱，官僚赵次长却要娶秀姐做妾。丹凤街街坊们自发组织起来营救秀姐，却落得一败涂地。小说赞扬下层百姓有血气、重信义，但也暗示其愚昧、落后是导致失败的根本原因。

张恨水称自己的言情小说是以言情为经，社会为纬。它深入人物丰富的情感世界曲幽探微，抒写人性的多变与扭曲，同时又揭露社会的黑暗与腐朽，语言半俗半雅、韵味深长，有一定的思想力度和相当高的艺术成就，至今仍拥有广泛的读者群。

（2）讽刺小说

我国讽刺小说有两大传统。

一是由民间讽刺性笑话发展而来。明末清初有九才子《斩鬼传》。张恨水认为这部书虽不像《儒林外史》那样含蓄，但其笔调犀利隽永，晚清《官场现形记》等四大谴责小说继承其传统。张恨水讽刺小说大都走的这一路向，如《新斩鬼传》《京尘幻影录》《春明新史》《平沪通车》《别有天地》等，以《八十一梦》成就最高。

二是来自文言，可溯源至孔子的《春秋》笔法，一字褒贬。讽刺小说以清代《儒林外史》为代表，鲁迅称其感而能谐，婉而多讽。张恨水《牛马走》《纸醉金迷》和《五子登科》等均属此类。其讽刺小说总计 230 万字左右，它们继承我国讽刺小说的传统艺术，思想内容达到新的高度。

（3）国难小说

国难小说指九一八事变后歌颂和鼓励抗战、描写和反思国难的小说，有的与上述言情小说和讽刺小说呈交叉现象。譬如《八十一梦》《牛马走》等也可理解为旨在反思国难的根源。出现这种情况是因为分类的标准没有统一，也很难统一。此外主要有《弯弓集》《太平花》《水浒别传》《热血之花》《杨柳青青》（又名《东北四连长》）、《啼笑因缘》续集、《桃花港》《潜山血》《前线的安徽，安徽的前线》《巷战之夜》（又名《冲锋》）、《敌国的疯兵》《大江东去》《傲霜花》（又名《第二条路》）、《虎贲万岁》（又名《武陵虎啸》）、《巴山夜雨》等，约300万字，各有千秋。

其中，《杨柳青青》中杨桂枝本与甘积之相爱，由于甘厚之作梗，二人产生误会，桂枝遂嫁给军人赵自强。自强不久奉命上了前线。甘积之未能忘情，欲与桂枝重结旧好，被后者拒绝。后来，桂枝生产当日，正是甘积之与黄小姐订婚之时，而这时，自强刚刚战死疆场。小说讴歌了为国捐躯的抗日军人的英雄形象。

作于1939年的《巷战之夜》写的是小学教员张竞存在天津沦陷前的巷战之夜毅然从戎，成长为一名游击队长的战斗经历。在天津巷战两周年之际，张竞存作为抗日英雄来到大后方重庆。然而他看到的却是毫无抗日气氛、醉生梦死的场面。小说一反过去抗战加言情的创作模式和单纯的激昂慷慨，转入对这场战争的深刻反思：抗战不只是赶走侵略者，最残酷最艰难的巷战也许就在于同我们民族内部的腐败和黑暗作战。

《大江东去》有近半篇幅形象地描绘了南京保卫战的壮烈与南京大屠杀的残酷，歌颂了抗日军人抛开私情、报效祖国的崇高品格，同时也细腻地刻画了主人公薛冰如对待感情的心理变化过程，揭示人类情感与伦理的悖论。

张恨水在《傲霜花·自序》里谈到创作该书的原因："当抗战年间，我住在重庆，我在报上，把教育界的困苦情形看多了。同时，我也和些教育界朋友来往。我自己靠一支笔为生，我已很苦，看看他们，比我更苦。我颇有意为他们的生活写一部小说。"小说塑造了谈伯平、唐子安等一批穷且弥坚的教授。他们在抗日最艰苦的年代里，贫贱不移，就像傲霜花一样高洁。小说结束时，谈伯平教授在贫病交加中死去，而教师华傲霜小姐与富人夏山青结婚，形成强烈的反差，发人深思。

《虎贲万岁》则是一部纪实小说。它真实地描述了 1943 年 11 月湖南常德保卫战期间，国民党第 74 军 57 师 8529 名官兵英勇抗击数倍于己的日本侵略者，绝大多数壮烈牺牲（仅 83 人幸存），并取得最后胜利。

《巴山夜雨》被认为是张恨水国难时期的殿军之作。在这部作品中，张恨水一反过去仅把讽刺矛头指向达官贵人和国难商人的写法，对国难的思考比《巷战之夜》更进一步。小说描写战争给人们带来的精神创伤比肉体伤害更甚。可一旦敌机停止轰炸，人们又重新变得麻木不仁、无聊透顶。一群文人不断闹出桃色新闻，他们的太太们除了监控丈夫，就是泡在麻将桌上。士兵挂了彩，工人不愿抬去抢救，因为嫌工钱少。李南泉家的茅草房被炸破，请熟识的农民来修，农民却乘机敲诈，要双倍工钱，拿到工钱后先去吃饭，而把房子丢下不管。国难商人囤积居奇，在为前线募捐时却一毛不拔，当官的更是为非作歹……民族危难的头等大事被大家抛到九霄云外。作家就这样描绘了一幅触目惊心的人生百态图。作品的寓意十分明显：要战胜侵略者，首先要战胜自己，清除内部精神垃圾也许比战争本身更为艰难。

由此可见，随着战争的继续，张恨水对它的认识也在一步步深化，他的创作也上升到那个时期现实主义文学新的高度。这无疑和他这一时期与老舍、洪深等新文学作家的密切接触相关。

（4）社会小说和伦理小说

张恨水的社会小说是指其作品以反映社会现象和暴露社会阴暗面为主的小说。当然，就一篇作品而言，见仁见智的情况也是正常的。这方面的作品主要有《荆棘山河》《战地斜阳》《斯人记》《满城风雨》《太平花》《过渡时代》《雁归来》《小西天》《艺术之宫》《石头城外》《秦淮世家》《雾中花》《一路福星》《玉交枝》《人迹板桥霜》《开门雪尚飘》《赵玉铃本纪》等。

其伦理小说主要有《似水流年》（又名《黄金时代》）、《现代青年》、

《秘密谷》和《偶像》等。其中一些作品没有写完，加上查寻困难，估计这两种小说总字数当在 300 万—350 万。

其中，《满城风雨》借大学生雷伯坚假日期间探望未婚妻所发生的许多阴差阳错的事，谴责战争给人民带来的深重灾难和人生的荒谬。

《秦淮世家》中歌伎唐大嫂的两个女儿二春和小春被恶霸杨育权施计侮辱，二春报仇未成反被枪杀。被激怒的秦淮河下层百姓最终杀死杨育权，并烧掉其匪窟。但小说结束时，人事的更迭并没有改变秦淮河依旧是富人的天下、小春依旧为富人卖唱的现实。

《玉交枝》中地主蔡为经的女儿蔡玉蓉与他人已有婚约，却与表哥私通怀孕。原定婚期来到，恰逢蔡玉蓉将要生育。蔡为经只好以丰厚的报酬约请相貌酷似玉蓉的雇农王好德的女儿王玉清冒名顶替，让她入洞房后装病且次日回娘家不走，等玉蓉生下孩子转移后再去夫家。但玉清在洞房之夜却爱上新郎，假戏真做，结果蔡家人财两空，声名狼藉。小说十分真实地描绘了当时农村的剥削关系和阶级矛盾，嘲笑了一向盛气凌人的蔡氏父女。在民间文学中，“骗”本身无所谓道德不道德，关键在于当事人的好与坏。假如财主被骗，说明他愚蠢，而穷人聪明。《玉交枝》无疑受其影响。

《似水流年》和《现代青年》属于姊妹篇。两书写的均是主人公在农村读书时勤学上进，知书达礼。但他们进入京城后，经不住花花世界的引诱，终于堕落，不认生父，演出一幕幕由于父慈子不孝造成的家庭悲剧。这两部小说寄寓着作者多年来一贯奉行的文化观：弘扬儒家文化。

《燕归来》和《小西天》是姊妹篇，记叙的是作者 1934 年赴西北考察的见闻。《燕归来》是以时间为线索，按游记的形式来写的。19 岁的体育皇后杨燕秋响应政府关于开发大西北的号召，主动奔赴大西北报效祖国。有四位青年出于对燕秋的爱慕也一同前往。但他们受不了恶劣的生活条件先后离去。最后，燕秋遇到工程师程力行，二人志同道合，遂互相爱慕。小说一方面描绘了战争给西北地区带来的赤贫和荒凉，另一方面也讴歌了那些把爱情与高尚的理想结合起来的有志青年。《小西天》以当时西安城内最豪华的旅馆小西天为中心，辐射出当地百姓为饥馑所迫而发生的种种人间惨剧。这部小说始发于上海《申报》副刊《春秋》时，有编者语：“现在一般作家，都高喊口号，到民间去。是的，我们很赞成作家到民间去，替民间写些东西出来。但是我们仔细考察一下，到民间去的作家，能有几人？”接着称赞说，“张恨水先生就是鼓励的一个。”在当时文坛上，对下层百姓的苦难遭遇表示同情的作品确有很多，但许多作品明显地表现出那种远距离的或居高临下的贵族式同情，其描写的民间生活与实际情况相差甚远。同是走着现实主义创作道路，这些作家不乏先进的世界观，缺少的却是深厚的生活底蕴，张恨水则探索出一条通往现实主义之路。

《斯人记》别出心裁，不以塑造人物性格或展现情节为主，而重在描绘一个灵魂堕落、道德沦丧的社会环境。作品仅以几对男女的活动串联起三教九流、各色人等及其庸俗无聊的灰色人生。《京尘幻影录》《春明外史》等小说也有类似写法。

由于现实主义精神的强化，张恨水的社会小说与言情小说有一个明显的发展脉络，即言情小说越来越让位于社会小说，社会小说结尾部分具有很深的人生哲理，足以唤起读者对社会现实的否定性评价。《艺术之宫》中老汉李三胜和女儿秀儿靠卖艺为生，终日不得一饱。为生活所迫，秀儿只好瞒着父亲在艺术之宫当了模特儿，受到一些轻薄师生的戏弄和侮辱。父亲得知女儿实情后，自觉羞辱难当，在外出卖艺时，因连气带饿而暴死街头。秀儿在被学生段天德始乱终弃、父死、失业的多重打击下，精神失常。作品结束时，巡警一语双关，在秀儿身后喊道：“你胡跑有什么用，那是死胡同呀！”《夜深沉》结尾对雪夜的描写暗示社会暗无天日。

（5）历史小说和武侠小说

张恨水的历史小说主要有《水浒别传》《天明寨》和《水浒新传》，武侠小说主要有《剑胆琴心》《中原豪侠传》和《新游侠传》等。这两类作品约150万—200万字。张恨水的历史小说主要有忠君与爱国两个主题。他对《水浒传》中梁山英雄的评价却表现出两面性：他一方面认为宋江造反罪不胜诛，柴进“不求上进，只和江湖上不三不四的人来往”，林冲可以不走上梁山这条路，而是仿王教头远走他乡，但他另一方面对重血气、讲信义的草莽英雄鲁达、武松、李逵、时迁等又深表赞赏，反映了他世界观中忠君与道义的矛盾。上海沦陷后，他应邀为上海《新闻报》创作《水浒新传》，借梁山英雄受招安后抗金，曲折地表达其抗日信念。作品中的重要英雄人物几乎都是《水浒传》原作中出身门第不高、不受重视的次要角色，这样既使原作再创造的空间得以扩展，又把他关于英雄来自民间的思想与一贯的爱国精神巧妙地结合起来。

张恨水创作武侠小说的原因主要有三：一是家庭影响，张恨水常常忆其祖父武艺高强，并自诩为将门之子；二是他认为武侠小说在章回体小说中占有重要的地位，而原来的武侠小说大部分对读者有害，“提倡狭隘的小仁小义和奴才思想，不合时代潮流”，对武艺的渲染过头，引诱民众陷于不切实际的幻想中；三是在20世纪20—40年代，武侠小说十分畅销，但很多作品与旧武侠小说一样，夸张离奇，荒诞不经。有感于此，他决心纠正这种偏颇。但武侠小说的自身特点决定其夸张和幻想的程度较强，需要丰富的想象力。张恨水的武侠小说由于写得过于实在，远没有其言情小说的艺术成就那么高。

张恨水一生创作了上百部中、长篇小说，字数至少在1500万。作为大师级作家，他完成了我国通俗小说的现代转型，成为我国通俗文学发展史上的一座丰碑。

3. 诗词创作

张恨水对旧体诗词造诣极深，他晚年曾计划写一部《中国韵文学史》，终未能如愿。但他作为诗词大家，则是公认的。

他的韵文作品除了诗词外，还包括许多小说中精美的回目和楹联（包括诗钟）。早在创作《春明外史》时，他就对礼拜六派小说随意设置回目深表不满。为此，他定下几个原则：回目要包括本回的最高潮，辞藻华丽，字句和典故浑成，讲求上下联字数整齐和对仗，下联以平声落韵。这样，往往为了推敲两个回目，就费去一两个小时。这一作风前后保持十年之久，而以《春明外史》和《金粉世家》为最。如前者第 17 回“目送飞鸿名花原有主，人成逐客覆水不堪收”，第 44 回“对影三人夕阳无限好，依山一笛高处不胜寒”；后者第 43 回“绿暗红愁娇羞说秘事，水落石出惆怅卜婚期”，第 111 回“驴背遇穷途昙花一现，禅心伤晚节珠泪双垂”。回目名称极具艺术性，耐人寻味，且与各回的内容相映生辉。但由于当时文坛风气对旧体诗词创作极为不利，他的这一传统最终放弃了，这是很可惜的。张恨水所作楹联，有人估计达 1500 余副，现已见到的有 1200 余副，门类多且长、中、短联俱备，格律严谨。

张恨水的白话诗不多，成就也不大，且多是以对这类诗体嘲讽的语调来写的。他的旧体诗词自然是其韵文作品的主要部分。这类作品由两部分组成：一部分为诗词集；一部分散见于其小说中，既属于小说的组成部分，其中一些也可独立成篇，但这类作品数量有限。在 1993 年由北岳文艺出版社出版的《张恨水全集》中，《剪愁集》是其中唯一一部诗词集（张恨水在抗日期间曾出版《留川集》和《茅檐集》两部诗词集，现已很难发现），内容丰富，大体反映了张恨水诗词的艺术风格和成就。《张恨水全集》由《剪愁集》《茅屋诗存》《集中集》《病中吟》《闲中吟》和《何堪集》共 6 部诗词集组成，时间跨度为 1916—1962 年，达 47 年之久，共收录诗词 666 首，但作于 20 世纪 20 年代之前的作品仅 3 首，《病中吟》和《闲中吟》为其 20 世纪 50 年代之后的作品。

作为一位诗词大家，张恨水诗词表现出多元风格。他的讽时忧世类诗词多诙谐激愤，体现出作家强烈的社会正义感。如 1928 年 8 月 11 日发表的《半打灾官泪——调寄忆江南》（六首），讥刺官场黑暗；1946 年 12 月 25 日的《圣诞夜》之四，讽刺当时的贫富不均和吏治腐败。但这类作品类似打油诗，意义单一，语义直露，艺术性不强。他的田园故里之作多敦厚蕴藉，表现出对家乡的挚爱与思念。如《冬日杂忆》（八首）和《旧京过年竹枝词》（八首）仍与上述作品一样，词意浅露，一览无余，读者的想象空间受到很大限制。他的部分咏怀咏史类诗词慷慨激昂，有一定的艺术感染力，如 1940 年 5 月 3 日发表的《酸词余话》和作于 1946 年 2 月 11 日的《看日本》（八首），但仍未能创造出艺术的至境。

张恨水的诗词与其小说相比，不便于分期，其原因也许在体裁方面。旧体诗词语言属于有诗化特征的文言，它源于古代，最适于表现古典的情调和神韵，后者又浸润着佛、道文化的意蕴，而经过现代转换的小说无论在形式还是内容上都适于反映时代变化对作者的影响及作者思想感情的发展历程。但不便于分期是相对的，20 世纪 30 年代之前的诗词以抒写个人悲欢为主，情绪较消沉；20 世纪 30 年代之后抒发爱国情怀的内容增多，情绪较积极，但仍以凄凉伤怀为主。

张恨水诗词凄婉风格的形成，自然与师承他人有关。在张的回忆文章及文学创作中，我们时常看到他笔下出现许多古代诗人或词人，有人据此就认为他不止师承一家。其实，如果追根溯源，我们不难发现对他的诗词影响最大的作家是李煜和纳兰性德。李煜词上承屈原诗风，抒写生命的大悲大痛，缠绵哀怨，对张恨水诗词风格的形成定下了基调。如果细加比较，人们不难发现张恨水对其活用的痕迹。而纳兰词对张恨水的影响也许更为全面。纳兰性德和张恨水虽然出生时代和社会地位差异很大，但二者都是性情中人。无论是对爱情还是对友谊，二者都体现出感情的纯真与深挚。在题材上，他们最常描写的是悼亡、别离和男女相思；在表现手法上，他们都擅长借咏物、咏史来抒发兴亡之感和胸怀抱负，或借凄迷的意象和苍茫的景物传达复杂的情感，营构无以言表的意境。所不同的仅是，张恨水受佛、道文化影响更深，因而其诗词文化意蕴也更为丰富。

张恨水诗词（尤其是早期）也有严重的缺陷，那就是有相当一部分作品观念陈旧，时代意识模糊。以传统的观念批判现代社会，致使许多作品仅仅停留在伦理层面和对某种现象的揭示上，在正义背后流露出某种困惑与无奈，这也是其风格形成的重要原因之一。

4. 散文创作

张恨水也是众所周知的散文名家。他一生到底创作了多少字的散文，很难有一个准确的结论。写散文是他的报人职业所致。他几乎每天都要写散文，充实版面。这些文章随写随发，还常署以各种笔名发表。由于很少结集出版和报纸散失，致使许多作品已经不可复得。1944 年 5 月，他在《总答谢》一文中估计："平均以每年 15 万字计算，26 年的记者生涯，约莫是 400 万字。"据此推到 20 世纪 60 年代他创作结束，还可加上百万字左右。可见他也是一位多产的散文家。

作家与报人的双重身份使他的散文受到双重影响，他的散文分为新闻性散文和文学性散文两大类，后者又可分为杂感散文、小品散文和论评散文三类。由于工作繁忙和创作个性使然，他的散文创作常常表现为略一沉吟，一挥而就。这使他的文章良莠不齐，当然也不乏精品。这对其选材的影响尤为显著。我们知道，他是一位关注社会人生、忧国忧民的作家。

他的杂感散文内容涉及现实生活的方方面面，有时不便直说，就连类引譬，以史为鉴，鞭辟入里，使其文化内涵更深化。这样，他的散文手法也就表现为不拘一格，或诙谐幽默，或婉中寓讽，或偶拾一例，稍加点缀，妙趣横生，以可读性强为原则。

小品散文是其散文的精华。这类散文长于叙事、抒情和状物，又可分为笔记小品、游记和回忆散文。《山窗小品》可视为其小品散文乃至其全部散文的代表。其游记和回忆散文有《湖山怀旧录》《西游小记》《蓉行杂感》《两都赋》《东行小简》《山城回忆录》等。

他的论评散文多为文艺评论类随笔，以《水浒人物论赞》为代表，此外还有《小说考微》《小说人物小论》《我的小说过程》《写作生涯回忆》《文坛撼树录》、武侠小说评析及其许多作品的序与跋等。

张恨水的《山窗小品》写于其重庆生活时期，包括56篇小品，以描写其居住地南温泉桃子沟的生活为主。作者自述，在风格方面“走的是冲淡的路径，但意识方面，却不随着明清小品”。《山窗小品》充分表现了作者深沉的民族忧患意识和博大的人文精神。其中多篇（如《待漏斋》）真实地反映了作者在战时极为艰苦的生活条件，与昔日大都市生活形成鲜明对照，表现了作者国难当头时坚韧不拔的人生态度。就在这恶劣的环境中，作者时常以审美的眼光观察周围的一切。山花、涧溪、断桥、秋萤、草虫、白雾，本是寻常景物，在作家的审美观照下，富有诗情画意，充满勃勃生机，映现其崇高的人生境界，几与柳宗元的《永州八记》相媲美。另外，《贱邻》《忆车水人》《耙草者》充满对劳苦大众的深切同情，《农家两老弟兄》对主人公的手足之情由衷赞美，《贵邻》对暴发户兼风尘小吏和市侩习气鄙夷、嘲讽，而《路旁卖茶人》和《吴旅长》则对抗日军人尽情讴歌。这些无疑是作家现代人格的真实写照。然而上述内容都是在亲切自然的语调、朴实流畅的语句以及充溢着自然美、绘画美和人情美的情境中凸现的，在恬淡闲适中隐喻着作家威武不屈、贫贱不移的文人人格。由此可见，张恨水散文的风格与周作人、梁实秋有着明显的不同，它与陶渊明、柳宗元和明末公安派散文有着明显的继承关系。

张恨水诗词和散文格调高雅，与其小说追求通俗化、大众化相比，简直大相径庭。这除了表现其作为文学大家创作风格多元化以及对不同读者期待视界的考虑外，其深层原因还在于其根深蒂固的文学观念。中国传统的文学观念向来认为，诗、文属于正统文学，居于文学的中心地带，而小说则不入大雅之堂，居于文学的边缘地带。20世纪二三十年代，张恨水已因小说成就而享誉文坛，他还常以半是谦虚半是自卑的口气谈道：“恨水忽忽中年矣，读书治业，一无所成。而相交友好，因其埋头为稗官家言，长年不辍，喜其勤而怜其遇，常以是相嘱，恨水乃以是得自糊其口。当今之时，雕虫小技，能如是亦足矣，不敢再有所痛也。”[4]

三

1. 张恨水的晚年生活

1949 年 3 月 1 日，《新民报》刊登“本报职工会重要启事”，其中第 3 项是“解除经理、代经理张恨水和曾仲英的一切职务”。次日起，该报发表时任总编辑王达仁的一篇文章，污蔑张恨水是国民党特务和帮凶，张恨水深受刺激。另外，种种不顺心的事接连发生。例如，他的一大笔积蓄被恶友拐骗，致使他一下子陷入经济困顿状态；他放在老家的几大箱古书也被洗劫一空。1949 年 6 月，张恨水终因脑出血病突发，半身不遂，被送往医院急救。这场大病成了他两个创作时期的分水岭。由于原来健康基础好，张恨水在同类病人中恢复较快，但毕竟身体大不如前了。直到 1950 年 4 月，他参加北京市文代会筹委会时，还没有恢复说话能力。

此后，张恨水正式恢复写作是在 1953 年初，他写了一组《冬日竹枝词》，歌颂中华人民共和国成立后北京的新变化。1953 年 3 月，他为把历史故事《梁山伯与祝英台》改编成小说，开始搜集资料并研究各种有关文献；同年 8 月，开始撰写此书；1954 年 1 月 1 日至同年 5 月 3 日，该书在香港《大公报》连载。小说的成功发表使他深受鼓舞。直到 1963 年，他又创作或改编了 12 部中、长篇小说。

创作之余，他积极参加各种社会活动。1954 年春，他应中国新闻社之邀，写了一组散文，反映北京的变化。为了写稿，他每天拄着拐杖游览各个城门。1954 年 10 月，他出席北京第二次文代会。1955 年夏，张恨水已经完全恢复了健康，便只身回到故土，他把这次见闻写成中篇游记《南游杂感》。1956

年1月，他列席中国人民政治协商会议第二届全国委员会第二次全体会议。1956年春末夏初，他与冯至、朱光潜、孙福熙、钟敬文等知名人士一起参加由全国文联组织的作家、艺术家西北旅行团。1957年2月，他列席最高国务会议第二次扩大会议。1957年春，他参加北京市文联筹备出版《大众文艺》的会议并作了专题发言；不久，他又参与发起组织中国韵文学会。1960年7月，他还参加了全国第三次文代会。

中华人民共和国成立初期，他担任原文化部顾问，月薪120元。这在当时是很高的待遇了。后来，他生活好转时，便主动辞去这一属于照顾性的工作。

1959年9月，他病情加重时，又被聘为中央文史馆馆员，每周两次上班，月薪仍是120元。中央文史馆馆员都是在全国很有影响力的、学识渊博的学者。

到了20世纪60年代初，晚年身体欠佳的张恨水仍然壮心不已。除了文学创作和文史馆工作外，他决心读完《四部备要》，这无疑是一个庞大的工程。同时他还研究太平天国史料，研究巴尔扎克、契诃夫、马克·吐温等外国著名作家及其作品。

然而张恨水的晚年却十分孤独。1959年10月14日，夫人周南病逝，他悲痛万分。夫人之死严重影响了他的生活和健康。1957年后，许多文艺作品被批判，张恨水的作品被封存。作为一位享有盛誉的作家，他的事业被否定，也失去了自己曾经拥有的广大读者，这无疑是最可悲的了。

2. 张恨水晚年的文学作品

张恨水晚年的创作集中在1953—1963年，包括小说、诗词和散文，其中小说数量最多，成就也最高，虽不能和中年时代的作品相比，但也具有不可取代的价值，从中我们还可以窥测到作家的心路历程。

（1）小说

张恨水这一时期改编或创作的作品，除了上述《梁山伯与祝英台》外，其余12部中长篇分别是《秋江》《白蛇传》《牛郎织女》《孟姜女》《孔雀东南飞》《记者外传》《磨镜记》《逐车尘》《重起绿波》《卓文君传》《男女平等》和《凤求凰》，共 100 万字以上。如果以 10 万字作为中长篇小说的分界线的话，这 13 部中有 4 部属于长篇，其余自然为中篇。

从题材方面划分，《记者外传》属于作家在中华人民共和国成立后创作的唯一一部长篇小说，也是我国当代文学史上第一部以新闻界为描写对象的长篇小说。原计划写上、下两部，结果仅写出上部，共 30 回 24 万字，带有自传性质。小说以青年记者杨止波在北京的活动为线索，展示了 20 世纪一二十年代较为广阔的社会场景。小说漫画式地描写了上层社会军阀、政客的昏庸、糜烂的生活，特别是新闻界的混乱不堪。所以，无论从哪方面来看，都颇似《春明外史》，但艺术成就与该书已不可同日而语。尽管如此，它对于研究作者特定时期的经历、当时的新闻业等方面仍具有比较珍贵的史料价值。

张恨水其余 12 部作品均是根据民间传说和民间叙事诗、戏曲改编的。作者选择改编作为自己晚年主要的文学写作方式，说明了民间文学对他过去创作所产生的影响之巨，他对古代文化的造诣之深，同时也说明了他的明智：任何人的创作才华都是有限的，年龄和疾病已不容许他像过去那样奋笔疾书。他对上述作品的搜集、整理、考证和改编时，参考大量文献，态度十分严谨。

（2）诗词

在《剪愁集》的 666 首作品中，属于 20 世纪五六十年代的约占三分之一。张恨水的诗词与其小说相比，差异没有那么大。这是因为中篇和长篇小说颇费精力，创作持续时间较长，而诗词多为即兴而作。但细加比较，其差异仍明显存在：一是这一时期游记类作品较多，而过去感悟类作品较多；二是歌颂类作品大量出现，而过去则以嘲讽、批判为主要内容；三是由于爱妻病逝所作的悼亡类作品取代以往抒写离情别绪的作品。这些都说明他的诗词创作有着明显的衰退。当然，其中也有一部分韵味深长的佳句，如“眼前多少风颜客，一指长江万古流”（1954 年《癸巳除夕》）。也有些作品深受传统文化浸润，意境优美，如作于 1952 年的《忆江南》（三阕）和作于 1958 年 8 月 1 日的《忆江南》（十阕）等，深得古诗词奥妙，为我国当代旧体诗词的上品。但这毕竟属于凤毛麟角。

（3）散文

张恨水晚年散文与过去相比很少。除了身体方面的原因外，还在于作家已不在报界任职，无须为填充报纸版面而煞费苦心。这一时期的散文可分为两类。

一类属于游记内容，如《南游杂志》《长日绵绵话安庆》《春游颐和园》《玉门沙漠变成了都市》《西安的黎明》《街头漫步》《卢沟晓月》及《西北行》等。这些作品赞美祖国大好河山，歌颂社会生活的崭新变化，具有一定的历史参考价值。

另一类属于文学评论和创作回忆的内容，如《章回小说为何遭遇轻视》《章回小说的变迁》《在〈茶馆〉座谈会上的发言》《回忆〈啼笑因缘〉的创作经过》《我的长篇连载》和《我的创作和生活》等。它们对研究作者的文学观念和文学创作有一定的资料价值。

注释：

【1】张恨水：《写作生涯回忆》，北岳文艺出版社，1993，第15页。

【2】朱光潜：《朱光潜全集》第3卷，安徽教育出版社，1993，第273页。

【3】张恨水：《写作生涯回忆》，北岳文艺出版社，1993，第33页。

【4】张恨水：《剑胆琴心·自序》，北岳文艺出版社，1993，第1—2页。

附录五
由张恨水小说改编的影视剧

一、21 世纪由张恨水的小说改编和摄制的电视剧

1. 2003 年，《金粉世家》被改编为同名电视剧。

2. 2004 年，《满江红》被改编为电视剧《红粉世家》。

3. 2004 年，《啼笑因缘》被改编为同名电视剧。

4. 2006 年，《夜深沉》被改编为同名电视剧。

5. 2008 年，《纸醉金迷》被改编为同名电视剧。

6. 2008 年，《现代青年》被改编为电视剧《梦幻天堂》。

二、由《啼笑因缘》改编的影片与电视剧

1. 1932 年，电影《啼笑因缘》上映，由胡蝶、郑小秋等主演，由上海明星影片公司出品。

2. 1941 年，电影《啼笑因缘》上映，由李丽华等主演，由艺华影业公司出品。

3. 1952 年，粤语电影《啼笑因缘》上映，由张活游等主演，由四达影业公司摄制。

4. 1957 年，电影《啼笑姻缘》上映，由梅琦等主演，由华连制片厂代制。

5. 1964 年，电影《啼笑姻缘》上映，由赵雷等主演，片名初为《新啼笑因缘》，后改为《京华春梦》，由国际电影懋业有限公司出品。

6. 1964 年，电影《啼笑因缘》上映，由李丽华等主演，由邵氏制片厂将片名改为《故都春梦》。

7. 1974 年，25 集电视剧《啼笑因缘》开播，由陈振华等主演，由香港无线电视出品。

8. 1975 年，电影《啼笑因缘》上映，由宗华、井莉等主演，由邵氏兄弟（香港）有限公司摄制，片名改为《新啼笑因缘》。

9. 1987 年，10 集电视剧《啼笑因缘》开播，由王惠等主演，由安徽电影家协会与内蒙古电视台出品。

10. 1987 年，4 集曲剧电视剧《啼笑因缘》开播，由魏喜奎等主演，由天津电视台摄制。

11. 1987 年，25 集粤语电视剧《啼笑因缘》开播，由米雪等主演，由香港亚视出品。

12. 1989 年，电视剧《啼笑因缘》开播，由冯宝宝等主演，由台湾电视台制作。

13. 1995 年，12 集黄梅戏电视剧《啼笑因缘》开播，由周莉等主演，由安徽电视台摄制。

14. 2004 年，40 集电视剧《啼笑因缘》开播，由袁立等主演，由中国电视剧制作中心出品。

后记

从《张恨水论》出版至今，已经过去了20余年。当时，很多文章讨论张恨水是否属于鸳鸯蝴蝶派，梳理张恨水的生平与创作实践，拿新文学作家、作品为标杆来衡量张恨水的创作得失等，《张恨水论》就是那个时期的产物。今天来看，大部分观点基本上能够站得住脚。这次出版，我把这些年来陆续写的几篇文章加进去，调整和改动了章节目录和文字，大体上保持了原作的框架结构。加进去的这些文章，除《张恨水的情感世界》（与赖小林教授合作）是在一家内刊上发表外，其余的都曾公开发表过：（1）《张恨水小说的思想境界》，载于《张恨水研究论文集》（二），安徽文艺出版社1998年版；（2）《张恨水环境小说的叙事结构和悲剧意蕴》，载于《汕头大学学报》2000年第4期；（3）《张恨水与章回小说的现代转型》，载于《张恨水研究论文集》（四），香港新闻出版社2001年版；（4）《张恨水诗词的艺术风格》，载于《第14届全国诗词研究会议论文集》和《中华诗词》2001年增刊；（5）《历史在这里凝固——张恨水小说中抗日军人形象的崇高美》，载于《湖北师范学院学报》2006年第26卷第2期；（6）《叙述的魅力——张爱玲与张恨水言情小说叙述者之比较》，载于《海南师范大学学报》2010年第4期；（7）《〈斯人记〉的叙述策略》，载于《池州学院学报》2011 年第 1 期；（8）《独立人格与文化自强——张恨水的文化观》，载于《廊坊师范学院学报》2014 年第 5 期，其中第 2、第 3、第 4 篇曾被收入拙作《文艺学丛谭》（汕头大学出版社 2006 年版）。

附录：《当代张恨水研究成果述评》《第二次张恨水学术研讨会综述》和《张恨水与中国通俗文学研讨会综述》均写于 20 世纪 90 年代（稍进行了删改），从那时至今，张恨水学术研讨会已经举办过多次，这次出版仍保留了这 3 篇文章，为的是让读者一窥当年的研究现状；《张恨水生平及其创作道路》夹叙夹议，为的是让读者从宏观上把握张恨水的生平及其创作；《由张恨水小说改编的影视剧》整理自张恨水研究会网站。

本书主要参考文献有：（1）张恨水：《张恨水全集》，北岳文艺出版社 1993 年版；（2）董康成、徐传礼：《闲话张恨水》，黄山书社 1987 年版；（3）袁进：《张恨水评传》，湖南文艺出版社 1988 年版；（4）徐永龄：《张恨水散文》，安徽文艺出版社 1995 年版。

张恨水研究会和张恨水女儿张正女士提供了宝贵的照片和文字资料，我的朋友梁璐先生和张恨水长孙张纪先生给予了很大帮助，我所在单位南昌理工学院给予了很大支持，清华大学出版社为本书的出版付出了辛勤劳动，在此一并表示感谢。

燕世超